Der „Zach"

von

Peter Siefermann

Ist er verschollen? Oder ist er gar tot? Seit dreizehn Jahren hatte ihn niemand mehr gesehen. Ihn: den „*Zach*". Dann glaubt Mathias Morgenstern, *Matis* genannt, **ihn** während eines Sommergewitters auf einem Flohmarkt gesehen zu haben. Um sicher zu gehen, wendet er sich an seine Schulfreundin Elke. Tatsächlich weiß sie mehr über diesen „*Zach*" zu erzählen, und bald wird klar, dass „*Zach*" keineswegs tot ist.

I wanna know what love is.
I want you to show me.

Mick Jones (Foreigner) 1984

Impressum
Twentysix – der Selfpublishing-Verlag
Eine Kooperation zwischen der Verlagsgruppe **Random House** und
BoD – Books on Demand

© 2018 Peter Siefermann

Songtext-Auszug: I want to know what love is
Autor: Mick Jones (Foreigner) 1984

Herausgeber und Verlag
Bod – Books on Demand, Norderstedt

ISBN: 9783740749132

In den Zehen hatte er schon längst kein Gefühl mehr. Jetzt kletterte die Kälte die Beine hoch. Er war zu eitel gewesen, die langbeinigen Unterhosen anzuziehen. Selber schuld, sozusagen. Wenn die Kälte das Herz erreicht, bin ich tot, dachte er und verzog das Gesicht zu einem steifen Grinsen, weil er wusste, dass es nicht soweit kommen würde. Hatte er doch sein bewährtes Hausmittelchen, um gegen den Herztod vorzubeugen. Und wenn er ehrlich sein wollte, beugte er schon eine ganze Weile vor. Er griff in eine der vielen Jackentaschen und zog den zweiten Flachmann hervor, gefüllt mit Wodka seiner Lieblingsmarke.

Zwischen den hohen Bäumen weiter unten hing die Dunkelheit, als sei sie für ewig dorthin verbannt. Hingegen war die Fläche, wo der Wald vor Jahren gerodet worden war, an deren Rand der Hochsitz stand, überzogen von bodennahem Nebel. Er sah aus vier Metern Höhe darüber hinweg wie der Pfarrer in der Kirche von der Kanzel über seine Schäfchen. Bald würde die aufgehende Sonne den Nebel illuminieren und bewegen. Bilder würden entstehen, von zarten Feen beim Tanz, von transparenten Geisterwesen, bis die zunehmende Wärme sie in die Lüfte erhob und vernichtete. Noch allerdings war es nicht an der Zeit. Das erste Grau zeigte sich erst hinter den Wipfeln der entfernten Bäume.

Zu seinen Füßen das Dach des Landrovers. Wenn er wollte, könnte er von seinem Hochsitz aus draufspucken.

Er kannte die Abläufe des frühen Morgens beinahe minutiös. Auch wenn sie sich häufig zu wiederholen schienen, waren sie doch nie gleich. Mit der Zeit gewöhnte er sich jedoch daran, sodass er sein Staunen darüber vernachlässigte und es verkümmern ließ. Andere Eindrücke drängten sich in den Vordergrund, wie zum Beispiel die kalten Beine. Und manchmal war er bloß hier, um Frustbewältigung zu betreiben, unterstützt von seinem Freund Wodka und dem glatten Holzschaft seines teuren Gewehrs.

Wie oft er hier schon gesessen hatte, konnte er fürwahr nicht mehr zählen. Nicht immer war seine Frau schuld daran gewesen. Heute aber mal wieder.

Er war spät nach Hause gekommen, sehr spät, was beileibe keine Seltenheit in seinem Metier war, dazu leicht angesäuselt, was hauptsächlich an seinem Klienten Oberstaatsanwalt Melchior gelegen hatte, und mit Lust auf ein bisschen Sex, den er mit seiner Frau zu haben dachte. Die hatte dummerweise schon geschlafen, hatte ihn ergo kalt abblitzen lassen, was ihm den Grund dafür gab, ihr eine zu scheuern. Oder zwei, er zählte schon lange nicht mehr nach. Dass daraufhin ihre Beine praktisch von selbst in die richtige Position gefallen waren, hatte er als Einwilligung betrachtet und sich an ihr bedient. Weil sie jedoch viel zu verkrampft gewesen war, hatte er einen viel zu schnellen Erguss gehabt. Ja, verdammt.

Die Jacke angezogen, den Wodka in die Taschen gesteckt, das Gewehr in den *Landrover* geworfen und hierher gefahren.

Lange würde sich der Hochsitz nicht mehr rentieren. Jagdtechnisch. Das Unterholz wurde zu dicht. Krüppelige Buchen, junge Kiefern, wucherndes Heidelbeerkraut und Brombeerhecken stellten das Schussfeld mehr und mehr zu. Die Viecher liebten zwar die jungen Triebe, sie waren zudem für sie bequem zu erreichen, boten jedoch auch reichlich Deckung. Und sie waren schlau genug, sich bei einsetzendem Sonnenlicht in den Wald zurückzuziehen. Anders herum gesagt: Solange die Sonne nicht schien, konnte man die Tiere nicht sehen. Worauf also schießen?

Er besaß den Jagdschein schon seit Jahren. Ein eigenes Revier freilich lag in weiter Ferne. Solange er aber als Gast hier sein durfte, hegte er keine Ambitionen in diese Richtung. Irgendwann ...

Er spürte, dass er mehr vorbeugen musste, denn er begann nun auch am Leib zu frösteln. Kein Wunder, es war Ende Oktober. Ob er heute zu einem Schuss kommen würde?

Ein Blick auf die Uhr sagte ihm, dass in einer Viertelstunde die Sonne aufgehen würde. Als Jäger wusste man sowas. Dann müsste er sowieso abbrechen. Was würde er dann tun? Nach Hause zu seiner Frau? Mit einem Strauß Blumen? Er wusste einen Blumenladen, der schon sehr früh öffnete. Oder eine Schachtel Pralinen? *Entschuldigung Schatz, es tut mir leid, du weißt, dass es mir leid tut, aber es war nicht meine Schuld?* Oder direkt ins Geschäft fahren? Dusche und Anzug befand sich alles auch dort.

Er machte sich zum Abstieg fertig, sicherte das Gewehr. Vielen Jägern war es schon passiert, dass sie sich beim Verlassen des Hochsitzes mit dem eigenen Gewehr erschossen, weil sie es nicht gesichert hatten. Das sollte ihm nicht passieren.

Doch was war das? Still. Da war doch was.

Er setzte sich wieder hin. Lauschte. Schaute.

Dort. Eine Bewegung. Ganz deutlich. Ein Tier.

Mist, es ist unter den hohen Bäumen. Die gehören nicht zum Revier. Die Reviergrenze verläuft unmittelbar hinter dem Hochsitz. Dort drüben ist ein anderes Revier.

Aber jetzt sieht er es. Das Tier. Ein Reh? Die Farbe könnte stimmen. Aber nicht die Größe. Ist es dann ein Wolf? Nein, Wölfe gibt es hier noch keine. Im Osten Deutschlands, ja, dort gab es Wölfe. Hier nicht.

Dann ist es ein Fuchs. Ein ziemlich großer Fuchs, zugegeben, aber was soll´s. Ein Fuchs fällt unter das Jagdgesetz. Darf geschossen werden. Im November genießen Füchse keinen Schutz mehr. Die Aufzucht eventueller Jungtiere ist abgeschlossen. Oder etwa nicht? Entscheide dich. Jetzt!

Er entscheidet sich. Entsichert das Drillingsgewehr. Auswahl: Schrot oder Kugel? Keine Frage. Kugel durch den gezogenen Lauf. Zielfernrohr. Gut, das Licht reicht aus. Büchsenlicht, wie man sagt, hähähä. Wo ist der Fuchs? Da ist er ja. Bleib stehen, du Mistvieh. Jetzt. Schau her. Hasta la vista, baby.

Dann schießt er.

Teil I

Matis

Sommer 2015

Mit dem ersten Donnerschlag setzte der Regen ein. Fette Tropfen, die in den Sand vor meinem Verkaufswagen platzten und als panierte Wasserkügelchen in alle Richtungen stoben. Auf der Seitenwand des Anhängers, die ich wie eine Markise hochklappen konnte, erhob sich ein Trommelwirbel von Hagelkörnern, als würde *Ian Paice* von *Deep Purple* zu *Speed King* die Stöcke tanzen lassen. Sie nutzten es als Sprungbrett, als letzte Zwischenstation, um von dort endgültig in den Staub zu meinen Füßen zu springen, wo sie kläglich verenden mussten.

Ich hasste Wettervorhersagen, besonders dann, wenn sie zutrafen. Was hier der Fall war. *Samstagnachmittags heftige Gewitter mit Starkregen und Hagel im Südwesten Deutschlands.* Es war Samstagnachmittag, es blitzte und donnerte, starker Regen fiel mit Hagel, und ich befand mich im Südwesten. Genauer gesagt in *Durlangen*. *Durlangen* in Baden, wohlgemerkt, nicht im württembergischen *Durlangen*. Großer Flohmarkt, einmal monatlich. Meine Haupteinnahmequelle. Flohmärkte und Jahrmärkte.

Ich bereiste mit meinem mobilen Antiquariat die Floh- und Jahrmärkte des Südwestens, und war praktisch, außer im August während der Ferienzeit, jeden Tag an einem anderen Ort. Die Bücher und Faksimiledrucke, die zu meiner Angebotspalette gehörten und die man bei mir erwerben konnte, waren in einem geräumigen Anhänger untergebracht, der über zwei Türen zugänglich war. Eine Seitenwand des Anhängers war zu einer Markise hochklappbar, sodass man einen Teil des Angebots auch von außen betrachten konnte.

Ich bemerkte ihn, als ich die Seitenwand des Anhängers herunterklappte, um die Bücher und Grafiken vor Nässe zu schützen. Nichts ist schlimmer für Papier als Feuchtigkeit. Mittlerweile schüttete es wie aus Kübeln, blitzte und krachte es in bedrohlicher Nähe, doch er stand mitten auf dem Weg, über den vor einer Minute noch Massen von Leuten flaniert waren. Er stand plötzlich da, einem Hologramm gleich, wie vom Sturzbach aus der schwarzen Wolke auf die Erde projiziert, triefend nass, einen Leinenbeutel in einer Hand. Das Bild prägte sich mir ein, noch bevor ich handeln konnte. *Grau* war das Wort, das mir zu ihm einfiel, denn er schien allein aus dieser Farbe zu bestehen. Jacke und Hose waren grau, seine schweren Wanderschuhe waren grau, sein Hemd war grau und das Haar und der Bart waren grau. Grau, zudem noch verstärkt durch die Nässe, die ihn durchdringen musste.

Ich rief: *Hey Sie*, doch schien er mich nicht zu hören, jedenfalls reagierte er nicht auf meine Stimme. Ein hastiger Blick zum Himmel, ein kurzes Stoßgebet *bitte nicht gerade jetzt ein Blitz*, und ich spurtete zu ihm hinüber, fasste ihn am Arm und sagte, nein, brüllte: *Kommen Sie, Sie können nicht hier stehen bleiben, es ist zu gefährlich*, zog ihn am Ärmel seiner Jacke hinter mir her zu meinem alten *Mitsubishi Pajero*, riss die Beifahrertür auf und drückte ihn beinahe gewaltsam auf den Autositz. Sekunden später warf ich mich hinter das Lenkrad. Im Handumdrehen beschlugen die Fensterscheiben von innen. Er schien regelrecht zu dampfen, ich meinte klamme Dunstschwaden aus seiner Kleidung aufsteigen zu sehen. Mit gekrümmtem Rücken hockte er neben mir und starrte stumm vor sich hin. Er zeigte mir nur sein Profil. Aus den Haaren, die der Regen ihm an den Kopf geklatscht hatte, rannen kleine Bäche in seinen Bart und tropften von dort auf seine Hose. Aus seinem Jackenkragen ragte ein graues Halstuch. *Wieso trägt er bei dieser Bruthitze ein Halstuch?*, fragte ich mich.

Auf dem Rücksitz lag meine Tasche mit Verpflegung, die ich mir stets morgens vor einem Markttag zu Hause zusammenstellte. Nicht viel, einige belegte Brote, Kekse, einen Apfel, eine Banane, ausreichend Wasser, Lutschbonbons. Als starker Kaffeetrinker hatte ich immer eine Thermoskanne des Gebräus dabei. Ich zog die Kanne hervor und goss einen Becher voll, den ich ihm reichte. Zitternd schlossen sich seine Finger um das warme Gefäß. Mich beschlich ein Gefühl, als hätte ich diesen Mann schon einmal gesehen.

„Haben Sie einen Schirm dabei?", fragte ich, weil mir nichts Besseres einfiel, aber er antwortete nicht. *Vielleicht*, dachte ich, *hat er mich nicht verstanden*, denn der Hagel prasselte auf die Karosserie, dass man sein eigenes Wort kaum hörte, als würde ein Lastwagen eine Ladung Kies auf das Autodach kippen.

Unbedacht berührte ich ihn am Arm. „Haben Sie einen Schirm ..."

Abrupt zog er den Arm zurück, was in Sprache übersetzt so viel wie *Pfoten weg* hieß. „Es hört gleich wieder auf, dauert nicht lange", antwortete er barsch, was sich für mich ziemlich unfreundlich anhörte und mich auch unmittelbar beeindruckte. Man kann mich nämlich durch resolutes oder abweisendes Auftreten rasch aus der Fasson bringen, und wenn ich, wie in diesem Fall, meine Selbstsicherheit verlor, begann ich in der Regel zu stottern. Um das zu vermeiden, verfiel ich meistens in Schweigen und in eine Art Schockstarre. So auch jetzt. Ich krallte meine Hände um das Lenkrad und blieb steif und stumm sitzen.

Wie er vorhergesagt hatte, war das Gewitter nach wenigen Minuten vorbei. Die schwarze Wolke zog weiter, und dahinter leuchtete der strahlende Himmel. Der Mann leerte den Becher, stellte ihn mit einer Behutsamkeit auf das Armaturenbrett, die seine harte Stimme Lügen strafte, knurrte ein *Danke*, stieß die Tür auf und stieg aus. Nur Augenblicke später folgte ich seinem Beispiel, um den Bücheranhänger wieder zu öffnen. Dabei schaute ich mich nach ihm um, aber er war wie vom Erdboden verschwunden.

Wo sich all die Menschen vor dem Gewitter in Sicherheit gebracht hatten, war mir angesichts der Tatsache, dass nur Minuten nach den letzten Tropfen und noch vor dem ersten Sonnenstrahl in den Gassen zwischen den Ständen und Tischen wieder das gewohnte Gedränge und Geschiebe vorherrschte, unbegreiflich. Für die vielen privaten Flohmarktverkäufer und die professionellen Marktfahrer per se nicht schlecht, bedeutete sonst solch ein Wetterwechsel oft das Ende des Marktes und somit der Geschäfte.

Für mein Büchergeschäft jedenfalls stellte das heutige Unwetter eine Zäsur dar. Es gingen nur noch eine sechsbändige Ausgabe des Gesamtwerkes von *Wilhelm Busch* aus dem Jahre 1959 für fünfundsechzig Euro, sowie eine gebundene Reiseerzählung über *Sven Hedins* Durchquerung der *Wüste Gobi* für sieben Euro über den Ladentisch. Normalerweise legte ich Wert darauf, meinen Wagen bis zum Marktende offenzuhalten, denn ich lebte davon, dass man mir Bücher abkaufte. Wenn ich ergo aus einer Laune heraus den Laden einfach früher zumachen würde, würde ich mir selber Schaden zufügen. Heute allerdings wurde mir jede Minute zur Last und ich war entsprechend froh, als ich den *Mitsubishi Pajero* vor den Anhänger spannen und den Heimweg nach *Magerbüchel* antreten konnte.

Ich vergaß mich vorzustellen. Ich heiße Mathias Morgenstern, kurz und bündig *Matis* gerufen. Meine Adresse lautet, auch heute noch, *Im Hinterwasser 2, Magerbüchel*.

Mein Heim ist ein umgebauter Kuhstall mit angeschlossener Scheune und aufgesetztem Heuboden. In der Scheune, wo früher die Heuwägen und Traktoren des Bauern gestanden hatten, von dem ich den Stall einst kaufte, findet heute mein Anhänger und der *Mitsubishi Pajero* als komplettes Gespann Platz. Ich brauche nur das große hölzerne Scheunentor zu öffnen und geradewegs hineinzufahren. Die Scheune ist so breit, dass auch mein zweiter, etwas kleinerer Anhänger darin unterkommt, den ich für den reinen Transport von Büchern verwende, und den ich mit einer Plane abdecken kann.

Die Wohnung befindet sich im früheren Heuboden über dem ehemaligen Kuhstall. Wände und Dach natürlich isoliert, ist es ein riesiger offener Raum mit Sicht auf das Dachgebälk, ziemlich rustikal das Ganze, doch sehr gemütlich. Die Wohnraumfläche beträgt ungefähr hundertzwanzig Quadratmeter. Wo sich einst der Futterschacht befand, hatte ich eine Treppe nach unten einbauen lassen. Im ebenerdigen Stall selber ist mein Lager untergebracht. In unzähligen Regalen schlummern meine Reichtümer. Könnte ich alle Bücher und Gemälde auf einen Schlag verkaufen, wäre ich vermutlich ein reicher Mann, doch dieses Glück werde ich aller Wahrscheinlichkeit nicht haben.

Reichtümer werde ich mit meinem Geschäftsmodell also nicht verdienen. Ich komme, bei dem Aufwand, den ich betreibe, gerade so über die Runden. Wie bereits erwähnt, befahre ich mit meinem Bücheranhänger die Märkte im Südwesten der Republik. Das heißt früh aufstehen, spät nach Hause kommen. Liegt der Marktort weit entfernt, reise ich auch schon am Vorabend an. Zur Not kann ich in meinem Anhänger einigermaßen passabel schlafen, was für mich kein Problem darstellt. Einen Schlafsack führe ich stets mit. Im Durchschnitt komme ich auf vier Markttage pro Woche. Mal sind es nur drei, dann wieder fünf. Nebenher sehe ich zu, dass ich Nachschub an Büchern und Bildern besorgen kann. Ich kaufe Nachlässe auf, inseriere auch in Zeitungen. Manchmal, wenn ich abends nach Hause komme, stehen Kartons voller Bücher vor der Tür, die mir entweder geschenkt werden, oder, wenn eine Nachricht mit Adresse und Telefonnummer dabei ist, ich nach Sichtung einen Preis für den Erwerb vorschlage. Meistens nenne ich Preise über den Erwartungen.

Zweimal im Jahr veranstalte ich im Kuhstall, als mein zweites geschäftliches Standbein, eine Vernissage mit den Öl- und Acrylgemälden sowie den Aquarellen, die mir für die Märkte zu heikel im Transport und überhaupt zu wertvoll sind. Diese Aktionen haben sich mittlerweile unter Sammlern und Kennern herumgesprochen, sodass zu den angekündigten Daten alle Hotels und Pensionen der Umgebung ausgebucht sind.

Schon während der Fahrt von *Durlangen* nach *Magerbüchel* war mir der *graue Regenmann* sinnbildlich nicht mehr von der Seite gewichen. Wo hatte ich ihn schon einmal gesehen? Oder kannte ich ihn sogar? Eine vage Erinnerung formte sich heraus, steckte alsbald hinter meiner Stirn fest wie eine Zecke in der Haut, schwer zu greifen und schlecht zu lesen, wie ein in eine Wasseroberfläche gekritzeltes Wort. Der Duft einer Ahnung war es bloß, die Flüchtigkeit eines Geruchs, wie wenn bei der Wanderung über eine Kräuterwiese die Nuance eines Krauts den Weg in die Nase findet, und man es nicht benennen kann.

Kurz flammte eine Idee auf, nicht länger dauernd wie das Licht vom Mond zur Erde benötigte, eine Idee, die ich aber rasch verwarf, weil sie mir dann doch zu abenteuerlich vorkam, zumal eben jener, auf den sie sich bezog, seit Jahren sozusagen als verschollen galt. Zwar wurde er behördlicherseits nach wie vor nicht als vermisst geführt, war aber offiziell nirgendwo ordentlich gemeldet, war dem Hörensagen nach jedoch verschwunden, untergetaucht, unauffindbar, inexistent. Manchmal schwirrten Gerüchte ihn betreffend über die Stammtische der dörflichen Beizen, so regelmäßig wiederkehrend wie auch falsch, er sei gesichtet worden, da und dort, manchmal an zwei Orten gleichzeitig, wie es die typische Eigenart geheimnisvoller Schemen ist, einem Phantom gleich. Als ich aber zu Hause ankam, Auto und Anhänger in der Scheune, und ich den Wohnraum über dem Kuhstall beziehungsweise dem Bücherlager betrat, ließ es mir keine Ruhe. *Er* ließ mir keine Ruhe.

Normalerweise streckte ich nach einem Markttag alle Viere von mir. Also: Schuhe aus, Kognak in ein Glas, Feuer an eine Zigarette, rein in den Sessel und Beine auf den Tisch. Ja, kein Problem, bei mir wohnt niemand, dem das missfallen könnte, um es elegant zu formulieren. Will heißen, dass ich alleine lebe und weder auf Partnerin noch Partner Rücksicht zu nehmen brauche. Zumindest aktuell nicht.

Heute tat es eine Flasche Bier, und anstatt Beine hoch fasste ich meine Rumpelecke ins Auge, die hinter meinem Schreibtisch die persönlichen Schätze und Erinnerungen, verpackt in Kisten und Kartons, in Form von Fotoalben und allerlei Papierkram enthielten. Bierflasche und Aschenbecher auf den Schreibtisch, zog ich den Karton hervor, auf dem *Realschule* geschrieben stand. Zuoberst, das wusste ich, lagen meine alten Zeugnisse. Es mussten aber auch Fotos von der Schulentlassfeier und den wenigen Klassentreffen enthalten sein. Nicht, dass *der Regenmann* einst einer meiner Klassenkameraden gewesen war, nein, so schlecht arbeitete mein Gedächtnis nun doch nicht. Eher vermutete ich, dass mich die diffuse Spur in das nähere (oder erweiterte?) Umfeld der damaligen Schulklasse leiten würde. Die Fotos könnten mir eventuell einen Denkanstoß geben, wer zu jener Zeit die- oder derjenige gewesen sein könnte, die oder der am besten über alles und alle informiert war. Es gab solche Leute, denen, aus welchen Gründen auch immer, die Informationen, wichtige und nebensächliche, wie von Geisterhand immer zuflossen, und sie besaßen zudem die Fähigkeit, sie im Allgemeinen auch zu speichern und zu behalten. Es gab sie früher und gibt sie heute, und es wird sie in Zukunft geben, diese Leute. Wer unter meinen Klassenkameraden konnte also die Person sein, bei der ich mich am besten nach meinem *Regenmann* erkundigen konnte?

Ich bin heute fünfundvierzig Jahre alt und damit an die dreißig Jahre von der Schulentlassfeier entfernt. Klassentreffen wurden nur zu den runden Zehnerjahrgängen veranstaltet, in unserem Fall also das Dreißig- und das Vierzigjährige. (Das Zwanzigjährige wurde übersprungen.) Klassentreffen folgten von jeher eigenen Gesetzen, basierend auf der Natur der Menschen, sich nach Abschluss der Schule in alle Winde zu verstreuen, sodass zwar immer eine fast konstant gleiche Teilnehmerzahl um einen harten Kern zu verzeichnen war, doch mit stets wechselnden Leuten. Aber es müsste wirklich mit dem Teufel zugehen, wenn mir bei der Durchsicht der Gruppenfotos nicht ein Licht aufginge, welches von all den Gesichtern mir für Informationen am geeignetsten schien.

Es existierte eine Liste mit allen Namen, Adressen und Telefonnummern, die vor fünf Jahren noch auf dem Stand der Zeit waren. Meine Wahl fiel auf Viktor. Warum er? Er wohnte und lebte als einer von wenigen seit Geburt in der alten Heimat, genauer gesagt in *Kirchenrottach*. Er war dort zur Realschule gegangen, in *unsere* Realschule wohlgemerkt, war nie weggezogen, besaß ein eigenes Steuerberatungsbüro, und war Mitorganisator des vierzigjährigen Klassentreffens gewesen. Ich schrieb seine Telefonnummer auf ein Blatt Papier.

Zuerst aber meldete sich der Hunger bei mir an, weshalb ich die Flasche Bier in den Küchenbereich trug, um ein paar übrig gebliebene Salzkartoffeln von vorgestern aufzubraten und mit Rührei und Schinken aufzupeppen. Während ich aß, stierte ich unablässig auf die Telefonnummer, als könnte ich allein Kraft meines Geistes eine Verbindung zustande bringen. Was natürlich nicht geschah.

Sollte ich wirklich anrufen? Immerhin war Samstagabend, Juli, Sommer, und die Leute hatten womöglich Sinnvolleres zu tun, als in alten Geschichten herumzustochern. Ich wählte die Nummer trotzdem.

Ich hörte das Freizeichen ertönen, doch dauerte es geraume Zeit und ich stand kurz davor, den Versuch abzubrechen, als schließlich doch das Gespräch angenommen wurde.

„Lauenbacher. Guten Abend." Eine Frauenstimme. Gattin? Tochter? Mutter? Schwer zu sagen. Ich getraute mich nicht, explizit nachzuhaken. Ich ...äääh ...hatte da gewisse Hemmungen.

„Guten Abend, entschuldigen Sie bitte die Störung. Mein Name ist Mathias Morgenstern. Ist Viktor zu sprechen? Ich bin ein Schulkamerad von ihm." Genau in diesem Moment fiel mir der Name des Mannes ein, nach dem ich mich erkundigen wollte. Der Name des *Regenmannes*. Er hieß Zacharias, genannt *Zach*. Es war mir unmöglich zu entschlüsseln, unter welchem Schuttberg des Gedächtnisses der Name verschüttet gewesen war, und durch welche Art Impuls er sich aufgefordert fühlte, nach oben und ins Tagesgeschehen zu drängen. So, oder so ähnlich muss es gewesen sein, denn ich war selbst dermaßen überrascht, dass ich meinem letzten Satz Folgendes hinterherschickte: „Ich wollte wissen, ob er etwas über einen gewissen Zacharias sagen kann. Zacharias, genannt *Zach*."

Ich vernahm ein Geräusch durch den Äther, als würde jemand vor Schreck scharf die Luft einziehen und anhalten, etwa so, als hätte sich derjenige versehentlich mit einem Messer geschnitten oder an etwas Heißem just die Finger verbrannt. In der Leitung blieb es einige Sekunden lang still. Dann klang es, als würde die Luft langsam und wie in Stakkato entweichen.

„Tut mir leid, Viktor ist nicht da."

„Können Sie ...?" Tüt, tüt, tüt ... Aufgelegt. Na sowas.

Dieses abrupt beendete Gespräch musste als Alibi für einen Kognak herhalten. Ich goss eine doppelte Daumenbreite in einen Schwenker, nahm Telefon, Zigaretten und die Adressenliste nebst Klassenfotos mit hinaus auf den Balkon, um auf den Sonnenuntergang zu warten. Den Balkon hatte ich vor einigen Jahren nachträglich anfertigen lassen. Die Aussicht von hier über *Magerbüchel* hinweg bis hinüber in die französischen Vogesen war unbezahlbar.

Es war ein schwüler Sommerabend. Das nachmittägliche Gewitter über *Durlangen* war auch in *Magerbüchel* aktiv gewesen, und aus den Wiesen rund um die Scheune stieg feuchtigkeitsschwangerer schwerer Dunst. Ich schwitzte sogar bei völliger Bewegungslosigkeit, und der Kognak multiplizierte die Wirkung um mindestens Faktor drei. Bald klebte mir das Hemd auf der Haut. Aber anstatt mir Freizügigkeit zu verschaffen, indem ich mir die Klamotten vom Leib riss, blieb ich meiner Linie treu. Ich fand es nämlich hässlich und widerwärtig, wenn Männer halbnackt herumliefen, und ich gestattete mir deswegen auch zu Hause nicht, ohne Kleidung zu sein, obwohl mich hier keine Menschenseele sehen konnte.

Ich entdeckte einen weiteren Namen mit Adresse in *Kirchenrottach*. Nein, falsch. Ich entdeckte den Namen nicht, sondern ich wusste, dass er auf der Liste stand. Nämlich Elke. Elke, wegen der ich mich einst zu einem Schwachsinn hatte verleiten lassen. Eine heiße Welle schlechten Gewissens schoss aus dem Magen herauf und schwappte über meinen Kopf. Das Herz begann zu rasen und ich spürte das harte Pochen umgehend wie einen Dampfhammer im Schädel.

Den Fotos von den beiden Klassentreffen nach hatte sie sich in all den Jahren äußerlich kaum verändert. *Stiltreu*, fiel mir dazu ein. Oder war das schon wieder negativ? Ihre hervorstechendsten Merkmale waren die Flut lockiger roter Haare, die sie wie eine Flagge trug, sowie die Unzahl von Sommersprossen im Gesicht. Elke war Kindergärtnerin, wie ich mich zu erinnern glaubte. Stopp, wieder falsch. Ich glaubte mich nicht zu erinnern, sondern ich erinnerte mich eindeutig. Ein Blick auf die Uhr. Die Zeiger bewegten sich auf die Acht zu. Sollte ich sie tatsächlich anrufen? *Vielleicht gibt es eine Verjährungsfrist für jugendlichen Schwachsinn*, dachte ich. Hoffte ich. Ich tippte ihre Nummer ein.

„Petzold."

Damit hatte ich nicht gerechnet. Erstens, dass mich ein Stich ins Herz traf, als ich ihre Stimme erkannte. Wie gesagt, nicht damit gerechnet nach all der Zeit. Und zweitens der Name. Auf der Liste wurde sie unter Elke Weishaupt geführt. Petzold war ihr Mädchenname.

„Hallo Elke. Mathias Morgenstern hier", sagte ich an dem Knoten im Hals vorbei. *Ob sie das Zittern in meiner Stimme bemerkt hat?*

„Matis? Das ist aber eine Überraschung. Wie geht es dir?"

Der übliche ländliche Begrüßungsablauf. Ich war noch nie ein Meister des Smalltalks, das merkt man mir an, weshalb man meistens recht bald auf den Trichter kommt, dass ich nicht wegen des Tratschens anrufe. Was Elke betraf, gesellte sich zu meiner normalen Sprachlosigkeit noch ein gutes Quantum Befangenheit. Eine Geschichte, deren Peinlichkeit ich mir gerne erspart hätte. Aber warum hatte ich sie dann überhaupt angerufen?

„Warum rufst du an, Matis?"

Genau, das war die Frage. Warum gerade sie? Zu meiner Verteidigung durfte ich anführen, dass ich es zuerst bei Viktor versucht hatte. Das wusste Elke aber nicht. „Tja, Elke, kannst du etwas mit dem Namen Zacharias anfangen? *Zach?*"

„Wieso willst du das wissen?"

„Nun", sagte ich, „mir ist heute ein Mann begegnet, der mich an ihn erinnert."

„*Zach?* Das kann nicht sein." Die Antwort kam für meinen Begriff etwas zu schnell. Zu ablehnend. Als handle es sich bei dem Thema um gefährlichen Stoff oder um eine verbotene Zone. War es das eventuell sogar? Vor meinen inneren Augen entstand ein hoher Zaun mit ekliger Stacheldrahtkrone, versehen mit einem Schild: *Danger! Keep out!* Wieso ich es in englischer Sprache dachte, muss an meiner Vorliebe für amerikanische Krimis liegen.

„Ich weiß, was man so redet. Dass er verschwunden sei, und so weiter. Trotzdem …Ich dachte, du wüsstest vielleicht, was … " Im Hintergrund waren Stimmen zu hören. Fernsehen? Familie? Etwas klirrte. Gläser? Geschirr?

„Moment mal, Matis", hörte ich sie sagen, und dann etwas zu jemandem rufen, der sich wohl in ihrer Nähe befand, das ich aber nicht verstehen konnte.

„Entschuldige, Matis. Meine Tochter spült Geschirr. Chaos mit System. Weißt du was? Hast du morgen Zeit?"

„Äääh, ja, warum?"

„Du wohnst doch in *Magerbüchel*, nicht wahr?"

„Ja", sagte ich erstaunt.

„Dann treffen wir uns morgen bei dir. Sagen wir um elf Uhr? Ist dir das recht? Oder lieber später?"
Ich war perplex. „Okay", antwortete ich, „morgen um elf."

Bei Klassentreffen stand man irgendwie unter ständiger Beobachtung. Vertrauliche Gespräche konnten erfahrungsgemäß nicht stattfinden. Alles war auf Gemeinsamkeit ausgerichtet, auf kollektives Erleben. Derjenige, der in der Schule schon immer der Witzbold gewesen war, schwang sich auch bei diesen Anlässen zum Alleinunterhalter auf. Was man übereinander wusste oder zu hören bekam, berührte, einem ungeschriebenen Gesetz folgend, nur die Oberflächen. Mir war das recht, denn dadurch verlief sich das allgemeine Interesse an meiner Person und meiner Karriere wohltuend im Sande. Es genügte mir, dass die anderen wussten, wie ich meinen Lebensunterhalt verdiente, und das war wahrlich nichts, womit ich glänzen konnte. Es war meine Entscheidung gewesen, mein Weg, und ich war's zufrieden. Immer, wenn mein Streber-Gen von mir verlangt hatte, ich müsste dieses oder jenes tun, hatte ich geflissentlich weggehört. Ich musste zugegebenermaßen um mein tägliches Brot ringen, aber ich hatte meine Bücher und ein eigenes originelles Zuhause, das man in keinem Fertighauskatalog kaufen konnte. Für mich war das ein echtes Pfund.

Bei den beiden bisherigen Klassentreffen war Elke freilich mit dabei gewesen, aber, wie erwähnt, waren das keine Gelegenheiten, um irgendwelche Verwerfungen oder Entfremdungen auszubügeln. Dass jedoch etwas zwischen uns existierte, hatte uns sichtlich beschäftigt, denn es war schon fast ulkig, wie sehr wir erpicht waren, gerade noch haarscharf bemüht am anderen vorbeizuschauen. Immerhin war Elke so nobel, mich nicht vor aller Augen bloßzustellen oder aufs Korn zu nehmen.

Jetzt also morgen. Elf Uhr. Elke.

Mein Auge schielte nach einem weiteren Kognak, und bevor ich mir eine Sehstörung einhandelte, gab ich dem Drängen nach.

Beine auf dem Balkongeländer, Zigarette in der Hand, überlegte ich, ob ich ein Mittagessen für Elke zubereiten sollte, entschied mich letztlich jedoch dagegen, gab es in *Magerbüchel* doch den *Adler*, ein gut geführtes Restaurant mit ansprechender regionaler Küche.

Vielleicht, dachte ich, *sollte ich mich eher um meine Wohnung kümmern. Aufräumen, hauptsächlich, aber nicht so sehr, dass man meine Lebensweise nicht mehr erkennt und das Ambiente verloren geht. Bad und Küche putzen. Morgen*, dachte ich, *morgen früh.*

Die Sonne bereitete sich vor, von *Magerbüchels* Kirchturm aufgespießt zu werden. Vom kleinen Bach, der an meiner Scheune vorbeifloss, startete ein Wildentenpaar und flog mit knatternden Flügelschlägen Richtung Westen zum Rhein. Wenn es nicht wahr wäre, dann wäre zumindest die Vorstellung kitschig schön.

Dass ich nervöser war als ich eingestehen wollte, merkte ich an meinem Zigaretten- und Kaffeekonsum. Ich hatte leidlich Ordnung im Haus gemacht, nicht übertrieben penibel, und wartete nun auf dem Balkon, dass es elf Uhr werden würde. Mir wurde bewusst, dass ich seit dem gestrigen Telefonat mit Elke nicht mehr an den Grund ihres Besuches, nämlich *Zach*, gedacht hatte. Gleichzeitig stellte ich mir die Frage, ob mir dieser *Zach* im Grunde nicht total schnuppe sein konnte. Was hatte ich mit ihm am Hut? Nichts. *So what?*

Kurz vor elf Uhr kam ein knallrotes Auto die Straße vom Dorf her gefahren. Ein alter *VW Polo*, wie ich beim Näherkommen feststellte, mit altersstumpfem Lack. Ich ging nach unten und wischte beim Gehen meine feuchten Hände an den Hosenbeinen ab. *Verdammt, hoffentlich erzähl' ich keinen Schrott.*

Da stieg sie aus, die ungebändigte Lockenmähne leuchtete in der Sonne, ihr fröhliches Gesicht wirkte vor lauter Sommersprossen sonnengebräunt, und blieb neben dem Auto stehen. Sie trug ein knöchellanges, luftiges Kleid in verschiedenen Rottönen, und Sandaletten.

„Hallo Elke", ging ich auf sie zu, fasste sie an den Oberarmen, Küsschen links/rechts/links (so nah war ich ihr noch nie gekommen), „schön, dass du gekommen bist. Wie hast du mich überhaupt gefunden?"

„Landkarte", sagte sie aus Überzeugung, „ganz analog. Hallo Matis. Schön hast du's hier. Ist das dein Haus?" Sie blickte sich um. „Ruhige Gegend, oder?"

„Sehr ruhig", antwortete ich. „Ich brauche das, kann Lärm nicht ertragen."

„Hilf mir mal", sagte sie. „Ich hab' uns was zu essen mitgebracht. Und Kuchen. Du hast doch bestimmt Kaffee im Haus?" Sie warf eine Umhängetasche über die Schulter und öffnete den Kofferraum. „Wenn du den

Stahltopf und die Jutetasche nimmst, bringe ich den Rest."

Nachdem wir die Sachen im Küchenbereich vorläufig abgestellt hatten, führte ich sie durchs Haus: Scheune, Bücherlager, Wohnbereich.

„Wow, das sind bestimmt zehntausend Bücher. Die hast du aber nicht alle selber gelesen, oder?"

„Gut geschätzt, es sind ein paar mehr, und nein, ich habe sie nicht alle gelesen."

„Und die verkaufst du mit deinem Anhänger auf den Märkten!", stellte sie fest.

„Ich versuche es zumindest."

Wir stiegen die Treppe hinauf. „Hier wohnst du also. Ich hatte keine Idee, wie es bei dir aussehen könnte. Es gefällt mir. Der lichte Raum ist gewaltig."

Ich bemerkte, dass sie in meiner Schlafecke das schmale Bett musterte. „Du lebst allein", lautete ihre nächste Feststellung, die ich unkommentiert ließ. Sie hätte sicher kein Essen mitgebracht, wenn sie davon ausgegangen wäre, dass ich mit jemandem zusammenlebte.

„Ich müsste mal für kleine Elke."

„Klein Elke muss die Treppe hinunter, dann scharf links halten."

„Du kannst dich in der Zwischenzeit entscheiden, ob du lieber Nudeln oder Kartoffeln essen möchtest. Es gibt ein Ragout und Blattsalat."

Elke wusch den Salat. Sie hatte ein fertiges Dressing in eine Flasche abgefüllt und mitgebracht. Ich schälte derweil Kartoffeln und schnippelte sie zu Würfeln. *Es gibt für alles ein erstes Mal*, dachte ich, denn unter diesem meinem Dach hatten noch nie zwei Personen zusammen Essen gekocht.

„Wie kommst du eigentlich auf die Idee mit *Zach*?", fragte sie nebenbei, und war nun doch bei der Hauptsache angekommen.

Ich erzählte ihr vom gestrigen Markttag in *Durlangen*, vom Gewitter, und wie ich dem grauen *Regenmann* Schutz gewährt hatte. „Ich hatte *Zach* damals nur sporadisch gesehen. Gerade noch dass ich wusste, wie er hieß. Ach, sporadisch ist schon zu hoch gegriffen. Selten. Ich hatte ihn selten gesehen. Dreißig Jahre können einen Menschen schon sehr verändern, und doch meinte ich, in diesem *Regenmann* ihn zu erkennen. *Zach*." Ich gab Salz zum Kartoffelwasser und drehte die Elektroplatte an.

„Du kannst jetzt auch das Ragout einschalten, Matis. Nimm die mittlere Stufe. Mit dem Salat bin ich soweit fertig. Ich hatte gesagt, dass es eigentlich nicht sein kann. *Zach* ist verschwunden. Einfach weg, verstehst du?"

Ich nahm einen Kaffeelöffel zur Hand und probierte von der Ragout-Soße. Perfekt. „Ja, das ist das, was ich auch weiß. Gestern jedoch hatte ich kurz den Eindruck, dass du etwas mehr über ihn weißt. Korrigiere mich, wenn ich mich täusche."

Elke schleuderte mit einem Tuch Restfeuchtigkeit aus dem Salat. „*Zach* war gebürtiger *Kirchenrottacher*. Ich sage absichtlich *war*, weil ich nicht glaube, dass er noch lebt. Er war zwei oder drei Jahre älter als wir.

Genau weiß ich das nicht. Aber schon damals rankten sich abenteuerliche Geschichten um ihn. Man sagte ihm zum Beispiel nach, dass er nachts durch die Dörfer der Umgebung schlich, Hasenställe öffnete und die Hasen frei ließ. Angeblich soll er Weidezäune zerstört und das Vieh hinaus getrieben haben. Dass er sich einer Tierschutzorganisation angeschlossen und mit versteckter Kamera die Zustände in Geflügelhöfen gefilmt und veröffentlicht hätte. Er soll auch nie Fleisch oder Wurst gegessen haben. Solch ein Verhalten machte ihn für die Einheimischen natürlich suspekt."

„Ja schon, aber deswegen verschwindet man doch nicht einfach so. Was also ist es?"

„Kannst du dir das nicht denken?"

„Mist, die Kartoffeln sind noch nicht durch. Nein, kann ich nicht."

„*Zach* war sehr konsequent. In allem, was er tat. In jedem Lebensbereich. Es gab für ihn nur schwarz oder weiß. Dazwischen kannte er nichts. Was würdest du alles aus Liebe tun, Matis?"

Ich erstarrte. *Das fragst du den Richtigen*, dachte ich, *nämlich mich, den Großmeister der Liebe himself. Was würde ich aus Liebe tun? Ich und Liebe? Wieso fragt sie nicht gleich, wie ein Ochse einen dreifachen Salto springt? Oder tue ich ihr jetzt Unrecht, weil sie ja nicht wissen kann, in welchem Verhältnis die Liebe und ich stehen? Oder kann sie es wissen? Kann sie es ...?*

„Matis? Matis? Maaatiiisss?"

„Äääh, was hast du gesagt?"

„Du warst soeben wie weggetreten. Was ich sagen wollte: Allgemein munkelt man, dass *Zach* unsterblich verliebt war."

„Aha. Ich kombiniere. Er war verliebt, sie hat ihn nicht erhört, und konsequent, wie er nun mal war, hat er die Flatter gemacht. Wie auch immer. *Dead or alive.* Denkst du das?"

Sie zuckte mit den Schultern. „Zuzutrauen wär´s ihm."

Das Ragout schmeckte köstlich. Wir saßen uns am Esstisch vis-à-vis. Ich musste zugeben, dass ich schon lange nicht mehr so gut gegessen hatte.

„Du schluderst wohl bei deiner Ernährung", sagte Elke.

„Stimmt. Ich nehme mir einfach zu wenig Zeit dafür. Auf den Märkten bekommt man höchstens ´ne Wurstsemmel oder eine Bratwurst, und wenn ich abends nach Hause komme, bin ich meistens zu müde."

„Dass das nicht gesund ist, weißt du aber."

„Gestern", lenkte ich ab, „bevor ich dich angerufen habe, hatte ich versucht, Viktor zu erreichen. Das war etwas seltsam. Es war eine Frau am Apparat. Als ich auf *Zach* zu sprechen gekommen bin, hatte ich das Empfinden, dass sie ziemlich erschrak. Jedenfalls hat sie das Gespräch danach sofort abgewürgt."

Elke hüllte sich in Schweigen. Hatte ich etwas Falsches gesagt?

Wir räumten den Tisch ab, das Geschirr in die Geschirrspülmaschine, die Essensreste in eine Schüssel.

„Das kannst du dir morgen nochmal aufwärmen, wenn du magst", sagte sie. „Hast du bitte eine Zigarette für mich?"

Wir rauchten auf dem Balkon. Da er nach Westen ausgerichtet war, lag er zur Mittagszeit noch im Schatten. Elkes Blicke reichten in weite Ferne. Ich dachte: *Wenn die Blicke durch die Erd-Gravitation gekrümmt werden, wie zum Beispiel das Einsteinsche Licht, schaut sie einmal um den Erdball herum und sieht uns dann von hinten hier sitzen.*
„Es war *sie*, die er geliebt hat."
Ich stutzte und benötigte einige Sekunden, um zu begreifen. „Du meinst Viktors Frau? Sie war *Zachs* unsterbliche Liebe?"
Elke nickte. „Viviane ist meine Freundin. Ich weiß es aus erster Quelle. Die beiden hatten ein Verhältnis angefangen, als Viviane schon mit Viktor verheiratet war."
„Verstehe."
„Er hat ihr einen Abschiedsbrief geschrieben. Viviane hat ihn mir vor Jahren gezeigt. Aufgrund dessen muss man davon ausgehen, dass er sich das Leben genommen hat. Bei seinem konsequenten Verhaltensmuster ...deswegen glaube ich nicht daran, dass du gestern *ihn* gesehen hast, Matis."
Das musste ich so hinnehmen. Und warum sollte nicht stimmen, was Elke erzählte, sie war ja doch näher am Geschehen gewesen als ich? Nur, seine Leiche hat man meines Wissens nie gefunden, was per se kein Lebensbeweis ist, das war mir klar. Es gab zu viele

Möglichkeiten, sich für immer verschwinden zu lassen. Man konnte sich in einem See versenken oder in einem finsteren unzugänglichen Wald zur ewigen Ruhe legen – oder was auch immer. Ich besaß darüber keine eigenen Erkenntnisse. Sollte ich also mit dem Kapitel abschließen?

Wir saßen eine ganze Weile ohne zu reden nebeneinander auf dem Balkon. Elke hatte die Beine auf das Geländer gestreckt und die Arme hinter dem Kopf verschränkt. Verstohlen schielte ich auf ihre nackten Beine, denn das Kleid war ein Stück über die Knie gerutscht.

„Wie bist du eigentlich zu deinem Gewerbe gekommen? Ich meine, Antiquar ist jetzt nicht unbedingt ein anerkannter Lernberuf. Oder sagt man Lehrberuf?"

„Vielleicht weißt du's, vielleicht auch nicht, aber ich hatte nach der Realschule die *Hochschule für öffentliche Verwaltung* in *Klahr am Rhein* besucht. Danach habe ich in der Ortsverwaltung in *Talhalden* als Gemeinderechner gearbeitet. Meine Eltern wohnen übrigens heute noch in *Talhalden*. In *Obertalhalden*, um genau zu sein. Das Tätigkeitsfeld in der Verwaltung war mir zu trocken. Es gefiel mir nicht. Ich hatte schon immer viel gelesen und Bücher gesammelt, und wenn ich keinen Platz mehr für die Bücher hatte, hab' ich sie auf Flohmärkten verkauft. Damals existierte ein Antiquariat in *Talhalden*. Der Inhaber musste aus Altersgründen aufgeben. Ich habe mich zuerst in sein Geschäft anteilig eingekauft, es später ganz übernommen. Doch der Laden lief nicht. Von den wenigen Kunden konnte ich nicht leben. Also hab' ich mir gesagt, dass, wenn die Leute nicht zu den Büchern kommen, ich die Bücher zu den Leuten bringen muss. Ich kaufte den Anhänger, den du vorhin in der Scheune gesehen hast, rüstete ihn mit Regalen aus, und seither grase ich die Märkte des Landes ab. Es ist erstaunlich, wie viele Märkte es über die Woche verteilt gibt. Ich habe einen ordentlichen Gewerbeschein, und ich fülle Jahr für Jahr eine Steuererklärung aus. *That´s it.*"

„Denkst du auch an die Altersversorgung? Irgendwann wirst du nicht mehr Tag für Tag zu den Märkten fahren können. Dann muss dir die Rente zum Leben reichen."

„Da hast du recht. Ich zahle als Selbstständiger freiwillig in die Rentenkasse ein, und ich sorge auch privat vor, indem ich spare. Gottseidank gehört das Haus mir."

„Gut, Matis. Und jetzt? Lust auf Kaffee und Kuchen?"

Den Kaffee tranken wir im Wohnzimmer. Elke packte den Kuchen aus. Schokolade-Kirsch. Ein Gedicht.

„Matis, wegen deines Briefes damals ...in der Schule ...du weißt ..."

Oh Scheiße, ja, ich weiß, wusste es all die Jahre. Jetzt knallt sie mir die Geschichte vor den Latz. Ja, genau, der Brief, den ich ihr geschrieben hatte. Also gibt es keine Verjährungsfrist. Mord verjährt nicht, und jugendlicher Liebeswahn auch nicht. Bedeutet: Höchststrafe. Lebenslänglich. Dabei leide ich doch schon lebenslang, wenn man es genau nimmt. Ich hatte nie eine andere Frau angesehen. Bis heute nicht. So gesehen war ich so konsequent wie Zach, *nur dass ich mich nicht umgebracht habe. Es war falsch, dass ich ausgerechnet sie angerufen habe. Es war falsch, dass ich sie zu mir habe kommen lassen. Falsch, falsch, falsch. Werd´ jetzt nur nicht rot vor Verlegenheit. Fang´ jetzt bloß nicht an zu stottern. Bloß nicht ...*

„Elke, ich ...ich ...ich ...es ...es ...es ...das ...das ..."

„Es ist der einzige Liebesbrief, den ich je bekommen habe. Und das Schönste, was je jemand zu mir gesagt hat. Das konnte ich leider erst später begreifen. Ich habe ihn heute noch. Aber ich ..."

Jetzt kommt der Hammer. Muss kommen. Höchststrafe. Kopfwäsche.

„... ich war damals nicht empfänglich für die schönen Worte. Für meine Situation waren sie, wie soll ich sagen, zynisch. Du beschriebst eine reine und klare Welt, wie es sie für mich nicht gab. Viel zu romantisch. Viel zu lyrisch. Ich konnte sie einfach nicht glauben, weil meine frühen Erfahrungen die Worte Lügen straften. Liebe hatte für mich eine völlig andere Bedeutung, was du natürlich nicht wissen konntest. Wenn du meine Geschichte und die meiner Familie kennen würdest, könntest du mich verstehen. Es war keine angenehme Geschichte. Ich werde sie dir gelegentlich erzählen, wenn du magst. Und wenn ich bereit bin."

„Du warst verheiratet ..."

„Ja. Aus Verzweiflung. Ich hatte gedacht, eine Ehe wäre die Rettung. Eine Art Therapie. Aber man darf keine Beziehung eingehen in der Hoffnung, einen Ausweg oder Heilung zu finden. Es war ein Fehler. Das Beste, was daraus entstanden ist, ist meine Tochter

Chiara. Ich habe meinen Mädchennamen wieder angenommen, obwohl mich damit schlechte Erinnerungen verbinden."

„War er ..."

„Du willst wissen, ob mein Mann ein Schwein war? Nein, war er nicht. Er hat mich nicht geschlagen, wenn du das meinst. Aber ich habe bei ihm kein Verständnis gefunden. Er konnte nicht auf mich eingehen. Er war mit mir überfordert. Zudem gefielen mir seine politischen Ansichten nicht. Er entwickelte und vertrat zunehmend ziemlich krude Nazi-Thesen. Das zeigte sich erst nach und nach während der Ehe. Mit sowas kann ich nicht leben."

„Wohnt deine Tochter bei dir oder bei ihm?"

Jetzt lächelte Elke. „Bei mir. Sie wird dieses Jahr siebzehn."

Ich nickte.

„Und du, Matis? Wer außer mir hatte noch das Glück, Liebesbriefe von dir zu bekommen?", fragte sie frisch und unbekümmert von der Leber weg, und so ahnungslos wie ich vor dreißig Jahren.

Oh verdammt, das tut weh. Ich schluckte einen dicken Kloß hinunter. *So viele Jahre habe ich mich schon daran gewöhnt. Ans Alleinsein. Ich habe mich damit arrangiert. Ab einem gewissen Zeitpunkt, den ich nicht in Zahlen ausdrücken kann, hatte ich es akzeptiert. Soll ich ihr eine Liste weiblicher Namen vorbeten, nur damit sie annehmen kann, dass ich ein erfülltes und glückliches Leben hatte? Jede Menge Sex? Aufregend? Zügellos? Oder soll ich ihr die Wahrheit sagen, dass mein Brief von damals auch heute ...*

Ein Geräusch zerschnitt meine Gedanken. Elkes Handy. „Entschuldige, Matis", sagte sie und schaute aufs Display. „Das ist Viviane. Da muss ich rangehen."

Sie erhob sich vom Platz und ging hinaus auf den Balkon. Ich sah sie lauschen und sprechen. Einmal blickte sie zu mir ins Wohnzimmer herein, und ich meinte, ihre Lippen meinen Namen *Matis* formen zu sehen. Dann kam Elke wieder herein.

„Ich muss leider zurück, Matis. Viviane will mich heute noch besuchen kommen. Anscheinend ist etwas Merkwürdiges passiert. Ich ...es war sehr angenehm bei dir. Vielleicht ...vielleicht können wir das mal wiederholen. Begleitest du mich nach unten? Danke."

Ich ging mit ihr bis zu ihrem Auto. Bevor sie einstieg, drehte sie sich zu mir um und berührte mit einer Hand leicht meine Wange. „Der Brief, Matis. Du hattest damals deine wahren Gefühle ausgedrückt, nicht wahr? Du hast daran geglaubt, und du warst in mich verliebt."

„Ja", sagte ich. „Im Prinzip glaube ich auch heute noch daran. Aber der Zug mit der Liebe ist für mich wohl abgefahren."

Ohne ein weiteres Wort fuhr sie vom Hof.

Es war bereits nach zehn Uhr am Abend, ich saß noch mit einem Kognak auf dem Balkon und rauchte. Über mir wölbte sich ein violetter Himmel, aus dem tausende funkelnde Splitter glitzerten. Die Vogesen im Westen ertranken in eidottergelbem Licht. Irgendwo auf der Wiese zirpte eine einsame Grille. Eigentlich hätte ich schon im Bett liegen müssen, denn ab morgen wartete eine anstrengende Woche auf mich. Fünf Jahrmärkte, alle entlang des Hochrheins. *Grenzach, Rheinfelden, Bad Säckingen, Waldshut* und *Stühlingen*. Montag bis Freitag, mit täglichem Ortswechsel. Aber wenn ich jetzt schlafen ginge, würde der Tag ein Ende finden, und das wollte ich irgendwie nicht zulassen. Zu sehr war Elke noch präsent. Es war, als würde ich einem Echo nachlauschen, das wiederum ein Echo ergab, und immer noch ein weiteres. In Gedanken versuchte ich, unsere Gespräche zu rekonstruieren; versuchte, mir ihre Stimme vorzustellen, und ihr Gesicht. Sie hatte mein Haus geadelt, indem sie hier war. Es würde ab heute für immer ein anderes sein. *Du hattest damals deine wahren Gefühle ausgedrückt, nicht wahr? Du hast daran geglaubt, und du warst in mich verliebt.* Ihre Worte hallten in mir nach, versetzten mich in jene Zeit zurück. Oder war es umgekehrt? Transferierten sie jene Zeit in die Jetztzeit? Ich zuckte zusammen, als mein Handy unerwartet klingelte. Überrascht stellte ich fest, dass auf dem Display Elkes Name erschien. „Elke? Was ist passiert?"

Sie atmete schwer, als hätte sie einen Sprint hingelegt. „Viviane ist soeben gegangen. Ich dachte, ich will dir gleich Bescheid sagen, deswegen bin ich die Treppe hochgerannt. Viviane hat in ihrem Briefkasten ein Halstuch gefunden, den ..."

„Lass´ mich raten. Ein graues."

„Ja, ein graues. Woher weißt du das? Jetzt kommt´s. Sie hat dieses Halstuch einmal verschenkt. Weißt du auch an wen?"

„An *Zach*?"

„Ja. An *Zach*. Ist das nicht merkwürdig?"

„Das ist merkwürdig, Elke", bestätigte ich.

Die Verbindung blieb für etliche Sekunden leer, wie ein Tunnel, durch den kein Zug fährt. Wir hörten einander atmen. Mein Gott, ich schloss die Augen und träumte, sie wäre hier.

„Matis?"

„Ich bin noch da. Ich höre zu, wie du atmest."

„Was machst du gerade?"

Soll ich irgendwas erfinden, das ich gerade tun könnte? Etwas, das sie vielleicht spannend oder interessant finden könnte? Um mich interessant für sie zu machen? Etwas wie: Abenteuerurlaub planen, oder: Ich bestelle die neueste Segeljacht. Quatsch, nein. Ich werde sie nicht belügen. Das wäre nicht ich, und sie würde es bemerken. Ich werde sie nie anschwindeln.

„Ich sitze auf dem Balkon, trinke einen letzten Kognak bevor ich schlafen gehe, und genieße den Abend. Ich lasse den Tag Revue passieren."

„Das muss schön sein", sagte sie. „Ich kann es mir direkt vorstellen. Musst du nächste Woche arbeiten?"

Ich schilderte meine Tour am Hochrhein entlang, fünf Städte in fünf Tagen. „Um halb fünf muss ich aufstehen, damit ich um acht Uhr meinen Verkaufsstand öffnen kann."

„Und am Samstag?"

Ich lachte. *Verflixt, wie gut das tut. Lachen. Wann habe ich eigentlich zum letzten Mal gelacht? Ich kann mich nicht daran erinnern. Bin ich so ein Griesgram, dass mir das Lachen vergangen ist?* „Ich fülle den Verkaufswagen wieder mit Büchern auf, was natürlich voraussetzt, dass ich welche verkauft habe, und dann führe ich Buch, und dann ..."

„Wenn du willst, komme ich zu dir."

„Wenn ich ...?" *Hat sie soeben gesagt, dass sie zu mir kommen will?* „Das – war – jetzt – zu - diesem Zeitpunkt kein so guter Vorschlag, Elke. Wie, stellst du dir vor, soll ich nun einschlafen können?"

Ihr fröhliches Lachen drang an mein Ohr. „Heißt das, dass du willst?"

„Nur unter einer Bedingung."

„Oh. Die da wäre?"

„Dass du was zu essen mitbringst."

*

Für die Marktfahrer bedeutet die Hochrhein-Tour in etwa das, was bei den Leichtathleten die Marathonstrecke ist. Fünf Tage, fünf Orte, vier bis sechs Übernachtungen in fremden Quartieren, je nachdem, wie weit An- beziehungsweise Rückreise sind. Es gibt im Südwesten nur noch eine vergleichbar ähnliche Tour, nämlich entlang der sogenannten *Romantischen Straße*, wo ebenfalls fünf Termine im September nacheinander anstehen.

Die meisten Marktfahrer haben eine Art Hassliebe dafür entwickelt. Einerseits liegt der Vorteil gerade in der Dichte der Termine und der Tatsache, dass sie relativ nah beieinander liegen. Unter Insidern spricht man von der *Karawane*, denn in der Tat zieht nach Marktende jeweils ein Tross von rollenden Verkaufsständen von einem Ort zum nächsten. Andererseits stellen die langen Ausbleibezeiten von zu Hause für nicht wenige ein Problem dar. Übernachtungen sind teuer. Selbst in Provinzorten haben die Hoteliers und Besitzer von Pensionen die Zeichen der Zeit erkannt und erhöhen just zu den Markttagen die Zimmerpreise. Wer nicht im eigenen Wohnwagen, oder wie ich, im Verkaufswagen schlafen kann, hat am Ende der Woche nicht selten mehr Spesen als Einnahmen. Der zweite Nachteil betrifft den Nachschub von Waren. Ich belade aus diesem Grund meinen Anhänger für die Hochrhein-Tour immer bis zur Schmerzgrenze, manchmal auch darüber hinaus.

Montagmorgen auf der Autobahn Richtung Basel ist Mord. Diese Tatsache steht. Das war früher so, war heute so, und wird nächsten Montag so sein.

Ich hing mitten in einer Kolonne aus Lastwagen. Achtzig km/h, wenn's gut lief. Aber es lief nicht gut. Bis zu zehn Kilometer vor dem Grenzübergang nach der Schweiz bildete sich ein Rückstau. Es war nach *Grenzach*, dem ersten Marktort auf der Tour, zwar nicht mehr weit, aber die Zeit drängte. Ich war seit halb sechs Uhr auf der Straße, und nun war bereits nach halb acht Uhr. Es lag allein an diesem Nadelöhr und den Lastwagen. Zudem war ich müde.

Wie ich vermutet hatte. Nach dem gestrigen Anruf von Elke war es Essig mit Einschlafen. Sogar jetzt noch erklang ihre Stimme in meinem Ohr: *Wenn du willst, komme ich zu dir.* Ich könnte das in Endlosschleife hören. *Wenn du willst,* ...Immer wieder. ... *komme ich zu dir.* Ich lade das als Klingelton auf mein Handy.

Mir war völlig egal, welches Wetter mich diese Woche erwarten würde. Nicht egal jedoch war mir, dass es erst Montag war. *Und am Samstag?*, war für mich ihre wichtige Frage. *Wenn du willst ...*

Wie sollte ich das überstehen?

Hör´ mal zu, alter Junge. Du hast beinahe drei Jahrzehnte lang gewartet. Dreißig Jahre keine andere angeschaut, weil du dir damals geschworen hast: Die oder keine. Und jetzt machst du nicht mal eine Woche vor dem Ziel schlapp? Bis Samstag sind es nur sechs Tage.

Sechs Tage Hölle. Aber was mein Unterbewusstsein mir einzureden versuchte, durfte ich so nicht stehen lassen. Ich hatte nämlich kein Ziel, was Elke betraf. Weder verfolgte ich sie, noch übte ich in irgendeiner Weise Druck auf sie aus. Niemals. Nie. Ich hatte ihr nur diesen einen Brief geschrieben. *Es ist der einzige Liebesbrief, den ich je bekommen habe.* Was stimmt, ist, dass ich mich den eigenen Grundsätzen unterwarf. Ureigenster Kodex. Mögen sie aus heutiger Sicht archaisch oder abstrakt erscheinen – ich hatte sie zu meinem Credo gemacht. Wenn meine Liebe wahr und ehrlich sein sollte, dann durfte es keine andere daneben oder folgend geben. Das Eine-Liebe-Prinzip. Und ich mit meiner Weltanschauung hatte mich daran gehalten. Das war gar nicht so schwer, wie es scheinen mag. Ich wusste ja, wen ich liebte. Nicht wahr? Und ja, beim heiligen Strohsack: Ich war noch Jungfrau.

Endlich ging es im Stau weiter. Nächste Ausfahrt. Es wurde zwar knapp, doch letztlich schaffte ich den Termin in *Grenzach*.

... komme ich zu dir.

*

Nachbetrachtet sollte es die heißeste Woche des Sommers werden. Höchsttemperaturen bis achtunddreißig Grad im Schatten. Das konnte man am Montagmorgen in *Grenzach* freilich noch nicht wissen.

Die Geschäfte liefen aus diesem Grund auch nur vormittags gut. Sobald es auf den Mittag zuging, leerten sich die Straßen oder Plätze, je nachdem, wo die Jahrmärkte in den Orten stattfanden. Die Hitze wurde unerträglich. Schattenstellplätze gab es so gut wie keine, und der Asphalt der Straßen mutierte zum Fußboden der Hölle. Wer atmete, inhalierte flüssiges Glas. Wer Glück hatte und über einen flexiblen Verkaufsstand verfügte, konnte zur Erleichterung die Planen der Seitenwände einrollen. Wer aber einen Wagen mit festen Aufbauten bedienen musste, litt Qualen wie in einem Backofen. Am schlimmsten traf es die Zuckerwarenverkäufer. Ihnen schmolz die Ware in den Vitrinen zu Klumpen.

Ich trank Unmengen Wasser, und musste doch kaum pinkeln, weil ich es sogleich wieder als Schweiß über die Poren verlor. Die meiste Zeit verbrachte ich im Schatten der hochgeklappten Seitenwand des Bücheranhängers und brütete dem Abend entgegen. Die tropischen Nächte im Anhänger zu schlafen, wie ich es vorgehabt hatte, konnte ich mir ebenso abschminken wie die Benutzung des Schlafsacks. Ich richtete mir ein Notschlafquartier halb unter, halb neben dem Anhänger ein und deckte mich, so gut es eben ging, mit der Alufolie aus dem Erste-Hilfe-Kasten des *Mitsubishi* zu.

Am Montag aß ich den Rest von Elkes Ragout mit kalten Kartoffeln, im Grunde die einzige richtige Mahlzeit während der Hochrhein-Tour. Sonst, wie gesagt, hielt ich mich mit Wurstsemmeln, Bratwürsten, Keksen und dem mitgebrachten Obst über Wasser.

Bei meinen Kunden informierte ich mich an jedem Tag über den Weg zum örtlichen Schwimmbad. War der Jahrmarkt abends zu Ende, verschloss ich meinen Anhänger und stattete dem Schwimmbad einen Besuch ab, um meine Körpertemperatur herunterzufahren, den Schweiß abzuspülen und die klammen Klamotten gegen saubere zu wechseln. Eine Maßnahme, ohne die ich die Hochrhein-Tour nicht überstanden hätte.

Die sanitären Angebote auf den Marktplätzen waren grenzwertig. Ich benutzte lediglich die Toiletten, behalf mir für die Körperhygiene mit mehreren Handtüchern, die ich mitführte und täglich mit Mineralwasser anfeuchtete, und putzte auch die Zähne mit Mineralwasser. Es war ein Leben am Rande der Nichtsesshaftigkeit. Fahrendes Volk, ohne einem Volk anzugehören.

Geschäftlich gesehen war die Tour durchwachsen. Wie erwähnt, waren potenzielle Kunden hauptsächlich in den Morgenstunden unterwegs. Als einträglichste Einzelposten verkaufte ich eine dreibändige Ausgabe von *Brehms Tierleben* aus dem Jahre 1927 für einhundertvierzig Euro; einen Nachdruck der gemeinverständlichen Darstellung der Allgemeinen Relativitätstheorie *Albert Einsteins* von 1924 für neunzig Euro; ein zehnbändiges Lexikon vom *Fischer Taschenbuchverlag* von 1981 für sechzig Euro, und zwei wenig bekannte Lithografien *Salvador Dalis* für sechshundertfünfzig Euro,

Einzelblätter aus einem seiner Zyklen. Aber auch Einzeltitel für unter zehn Euro fanden ihre Käufer.

Man muss, nur um es zu erwähnen, vor dem Namen *Salvador Dali* nicht in Ehrfurcht erstarren. Er hat im Laufe seines umfassenden und kaum überschaubaren Schaffens auch einiges an Durchschnittskunst produziert, um es gnädig auszudrücken. Andere Meinungen halten es für Schrott, und er ging nicht immer pfleglich oder seriös damit um. Die Zyklen, in der Regel in hohen Auflagen ausgegeben, stellen nur als komplette Sätze einen adäquaten Wert dar. Einzelblätter daraus hingegen sind relativ günstig.

Am Ende der Hochrhein-Tour betrug mein Gesamtumsatz unter zweitausend Euro. Was davon als reines Einkommen übrig blieb, konnte ich erst nach Abschluss der Buchhaltung erfahren.

In den heißen Nächten unter dem Anhänger waren es die Gedanken an Elke, die mich aufrecht hielten. Welches Bild machte sie sich überhaupt von mir? Einige Male reizte es mich, sie anzurufen, nur um mit ihr zu plaudern und ihre Stimme zu hören, denn ich fühlte mich so einsam, als befände ich mich auf einem anderen Erdteil. Ich wusste, dass sich andere Marktfahrerkollegen verabredeten und in den Kneipen der Orte trafen, um zu trinken. Ich war einmal zu solch einem Besäufnis dabei, und es hatte mich angewidert, wie erwachsene Männer im Rausch die Beherrschung verloren und Frauen belästigten. Seither mied ich diese Geselligkeiten, denn ich wollte nicht mit ihnen verglichen werden, blieb lieber allein mit mir selbst. Zwar konnte ich auf eine stattliche Anzahl von Bekannten blicken, Freunde in der Szene indes hatte ich keine.

Was hatte ich zu Elke gesagt? *Der Zug mit der Liebe ist für mich abgefahren?* Ich dachte darüber nach. Was veranstaltete ich denn hier in den einsamen Nächten, halb unter, halb neben dem Anhänger liegend? Was war es, das mich an sie denken ließ? Warum überhaupt dachte ich an Elke? Ich sah sie vor mir, in ihrem langen roten Kleid, den roten Haaren, den Sommersprossen, den grünen Augen, dem lächelnden Mund.

Was sollte ich mit einer Frau wie ihr – ja, was? Reden? Flirten? Ich hatte nie gelernt, eine Frau in der Absicht anzusprechen, sie näher kennenlernen zu wollen. Da der einzige Versuch in dieser Richtung ein Fehlschlag gewesen war, gab es für mich keine weiteren Ambitionen. Allerdings, jener einzige Versuch galt eben der Frau, wegen der ich nun schlaflose Nächte verbrachte. Elke. Und nun wusste ich nicht mehr, was richtig ist. Was bedeuteten meine Gedanken und Träume um **sie** für mich? Betrat ich verbrannte Erde? Oder verbotenes Terrain? War es Sehnsucht nach Liebe? Und was bedeutete es für **sie**? Fühlte sie sich durch mich verfolgt? Bedrängt? Gestalkt? Verstand ich etwas falsch? Verwechselte ich Freundschaft mit Liebe?

Der Refrain eines Songtextes fiel mir ein. Titel des Songs *I want to know what love is* von der US-Band *Foreigner*.

In my life there´s been heartache and pain.
I don´t know if I can face it again.
Can´t stop now, I´ve traveled so far

to change this lonely life.

I wanna know what love is.
I want you to show me.

War es das? War ich des Alleinseins müde? Aber woher sollte ich wissen, was Liebe ist? Und wie sehr vermessen war es zu wünschen, dass Elke sie mich lehre?

*

Das erste, was ich am Freitagabend nach meiner Ankunft in *Magerbüchel* tat, war, eine kalte Dusche zu nehmen. So kalt, wie es die Wasserleitung hergab. Dann riss ich alle Fenster und Türen auf, um den Mief aus der Wohnung zu vertreiben und füllte die Waschmaschine mit den verschwitzten Kleidern und den Handtüchern. Während ich mir den ersten Entspannungskognak einschenkte, vergewisserte ich mich, dass der nächste Markttag erst am kommenden Mittwoch anstand. In *Langensteinbach*, oder *Longstonecreek*, wie die Marktfahrer sagen. *Langensteinbach* ist ein Ortsteil von *Karlsbad*.

Für eine richtige Mahlzeit war ich einfach zu müde. Entweder hätte ich selber kochen oder mich ins Dorf zum Restaurant begeben müssen. In weiser Vorahnung war ich auf dem Rückweg von *Stühlingen* kurz vor zu Hause auf den letzten Drücker in meinen gewohnten Supermarkt an der Bundesstraße gewischt und hatte mich mit einigen Knabbereien und gegrillten Hähnchenschenkeln eingedeckt. Die Uhr ging auf zehn Uhr zu, als ich den letzten Knochen auf den Teller legte. Irgendwie hatte ich geahnt, dass **sie** heute noch anrufen würde, und dennoch brach mir nervöser Schweiß aus, als das Telefon klingelte.

„Hallo, Elke. Das ist aber nett, dass du anrufst."

„Hallo, Matis, ich hoffe, es ist nicht zu spät." Ihre Stimme. Himmel, welch ein Ereignis.

Die Anspannung einer ganzen Woche löste sich wie ein Bergsturz, und riss meine Gefühle mit. Sollte ich unterbewusst eine Strategie verfolgt haben, dann war sie ab dem Moment, da ich ihre Stimme vernahm, hinfällig. Obwohl ich darum kämpfte, mich unter Kontrolle zu halten, gingen die Empfindungen mit mir durch wie Pferde in Panik. Ein gequälter Schluchzer entwich meiner Kehle.

„Ich - hatte - mich - so - sehr - auf - diesen - Moment - gefreut. Auf deine Stimme. Ich hatte gehofft, dass ich mich beherrschen kann, aber ...ach Mist. Ich mache alles falsch. Ich bin so ein Schwächling."

„Ohje. So schlimm?"

„Ja. Die Woche war grausam."

„Und so sehr?"

„Äääh – Elke? Ich weiß nicht, ob wir von der gleichen Sache reden?"

„Oh doch, das tun wir, Matis. Wir reden von deiner Sehnsucht."

Wofür ich eine komplette Woche benötigt hatte, stellte sie in einer einzigen Sekunde fest. Ja, so war es, und sie hatte recht. Jetzt, da sie es aussprach und beim Namen nannte, fielen alle vorherigen mühsam errungenen

Ausflüchte und Umschreibungen zusammen wie ein Kartenhaus. War ich so leicht zu durchschauen? Was sollte ich jetzt sagen? Was sollte ich jetzt tun? *I wanna know what love is. I want you to show me.*

Wenn Elke wusste, dass ich mich nach ihr sehnte, wie ging sie damit um? War es etwas, das sie bekämpfen musste wie eine Grippe oder eine Erkältung? Lästig? Unangenehm? Und wenn es so war, warum sagte sie dann nichts in dieser Richtung? Warum rief sie mich dann an? Oder machte ich die Sache einfach viel zu kompliziert? Dennoch. Ich fühlte mich wie beim Diebstahl von Zuckerwürfeln aus der geheimen Zuckerwürfeldose ertappt.

„Matis, bist du noch da?"

„Äääh, ja, klar, entschuldige, ich war in Gedanken."

„Erzähl' mir, Matis. Erzähl' mir von deiner Sehnsucht."

„Ich weiß nicht, ob du das wirklich hören willst, Elke."

„Doch, das will ich."

„Du wirst mich auslachen."

„Nein, das werde ich nicht."

„Du wirst mich verachten."

„Ich werde dich nicht verachten."

„Was machst du gerade? Wo bist du?"

„Ich liege auf meinem Bett und halte deinen Brief von damals in der Hand. Und jetzt erzähl', bitte. Und wenn ich nichts sage, dann träume ich."

Also erzählte ich ihr meine Sehnsucht. Dass die Tage am Hochrhein viel zu langsam verstrichen sind und dass es eine Qual war, so lange ohne sie zu sein. Wie ich sie mir vorgestellt habe, während ich unter dem Bücheranhänger lag. Wie ich von ihr geträumt habe, wenn die Nacht nicht vergehen wollte. Und dass ich nicht wusste, ob ich mir diese Sehnsucht gestatten durfte. Ich erzählte ihr von meinen Zweifeln und den Ängsten, von meinen Grundsätzen und meinem Unvermögen. „... und wenn du sagst *vergiss´ es, Matis, erspar´ dir die Mühe und den emotionalen Aufwand, aus uns beiden kann nichts werden*, dann akzeptiere ich das und bin dir nicht böse." Ich hörte sie durchs Telefon atmen. Fünf – zehn Sekunden – ich hörte auf zu zählen.

„Das war sehr berührend, Matis", sagte sie dann leise. „Ich danke dir, dass du mir deine Gefühle anvertraut hast. Wir sehen uns morgen. Gute Nacht."

Es war nicht schwer vorauszusehen, dass ich in dieser Nacht kaum schlafen würde. Ich pendelte mehr oder weniger zwischen Bett und Balkon hin und her. Erst als im Osten sich der Himmel für einen neuen Tag rötete, stürzte ich in einen Schlaf, der einer tiefen Bewusstlosigkeit gleich kam.

*

Elke kam, wie vergangenen Sonntag, gegen elf Uhr mit ihrem roten *VW Polo*. Sie kam nicht allein. In ihrer Begleitung befand sich eine Frau in ungefähr gleichem Alter, die ich noch nie gesehen hatte. Die Frau war sehr schlank, um nicht zu sagen dürr, mit hüftlangen, glatten braunen Haaren. Der erste Eindruck, den ich von ihr bekam, war – ängstlich.

Elke begrüßte mich mit Küsschen, ganz normal, hielt aber meine Hände fest. *Eine Demonstration für die Frau in ihrer Begleitung?* „Das ist Viviane, meine Freundin. Viktors Frau." Und an Viviane gerichtet: „Viviane, das ist Matis, mein Freund, von dem ich dir erzählt habe."

„Hallo, Viviane. Willkommen in meiner bescheidenen Hütte", begrüßte ich Viviane, aber meine Gedanken legten einen Raketenstart hin und jagten in ganz andere Sphären. Elke hat gesagt: *Das ist Matis, **mein** Freund.* Sie hat nicht gesagt: *Das ist Matis, **ein** Freund, und auch nicht: das ist Matis, **der** Freund, sondern **mein** Freund. **Mein**.* Mein Brustumfang wuchs bestimmt um zehn Zentimeter.

Viviane hauchte ein zartes *Hallo*, ihr Händedruck war der eines kleinen Kindes, ihre Augen so rund wie große Murmeln.

„Wie der Herr bestellt hat, habe ich Essen mitgebracht", sagte Elke spitzbübisch. „Wenn jeder etwas trägt, brauchen wir nicht zweimal zu gehen."

Also trug ich den mir schon bekannten Stahltopf, Viviane einen Leinenbeutel mit Nudeln und Salat, und Elke eine Reisetasche. In der Wohnung angekommen, erklärte Elke den Fahrplan. „Heute gibt es Spaghetti Bolognese mit Salat. Da außer den Nudeln alles vorbereitet ist, brauche ich eure Hilfe nicht. Matis, Viviane muss um zwei Uhr wieder zurück in *Kirchenrottach* sein. Aber sie will mit dir über *Zach* reden. Ich habe ihr erzählt, dass du ihn vor einer Woche vermutlich gesehen hast. Okay?"

„Okay. Wollt ihr etwas trinken? Wasser oder Wein?"

„Keinen Wein", sagte Elke, „ich muss noch fahren. Und du, Viviane?"

„Nur Wasser, bitte", flüsterte sie beinahe unhörbar.

Während Elke in der Küche Nudelwasser in einen Topf laufen ließ, goss ich drei Gläser Mineralwasser ein. Viviane und ich setzten uns an den Wohnzimmertisch.

„Viviane, was kann ich dir erzählen?"

Sie erweckte den Eindruck, als sei es ihr in höchstem Maße peinlich, über ihre Affäre mit *Zach* zu sprechen. Vielleicht aber war es ganz anders, und sie war, durch wen oder durch was auch immer, so nachhaltig eingeschüchtert, dass sie sich fortwährend unter Beobachtung wähnte, was sie mir als für sie Fremdem sicher nicht offenlegen würde.

„Wie hat er ausgesehen?", fragte sie zaghaft.

Ich beschrieb die hektische Situation des Unwetters auf dem Marktplatz in *Durlangen*. Wie plötzlich aus dem Nichts jene graue Gestalt im Regen aufgetaucht war, und wie ich ihn in mein Auto bugsiert hatte. „Alles an ihm war grau. Kleidung, Haare, Bart – eigentlich war er für die Hitze viel zu warm angezogen", ergänzte ich, „und er trug sogar ein Halstuch."

„Bart, sagst du? *Zach* trug früher nie einen Bart. Wieso glaubst du, dass er es war? Kanntest du ihn von damals?"

Ich verneinte. „Ich hatte ihn bloß ein paarmal gesehen. Da kann man nicht von *jemanden kennen* sprechen."

Viviane zog ein graues Tuch aus ihrer Handtasche. „Das Halstuch, das du gesehen hast. War es so eines?

Oder war es genau das? Versuch´ dich zu erinnern. Es ist sehr wichtig für mich."

Ich nahm das Halstuch entgegen, drehte und wendete es. „Das kann ich nicht beschwören, Viviane. Möglich, dass es genau das war. Möglich, dass nicht ...wenn du verstehst."

Sie nickte. „Aber die Chance besteht, nicht wahr?"

„Allerdings", pflichtete ich ihr bei.

„Sei bitte nicht böse, Matis, wenn ich so hartnäckig bin. Aber könntest du ihn vielleicht zeichnen? Ich weiß, das klingt verrückt ..." Eine Träne kullerte über ihre Wange. „... verrückt, aber wenn du tatsächlich *ihn* gesehen hast, weißt du, dann wäre er ja noch am Leben. Das wäre ...könntest du es versuchen?"

Meine Blicke schweiften zu Elke, die im Küchenbereich werkelte. Ich sah nur ihren Rücken, bewunderte aber ihre Figur, wie sie sozusagen lässig aus der Hüfte heraus agierte. Ich stand aus dem Sessel auf und holte vom Schreibtisch Druckerpapier, einen Bleistift und einen Radiergummi. Ich musste überlegen. Wie hatte ich ihn am deutlichsten vor Augen?

„Ich probier´s mit einem Profilbild", sagte ich. „Seine Haare, sie waren sehr nass. Welche Frisur er normalerweise trägt ..."

„Profilbild ist gut", unterbrach sie mich.

Ich setzte erste Striche auf das weiße Blatt Papier.

„Warum hast du geglaubt, dass er nicht mehr am Leben sei?", fragte ich ruhig. Ich bemerkte, wie sich ihr Atemrhythmus erhöhte. Sie rang unverkennbar mit der Entscheidung, ob sie mich darüber ins Vertrauen setzen sollte.

„Er hat geschrieben, dass er ohne mich nicht leben kann", antwortete sie. Ihr Kopf sank auf ihre Brust, und augenblicklich füllte ihre Traurigkeit den gesamten Raum aus.

„Ist dir an dem Brief irgendwas aufgefallen? Ist dir etwas merkwürdig vorgekommen? Hat er vielleicht Formulierungen verwendet, die er sonst nie gebraucht hat? Oder ..."

„Nein", kam die Antwort schnell. Das klang fast wie *Schluss! Aus! Keine weiteren Fragen mehr!*.

Jetzt zeichnete ich eine Nase. „Habt ihr euch sonst nie geschrieben? Kleine Zettel, kurze Botschaften, Notizen, Liebeswörter und so weiter?"

„Doch schon."

„Habt ihr da eure vollen Namen drunter gesetzt? Oder eure Kosenamen? Nur zum Beispiel. Oder hattet ihr Streit?"

„Nein, wir hatten keinen Streit. Warum fragst du das alles?"

Leider musste ich den Radiergummi einsetzen. Die Lippen waren mir total misslungen. „Es ist nur ein Gedankenspiel, Viviane. Nur eine Möglichkeit. Muss überhaupt nichts bedeuten. Aber wenn *Zach* noch am Leben sein sollte, Viviane, dann hat er eure Beziehung eventuell nicht aus eigenem Entschluss beendet."

„Wie meinst du das?"

„Hat Viktor von eurer Beziehung gewusst?"

„Nein! Hat er nicht. Zumindest glaube ich das."

Und wie läuft es in eurer Ehe?, wäre meine nächste Frage gewesen. *Seid ihr glücklich, Viktor und du? Liebst du ihn? Liebt er dich? Wie steht es mit der Har-*

monie? Schlägt er dich? Oder übt er Druck auf dich aus? Kontrolle? All die Fragen lagen mir auf der Zunge, aber ich stellte sie nicht. Dafür kannte ich Viviane zu wenig. Ich war ohnehin mit meinen Fragen schon weiter gegangen, als mir als Außenstehendem zustand. Ich würde mich nochmal an Elke halten müssen.

Für den Bart zeichnete ich viele kleine Striche auf Wangen, Kinn und Oberlippe. „Um nochmal auf die kleinen Botschaften zurückzukommen. Hat er ein besonderes Zeichen darunter gemacht? Ein Herz oder so?"

„Er hat immer mit einem großen *Z* unterzeichnet."

„Letzte Frage: Wie war sein Abschiedsbrief unterzeichnet? Großes *Z*?"

„Nein", sagte sie. „Er hat mit seinem Vornamen unterschrieben. *Zacharias.*"

„Wie gesagt, Viviane, das muss nichts bedeuten. Aber zwischen *Z* und *Zacharias* besteht schon ein Unterschied, findest du nicht?"

„Du meinst ...du denkst ...dass er mir dadurch sagen wollte, dass der Brief nicht von ihm ist?"

„Der Brief ist schon von ihm geschrieben. Aber der Inhalt ..."

„Ist ihm diktiert worden?"

„Es wäre eine Möglichkeit." Ich zeigte ihr meine Zeichnung. *Ich weiß schon, weshalb ich Antiquar geworden bin - und kein Porträtist.* „Und?"

Viviane betrachtete das Bild. Ich beobachtete, wie ihr Kinn nach unten klappte. „Es ist seine Nase. Es ist *Zachs* markante Nase. Der Rest ist unbestimmbar. Wie gesagt, er hatte nie einen Bart getragen. Aber es ist seine Nase. Eindeutig. Elke? Elke? Kannst du mal herkommen und schauen?"

Elke wischte sich die Hände an einem Handtuch ab und kam vom Küchenbereich herüber. Viviane hielt ihr die Zeichnung entgegen. „Ist das *Zach*?"

Elke starrte lange auf das Blatt, schüttelte dann langsam den Kopf. „Ich kann es nicht beschwören, Vivi, tut mir leid. Kann sein, kann nicht sein. Wenn du sagst, es ist seine Nase, dann ist es seine Nase. Aber so gut kannte ich ihn ja nicht. Wir können übrigens essen."

Viviane war während des Essens sehr nach innen gekehrt und sprach nur, wenn sie von Elke direkt angesprochen wurde, und antwortete dann auch nur mit *Ja* oder *Nein*. Mit mir wechselte sie kein Wort mehr, wich sogar meinen Blicken aus.

Gegen zwanzig vor zwei Uhr nachmittags verabschiedete sich Viviane von mir, ihre ausgestreckte Hand am steifen Arm als Distanzhalter, die Zeichnung zusammengerollt in ihrer Handtasche. Sie saß bereits im Auto, als Elke zu mir sagte: „Ich fahre Viviane rasch nach Hause. Wenn du nichts dagegen hast, möchte ich nachher wiederkommen."

„Ja, ich will, dass du kommst. Ich fahre in der Zwischenzeit zum Einkaufen. Ich glaube, wir brauchen noch dies oder das."

„Nein, Matis, warte, bis ich wieder da bin. Dann kaufen wir zusammen ein, ja?"

„Gut, ich werde auf dich warten."

Kurz nach drei Uhr kam Elke wieder. In der Stunde, die ich auf sie wartete, drängten sich Viviane, Viktor und *Zach* in den Vordergrund. Die wichtigste Frage, auf die ich keine Antwort hatte, war die nach dem damaligen Geschehen. Viviane schien mir extrem verunsichert zu sein. Ich konnte mir nicht vorstellen, dass sie mit Viktor eine glückliche Ehe führte. Was also war damals geschehen? Wie konnte *Zach* einen Abschiedsbrief schreiben, wenn kein entsprechendes Ereignis vorausgegangen war? Auch die Wortwahl *dass er ohne mich nicht leben kann*, wie Viviane angegeben hatte, setzte einen Auslöser voraus. *Nein! Wir hatten keinen Streit.* Wenn es demnach kein Streit war, was war es dann? Wer oder was hat dem Briefeschreiber *Zach* vermittelt, dass er Viviane nicht haben konnte? Dass er keine Chance hatte, mit Viviane ein gemeinsames Leben führen zu können. Und wie ist das geschehen? Eine plötzliche Hiobsbotschaft in Form einer tödlichen Krankheit? Oder durch jemanden, der von dem Verhältnis der beiden Kenntnis hatte? Also Erpressung? Oder hatte Viktor doch und gegen alle Verneinungen Kenntnis von der Affäre gehabt? Ein Mann merkt doch, wenn es atmosphärische Turbulenzen in der Ehe gibt. Oder wie lief das?

Beim Gang durch die Wohnung stach mir Elkes Sporttasche ins Auge, die sie heute nebst den Kochzutaten mitgebracht hatte. *Vermutlich*, dachte ich, *hat sie sie vergessen*. Ich schnappte sie an den Henkeln und platzierte sie so neben die Wohnungstür, dass man sie nicht übersehen konnte.

Ich war ihr zum Auto entgegengegangen. Sie stieg aus, stellte sich auf die Fußspitzen, nahm meinen Kopf in beide Hände und drückte mir einen Kuss auf den Mund.

„So, mein Lieber, das musste jetzt einfach sein", sagte sie. „Entschuldige bitte, dass ich heute Vormittag mit Viviane so hereingeplatzt bin. Ich hatte das gestern Abend noch nicht gewusst. Sie hat mich darum gebeten, mitkommen zu dürfen."

„Könntest du das bitte nochmal wiederholen?"

Sie guckte mich verwirrt an. „Wenn du meinst. Also: Entschuldige bitte, dass ich heute Vormittag ..."

„Das doch nicht, Elke", schüttelte ich den Kopf. „Vorher das!"

„Den Kuss? Hahahaha. Du hattest wohl eine gute Stunde Zeit, um dir was zu wünschen, hm? Aber kein Problem." Sie küsste mich noch einmal und länger als beim ersten Mal.

Wir gingen nach oben. „Nanu?", murmelte sie, als sie mit dem Fuß gegen die Reisetasche stieß, die ich bei der Tür deponiert hatte, „hab´ *ich* die Tasche hierhergestellt?"

„Oh, pardon, nein, das war ich", sagte ich rasch. „Ich dachte, du hättest sie vergessen."

„Äääh ...nein", sagte sie und musterte zuerst verlegen ihre Sandaletten, dann das Gebälk unter dem Dach, „ich hab´ sie nicht vergessen. Es ist - also es ist – ach, mach´ es mir halt nicht so schwer. Mein Necessaire ist drin und Wechselwäsche und Kleidung. Ich dachte, falls es sich ergeben sollte, rein zufällig natürlich, dass ich heute Nacht nicht nach Hause fahre ...weißt du? Dann ..."

„Dann?"

„Dann, das siehst du ja selbst, habe ich alles Notwendige dabei. Schlau, gell?" Sie grinste frech wie Oskar.

„Das Notwendige."

„Ja."

Mir wurde heiß, dann kalt, dann schwindelig. Völlig sinnlose Gedanken wirbelten durch meinen Kopf. *Ist bei mir alles sauber? Toilette? Bad? Bettwäsche? Muss ich das Bett frisch beziehen? Wie soll das mit meinem schmalen Bett funktionieren? Soll ich den Schlafsack aus dem Bücheranhänger holen? Ich habe keine Kondome im Haus. Wird es überhaupt so weit kommen, dass ich welche brauche? Und wenn ich welche brauche, wie soll das mit uns dann klappen, wo ich doch noch nie mit einer Frau geschlafen habe? Verflixt, ich bin total überrumpelt.* Aber dann hörte ich mich sagen:

„Gib mir deine Autoschlüssel."

„Die Autoschlüssel? Warum?"

„Damit ich sie so gut verstecken kann, dass wir sie im Leben nie wieder finden."

*

Es ist ein Unterschied, ob man als Junggeselle für sich allein einkauft, oder zusammen mit einer Partnerin. Ich nenne Elke der Einfachheit halber Partnerin.

Als Junggeselle kenne ich die Wege. Sie führen mich direkt, auf kürzestem Weg und ohne Zeitverlust durch die Gänge zu den Waren, die ich für mich brauche. Da gibt es kaum ein Vertun, denn ich kenne mich aus. Supermarkttypische Verführungen prallen an mir ab wie Tischtennisbälle an einer Stahlwand. Für mich gibt es höchstens zwei Sorten Wurst und eine Sorte Käse. Nudeln kaufe ich immer die gleichen; Kartoffeln sind Kartoffeln, ganz egal ob fest- oder mehligkochend; ich habe meine eigene Kaffeemarke, Kognakmarke, Weinsorte und Zigarettenmarke. Ich vergleiche keine Preise, denn es kostet, was es kostet. Meistens nehme ich gar keinen Einkaufswagen oder Einkaufskorb, weil ich alles in Händen tragen kann. Einkäufe dauern bei mir nie länger als zehn Minuten, und in der Regel ist die Wartezeit an der Kasse die längste Zeit, die ich in einem Supermarkt zubringe.

Mit Elke einzukaufen hieß, den Supermarkt zu durchstreifen und zu erforschen, als sei er ein unbekannter Kontinent. Wie viele weiße Flecken auf der Landkarte eines Supermarktes für mich existierten, erfuhr ich erstmalig an diesem Samstagnachmittag. Es begann in der Bio-Gemüse-Abteilung, wo Elke Obst und Gemüse in den Einkaufswagen lud, die mein Kühlschrank nicht einmal vom Hörensagen her kannte: Karotten, Lauch, Zwiebeln, Gurken, Tomaten, Sellerie, Pilze, Bananen, Äpfel, Trauben. Aus der Tiefkühltruhe: Gemüsemischungen, verschiedene Sorten Fisch, Pommes frites. In der Drogerieabteilung: Zahnbürste, Zahncreme, Haarbürste, Tampons, einen Stapel Frotteehandtücher, eine Biege Frotteewaschlappen, diverse Hautcremes, Haarshampoo, Duschgel, Bodylotion. Als ich etwas verschämt eine Packung Kondome dazulegte, lächelte sie und sagte: „Das ehrt dich und ist sehr anständig von dir,

Matis. Aber wegen mir brauchst du die nicht." Womit ich sie wieder ins Regal stellte.

Weiter ging es durch den Supermarkt. An der Fleischtheke: Rinderbraten und Hackfleisch zum Einfrieren. An der Wursttheke: Italienische Salami und Fleischwurst. Bei den Milchprodukten: Scheibenkäse, Frischkäse, Joghurts, Quark, H-Vollmilch. Weiterhin einen Kaffeefilter, Filterkaffee, verschiedene Teesorten. Dazu Eier, Reis, Couscous, Teigwaren, Essig, Salatöl, Schokolade, Salzbrezeln, zwei Flaschen Wein und Zigaretten. Auf dem Rückweg vom Supermarkt kehrten wir beim Getränkehändler ein und nahmen je einen Kasten Bier und Mineralwasser sowie einige Bio-Säfte mit.

Mein Herz schlug die ganze Zeit, spätestens aber nach Verlassen der Drogerieabteilung, mit erhöhter Frequenz, denn die Einkäufe, die Elke dort getätigt hatte, konnten nur eines bedeuten: Sie würde nicht nur *eine* Nacht bei mir bleiben wollen. Tatsächlich gesellten sich in Bad und WC all die erworbenen Artikel zu den wenigen meinigen, und bald sah es aus, als wäre es schon immer so gewesen.

„Ich habe einige Frotteehandtücher gekauft, Matis", kommentierte sie ihren Einzug, „denn mit denen, die du benutzt, kannst du keinen Staat machen."

Wir räumten die Einkäufe ein. Ich überlegte, wie ich ihr sagen sollte, dass sie bei mir sehr willkommen ist. Ich konnte sie ja schlecht in meine Arme reißen und ...

„Du bist so still, Matis. Ist was?"
„Ach, nichts."

„Du hast doch was. Ist es dir überhaupt recht, dass ich mich bei dir so holterdipolter hereindränge? Mein Gott, ich hab´ dich überhaupt nicht gefragt. Ich dachte ..."

„Warte einen Moment", sagte ich. Jetzt wusste ich es. Ich raste die Treppe hinunter zu meinem Auto. Im Handschuhfach war immer ein Zweitschlüssel für das Haus deponiert. Ich nahm ihn, eilte zurück und hielt ihn ihr hin. „Herzlich willkommen in unserem Haus, Elke. Willkommen in unserem Leben. Das ist ab jetzt **dein** Schlüssel. Darf ich die Braut jetzt küssen?"

So küsste sie mich, und ich küsste sie. Wir sanken zu Boden, und waren bald übereinander und untereinander, und als sie mir das T-Shirt über den Kopf streifte, flüsterte ich: „Du musst mich führen", und weil sie verstand, was ich damit meinte, lächelte sie und leitete mich, bis wir ineinander glitten. Und auch dann gab sie mir mit rücksichtsvollen Kommandos das Tempo vor, zögerte durch eigene Bewegungen und Stellungswechsel das Ende hinaus, bis wir dem Höhepunkt nicht mehr entgehen konnten. Schweißnass und atemlos lagen wir anschließend nebeneinander, die Hände verflochten, und spürten den Wellen und Erschütterungen nach, die durch unsere Körper geströmt waren.

„Matis", raunte sie mir ins Ohr, „für einen Anfänger war das gar nicht mal so übel."

„Soso, die Dame stellt also Bewertungen an", konterte ich.

„Natürlich. Genau genommen war es ziemlich gut."
„Ziemlich."
„Ja, ziemlich sehr gut."

„Quatschkopf, der du bist."

Elke kicherte fröhlich. Ich beugte mich über sie und gab ihr einen Kuss auf die Nase.

„Nur der Boden war etwas hart", relativierte sie ihre Euphorie. „Was hast du es auch so eilig gehabt? Du hättest es doch sowieso bekommen."

„Und danz ohne Dummi", sagte ich stolz.

Elke wurde von einem Lachanfall erschüttert, den sie über den gesamten Abend nicht mehr loswerden sollte. Immer wieder und aus heiterem Himmel begann sie plötzlich zu zucken, versuchte die Lachsalve zu unterdrücken, um dann doch zu unterliegen und loszuprusten, was sich zudem nachteilig auf ihre Blase auswirkte und sie des Öfteren die Toilette aufsuchte.

„Du mit deinem blöden *danz ohne Dummi*", meckerte sie.

*

Ich fühlte mich wie nach einem langen harten Winter. Das Eis war gebrochen, und ich sah es auf einem breiten, grauen Strom träge auf ein riesiges Meer hinaustreiben. Mein persönliches Sibirien hatte die Umklammerung der Kälte durchbrochen, und unter dem Permafrost keimte ein anderes Leben, das durch Elke aus dem Tiefschlaf geweckt worden war.

Natürlich, das war mir sonnenklar, war Elke die treibende Kraft. Sie war der Wind, der mein schwerfälliges Windrad antrieb. Hätte sie den Stier nicht bei den Hörnern gepackt, würde er zur Stunde noch starrsinnig und wiederkäuend im Stall stehen. Wenn ich mir vorstellte, dass ich es gewesen wäre, der mit einer Reisetasche in ihrer Wohnung aufgekreuzt wäre und verkündet hätte, dass ich bei ihr übernachten wollte – nein, diese Vorstellung war für mich schlichtweg absurd. Es hätte so niemals stattgefunden. Elke hingegen kaufte man ein solches Verhalten unbedingt ab und empfand weder Anstößiges noch Befremdliches dabei. Im Gegenteil. War nicht ich derjenige, der sich genau solch einen Ablauf der Dinge insgeheim gewünscht hatte? Sie war eine Frau der Tat, und es gelang ihr mit traumwandlerischer Sicherheit, jeglicher Bloßstellung aus dem Weg zu gehen. Es gehörte zu ihrer *Sozialen Intelligenz*, die Nöte, Ängste und Hemmschwellen anderer Leute zu erkennen, zu berücksichtigen und sie nicht zu verletzen. Dabei freundlich und zugewandt zu bleiben, gehörte meiner Meinung nach zu den hervorragendsten Eigenschaften menschlichen Seins. Elke war so.

Wie aber war es nun um uns bestellt? Wie wollten wir gesehen werden, oder, als was würde man uns sehen? Wie definierten wir uns selber? Würden wir unsere so verschiedenen Existenzen verknüpfen, also ein ausgeklügeltes Arrangement treffen, das einer Beziehung gerecht werden würde? Elke übte einen Beruf mit vorgegebenen aber abhängigen Größen aus, während meine Abhängigkeit in der Notwendigkeit des Reisens begründet lag. Konnten derart verschiedene Lebensweisen, Elke stationär, ich unstet, miteinander eine vernünftige Grundlage bilden?

Oder schoss ich mal wieder völlig überzogen über das Ziel hinaus? Schließlich bedeutete einmaliges Vögeln noch längst kein Eheversprechen, oder? Sollte ich die ganze Sache grundsätzlich nicht so hoch bewerten? *Take it easy?* Hauptsache Spaß dabei gehabt? *Nimm's locker, Matis.*

Nein, Matis nimmt es nicht locker. Denn Matis spricht von Liebe, auf die er, auch wenn er sich wiederholt, fast dreißig Jahre gewartet hat. Auf ein und dieselbe Frau namens Elke. Matis vögelt nicht. Matis liebt. Und Matis, das bin nun mal ich. Das muss ich einfach noch mal klarstellen. Das mag zwar altmodisch und antiquiert klingen, aber so ist meine Einstellung. Darum kann und muss ich hier auch eindeutig Stellung beziehen. Ich liebe Elke. Ich habe sie schon immer geliebt und werde sie immer lieben, ob wir nun als Paar weiterleben oder nicht. Ich weiß, dass Elke weiß, mit wem sie es zu tun hat. Dass sie weiß, wie ich gestrickt bin, und auf was sie sich mit mir einlässt. Außerdem werde ich ihr meine Liebe gestehen. Vielleicht nicht heute oder morgen, aber es wird geschehen. Vielleicht flößt ihr das Angst ein. Oder Unbehagen. Kann sein, dass ihr diese Kiste zu eng sein wird. Kann aber auch sein, dass nicht. Okay?

*

Wir hatten den Balkon ein bisschen umgebaut. Zwei Sessel (ohne Armstützen) aus dem Wohnzimmer ersetzten die bisherigen Stühle. Nebeneinandergestellt boten sie uns beiden Platz zum Kuscheln. Über dem Haus thronte eine hohe Kuppel aus Harmonie und statischer Energie. Es knisterte elektrisch in der Luft, wenn wir uns bloß anschauten oder berührten. Wir ahnten, dass jeden Moment der Funke überspringen konnte, und spielten eine Partie mit ungewissem Ausgang.

„Was machen wir jetzt, Matis?", fragte sie. „*Alea iacta est?*"

Oh je, dachte ich, *sie hat sich die gleichen Fragen gestellt wie ich.*

„Wir sind durch nichts zu irgendetwas gezwungen", sagte ich. „Würfel sind keine guten Ratgeber. Aber könntest du dir vorstellen, dass wir zusammenbleiben?"

„Du könntest das?"

„Ja. Ich bin wie ein Hund. Der frisst immer gleich die ganze Wurst. Nicht, dass ich dich als Wurst betrachte, aber ich möchte immer gleich das ganze Glück. Und du *bist* mein Glück."

„Würde ich dich nicht einengen? Deine Selbstständigkeit beschneiden?"

„Du würdest mich bereichern."

„Matis?"

„Elke?"

„Ich will dich."

„Ich bin für dich da."

„Ich will uns. Als Paar."

„Dann sind wir ein Paar. Du kannst hier einziehen."

„Und Chiara?"

„Ihr habt ab sofort zwei Wohnsitze. In *Kirchenrottach* und hier. Das ist Luxus pur."

„Dann braucht es hier Veränderungen. Ein größeres Bett, einen Schrank für mich. Und für Chiara."

„Morgen fangen wir an."

„Matis?"

„Elke?"

„Das wird wunderbar."
„Wird Chiara mich mögen?"
„Sie wird dich vergöttern."

Zur Feier des Tages öffneten wir eine Flasche Wein und stießen auf unsere Zukunft an. *Wenn zwei Menschen die gleichen Träume haben, kann es so einfach sein*, dachte ich. Und es war einfach. Da die emotionale Ebene befriedet war, fehlten nur noch ein paar praktische Handgriffe. Der Rest war reine Logistik, um es unsentimental auszudrücken.

Elke legte sich quer über die Sessel, ihren Kopf auf meine Oberschenkel.

„Erzähl mir von Viviane und *Zach*. Wie haben sie sich gefunden, und wie lange ist das her?", fragte ich. Die Sonne wanderte um den Dachvorsprung herum und beschien den Balkon. Ich bat Elke mich aufstehen zu lassen, um ein Sonnensegel aufzuspannen. Danach nahmen wir die Plätze wie gehabt wieder ein.

„Gute Frage", antwortete sie, „vierzehn bis fünfzehn Jahre. Nein, warte, es war das Jahr unseres dreißiger Klassentreffens. Fünfzehn Jahre also. Da lernten sie sich kennen. Viviane war gerade vier Jahre verheiratet."

Ich wickelte spielerisch eine ihrer roten Haarsträhnen um meinen Zeigefinger. „Wie lange kennst du sie schon?"

„Vom Sehen her eigentlich seit ihrer Hochzeit. Sie ist ja gebürtige Weimarerin. Befreundet sind wir aber erst seit etwa vierzehn Jahren. Mit *befreundet* meine ich, dass man auch private Dinge austauscht. In meiner

Wohnung haben sie sich öfter getroffen. Viviane und *Zach*. Wenn ich und mein Mann auf Arbeit waren."

„Haben sie Kinder? Viviane und Viktor?"

Elke gab einen Zischlaut von sich. „Ein Mädchen. Wird siebzehn. Macht mit Chiara das Abi."

„Also eine eheliche Tochter."

„Wenn Viviane nicht schon vor der *Zach*-Ära mit anderen Männern geschlafen hat, dann schon."

Bei dem Eindruck, den die verhuschte Viviane heute Mittag bei mir hinterließ, konnte ich sie mir schlecht als *Man-Eater* vorstellen. Es passte nicht in das Bild, das man zwangsläufig von ihr bekommen musste. Oder war ich da schief gewickelt? *Matis als Frauenversteher? Dass ich nicht lache.*

„Was ist mit ihr los? So sieht doch keine glücklich verheiratete Frau aus, wenn ich mich nicht irre. Sie hat gesagt, dass Viktor von ihrer Affäre mit *Zach* nichts gewusst haben soll. Irgendwie sträubt sich mein Bauchgefühl, das zu glauben."

Elke zündete sich eine Zigarette an. Der blaue Dunst schwebte als kompakte Wolke schwerfällig über das Balkongeländer. „Kennst du Viktor genauer?"

Ich folgte ihrem Beispiel und blies eine weitere blaue Wolke hinterher. „Außer an den Klassentreffen hatte ich keinen Kontakt mit ihm. Er hat doch noch sein Steuerberaterbüro?"

„Ja", sagte sie, „und wie man hört, verdient er sich dumm und dämlich. Ich treffe ihn gelegentlich im Dorf, und meine Antennen suggerieren mir stets, auf der Hut vor ihm zu sein. Eben weil Viviane meine Freundin ist und er das weiß. Meiner Meinung nach ist er ein Lackaffe mit Dollarzeichen in den Augen. Er kommt mir so schmierig vor wie Falschgeld auf zwei Beinen. Außerdem mag ich keine Menschen, die Waffen zu Hause haben."

„Ach du heiliger Strohsack, hat er?"

Sie nickte bestätigend. „Hab´ sie gesehen."

„Zurück zu Viviane, Elke."

„Ach so, ja. Viviane. Er macht sie total fertig. Die Frau ist nur noch ein Schatten ihrer selbst. Hat schleichend aber brutal an Gewicht verloren. Wenn man sie so sieht, möchte man denken, dass sie sich Gramm für Gramm davonstehlen will. Er verlangt Rechenschaft von ihr. Für jeden Cent, den sie ausgibt, verlangt er einen Beleg. Jede Minute, in der er sie nicht kontrollieren kann, muss sie ihm lückenlos nachweisen. Ihre einzigen privaten Abwechslungen sind die Besuche bei mir, und selbst wir sprechen uns gegenseitig ab, was wir zusammen unternommen haben könnten, als bräuchten wir ein Alibi. Heute haben wir allerdings die Wahrheit gesagt. Dass wir bei dir waren. Es kann also sein, dass du von Viktor einen Anruf bekommst und es bestätigt haben will. So ist er."

„Idiot."

„Ja. Ich glaube, Viviane wartet nur noch darauf, dass ihre Tochter achtzehn Jahre alt wird. Dann ist sie weg. Sie hat so etwas angedeutet."

„Hm", ich rieb mir das Kinn, „ob sie die Chuzpe zusammenkratzen kann? Bei dem angeschlagenen Ego?"

Elke setzte sich auf, zog die Beine elegant unter ihren Körper. „Jetzt ist der Zeitpunkt, an dem plötzlich du ins Spiel kommst. Besser könnte das *Timing* nicht sein.

Dass du angeblich ihre große Liebe gesehen hast. *Zach.* Und sie findet in ihrem Briefkasten das Halstuch, das sie ihm einst schenkte. Wenn das kein Zeichen ist? Verstehst du? Viviane spürt auf einmal wieder Grund unter den Füßen. All die Gerüchte über seinen Tod, alle Geschichten wegen seines Verschwindens – sie waren nichts weiter als Märchen. *Zach* ist wieder zurück. Und Viviane will und braucht Gewissheit. Nur deswegen wollte sie heute mit dir reden."

„Und wieso geht *Zach* nicht einfach zu ihrem Haus, klingelt, und sagt zu ihr: *Hey Baby, pack´ deine Siebensachen und lass´ uns beide von hier verschwinden?* Ich meine ..."

„Halt. Wieso bist du, Matis, nicht einfach zu meiner Wohnung gekommen, hast geklingelt und gesagt: *Hey Baby, pack´ deine Sachen und lass´ uns von hier verschwinden?*"

„Äääh – war – das – nicht – meine – Idee?"

„Hahahaha, du bist süß."

„Angst vor einem Korb?"

„Ja, auch. Und wegen Viktor. Auch *Zach* will sicher sein. Er hat ein erstes Signal gesendet. Jetzt liegt es an Viviane, ihm ein Zeichen zu geben."

„Welcher Art?"

Elke zuckte mit den Schultern. „Ob *Ja* oder *Nein*. *Ja, ich liebe dich*, oder *nein, ich liebe dich nicht*. Irgendeine Botschaft. Wenn ich an ihrer Stelle wäre, würde ich dich als Mediator wählen. Du bist neutral, auf dich fällt kein Verdacht, du bist ein Mann."

„Mediator?", fragte ich dumm, obwohl mir der Begriff nicht fremd war.

„Ja. Oder als Unterhändler, wenn dir das lieber ist."

Irgendwie machte Elkes Szenario Sinn. Außerdem schien die Verbindung Viviane über Elke zu mir die perfekte Achse zu sein. Mir war aber immer noch nicht klar, wie man mit *Zach* Kontakt aufnehmen sollte, wie immer der auch gestaltet sein mochte. In der Formel musste es zumindest eine bekannte Größe geben, auf die man sich beziehen konnte.

„Wie und wo haben sich die beiden kennengelernt?"

Elke nickte. „*Zach* besaß Wald. Wo, wie viel oder wie groß weiß ich nicht. Er hauste dort in einem alten Bauwagen, was natürlich komplett seiner konsequenten Lebenseinstellung entsprach. Viviane war an jenem Tag Pilze suchen ..."

Fünfzehn Jahre früher.

Viviane wischte sich mit einem Taschentuch den Schweiß aus dem Nacken. Obwohl es Mitte September war, herrschte eine drückende Schwüle. Die Sonne versteckte sich hinter trübem Hochnebel und war nur hin und wieder als bleicher Fleck zwischen den Baumkronen zu erkennen. Die Bäume des Waldes warfen keine kühlenden Schatten, die Luft stand wie die Chinesische

Mauer, und alte, in Boden und Moosen gebunkerte Feuchtigkeit kletterte ihre Beine hinauf.

Die Kleidung trug ein Übriges zum gefühlten Treibhausklima bei. Sie trug lange Hosen, die Hosenbeine in die Socken gestopft, eine Jacke mit langen Ärmeln, und eine Baseballkappe auf dem Kopf, unter der die langen glatten Haare steckten, zu einem nachlässigen Dutt gedreht. Alles eine Vorsichtsmaßnahme gegen Zecken.

Ernüchtert guckte sie in den Spankorb, in den sie die Pilze zu legen gedachte, aber es befanden sich erst ein paar kümmerliche Pfifferlinge darin. Dabei war sie schon seit Stunden unterwegs. Entweder schien heuer kein Pilzejahr zu sein, oder sie suchte an den falschen Stellen im falschen Wald.

Sie konnte sich erinnern, dass es damals in der DDR massenweise Pilze gab. An den Wochenenden fuhr die Familie oft geschlossen in die Wälder um Weimar. Es gab sogar extra Busverbindungen für Pilzesucher. Aus jener Zeit kannte sie sich mit Pilzen einigermaßen aus. Aber sie pflückte sowieso nur Sorten, bei denen sie sicher war, dass sie essbar waren.

Nachdem sie ihre Tochter Céline morgens bei ihrer Schwiegermutter in *Kirchenrottach* abgeladen hatte, war sie mit ihrem kleinen *Ford Kia* ins *Sandertal* hineingefahren, über *Rotsander* nach *Sanderhofen*, in ein Seitental abgebogen, hatte letzte Bauerngehöfte hinter sich gelassen und das Auto dann in einer Haltebucht am Rande eines Waldweges abgestellt. Sie mochte den Kleinwagen. Er machte sie unabhängig und flexibel. Viktor hatte ihn ihr zur Hochzeit geschenkt. Sie war zu Fuß ein Stück dem Waldweg gefolgt und dann nach Gutdünken querfeldein zwischen den Bäumen den Hang hinaufgestiegen.

Den nächsten Hang hinunter, immer hin und her, die Augen auf den Waldboden fixiert, wieder hinauf, über einen Bergrücken, wieder hinunter, kreuz und quer, um möglichst viel Fläche abzuscannen – mit dem Ergebnis: Ein paar lächerliche Pfifferlinge.

Viviane blickte um sich. Bäume, nichts als Bäume, ein Wald wie jeder andere. Weiter unten, entdeckte sie, verlief ein Weg. Zwei Spuren von Fahrzeugrädern, von Gras überwachsen, an mancher Stelle zugewuchert von wilden Brombeeren. Eigentlich machte sie sich keine Sorgen, nicht zu wissen, wo sie sich befand, schließlich hatte sie eine Landkarte speziell für Wanderer von dieser Gegend in ihrer Jackentasche. Notfalls musste sie bloß einem der Wege abwärts folgen, denn dieser Weg mündete in einen anderen, und jener wieder in einen größeren. Sie schaute auf die Armbanduhr. Fünfzehn Uhr dreißig. Demnach war sie schon über fünf Stunden unterwegs. Zeit, die Suche abzubrechen.

Sie stapfte zu dem Weg hinunter, der sich als Pfad herausstellte, und hielt sich links, dem Gefälle nachgehend. Aber nach der nächsten Biegung um einen Bergvorsprung stieg der Pfad wieder an und machte nach einigen hundert Metern nicht den Anschein, als würde er absehbar talwärts führen. Kurzerhand verließ Viviane den Weg und schlug sich durch niedriges Gehölz abwärts, in der Annahme, weiter unten auf einen anderen Weg zu stoßen.

Die Wälder sind doch von einem Wegenetz regelrecht durchzogen, dachte sie. Tatsächlich fand sie einen weiteren Weg, ähnlich dem, den sie gerade verlassen hatte. Sein Gefälle verlief nach rechts. *Dann ist es halt so*, dachte sie und ging ihm nach, bis sie an eine Wegekreuzung gelangte. Zwei Wege führten nach unten, einer nach oben. Nach unten, das war ihr klar, aber ob links oder rechts? Sie blickte zum Himmel auf, um sich eventuell am Stand der Sonne zu orientieren, und erschrak. Direkt über ihr drohte eine schwarze Wolke mit Ungemach. Jetzt wurde sie nervös. Mit zitternden Fingern zog sie die Landkarte aus der Jackentasche, faltete sie auf, und augenblicklich wurde ihr bewusst, dass die Karte ihr nicht nutzen würde.

Scheiße, murmelte sie, *ich habe mich verlaufen. Was mach ich jetzt? Lieber Gott, schenk´ mir einen kleinen Bach, dem ich folgen kann. Der mündet in einen Fluss, der Fluss mündet in den Rhein, der Rhein fließt ins Meer, wo ein großes Schiff mit weißen Segeln auf mich wartet und mich retten wird. Von allem.*

Aus dem Bauch der Wolke ertönte ein erstes Grummeln. *Schnell, entscheide dich, Vivi. Links oder rechts.*

Das erste Regengeschoss traf die Landkarte. Von der linken Seite her hörte sie, dass sich ein unheilvolles Rauschen näherte. Ein kurzer Blick dorthin nahm ihr die Entscheidung ab. Eine breite Wand aus silbergrauen Fäden näherte sich. Der Wald verschwand hinter einem Vorhang aus Wasser. Viviane begann zu laufen. Nach rechts, vor dem Wasserfall fliehend, abwärts. Der Weg entwickelte sich zu einem Dschungelpfad. Von beiden Seiten griffen Äste und Ranken nach ihr. Aus der Mitte des Weges wuchsen junge Baumtriebe hervor. Doch der Regen war schneller. Schon sprühte er über sie hinweg, trommelte auf das Kappenschild, seifte den schmalen Weg ein, produzierte eine Rutschbahn, und – wuschsch - schlug sie der Länge nach hin. Viviane stöhnte. Der Sturz hatte ihr den Atem aus den Lungen gepresst. Gierig rang sie nach Luft, rappelte sich hoch. Verdammt, sie konnte nicht mehr rennen. Immerhin hatte sie sich nichts gebrochen.

Jetzt wurde sie richtig gewaschen. Trotzig biss sie die Zähne zusammen und schleppte sich weiter. Donner krachte in unmittelbarer Nähe, dass sie vor Taubheit beinahe die Kontrolle über die Körperfunktionen verlor. Regenwasser rann ihr in den Mund. *Das ist das Ende der Welt*, dachte sie. *Dahinter kommt der Abgrund, denn die Erde ist eine Scheibe.*

Sie verlor jedes Zeitgefühl. Wähnte sich unendliche Zeit auf diesem Weg, der ständig noch abwärts führte. *War ich denn so hoch oben gewesen, dass es hier immer noch nach unten gehen konnte?*

Dort. Dort vorne weitete sich der Weg. Wie eine letzte Schranke neigten sich zwei Birken quer über den Pfad. Sie bückte sich drunter hindurch und stand plötzlich auf einer Lichtung. Am Rand der Lichtung stand, die grüne Hölle des Waldes als Hintergrund, ein roter Bauwagen. *Auch wenn du kein Schiff mit weißen Segeln bist, so bist du doch meine Rettung,* sagte Viviane. *Wenn er verschlossen ist, lege ich mich drunter*, dachte sie.

Mit letzter Energie rannte sie zum Wagen hinüber, stolperte, fiel auf die Nase, und gerade als sie fluchend wieder auf die Knie kam, öffnete sich die Tür des Wagens. Ein Mann schaute heraus. Mit einem Blick erfasste er die Situation, half Viviane auf die Beine - und in den Wagen hinein.

Sie erkannte auf den ersten Blick, dass es sich um keinen normalen Bauwagen handelte, wie

Wald- oder Forstarbeiter sie üblicherweise benutzten, ob als Werkzeuglager, Vesperstuben oder Schlechtwetterunterkünfte. Dieser Wagen war zu einer kompletten Wohnung umgebaut. Auf die Schnelle registrierte sie eine Liegestatt, einen Schreibtisch, einen Esstisch, einen alten Holz-Kochherd mit Wasserbehälter und Backofen, sowie Regale mit diversen Inhalten.

Der Mann drückte auf einen Schalter neben der Tür, und in der Mitte der Decke flackerte eine schwache Lichtbirne auf. *Trübe Funzel*, dachte Viviane belustigt, und ein Lächeln huschte über das nasse Gesicht.

„Tja, das mit dem Licht muss noch besser werden", waren seine ersten Worte, dann bat er sie an dem Tisch Platz zu nehmen. „Was, um Himmels Willen, machen Sie bei diesem Wetter da draußen, und wie kommen Sie hierher?"

Viviane hob den Spankorb in sein Gesichtsfeld. „Pilze", antwortete sie. „Aber ich hab´ so gut wie keine gefunden, und die wenigen, die ich gefunden habe, gingen mir bei einem Sturz leider verloren. Ich glaub´, ich hab´ mich ein bisschen verlaufen." Sie zog die Baseballkappe ab und löste den Dutt auf. Seidig fielen ihre Haare bis zur Hüfte.

„Ein bisschen ist gut. Ich wette, Sie haben nicht die Spur einer Ahnung, wo Sie sich befinden. Was möchten Sie trinken? Saft oder Wasser?"

Sie sah den Mann direkt an. „Wasser, wenn´s recht ist."

Er ging in eine Ecke rechts der Eingangstür. Auf dem Weg dorthin nahm er ein Glas aus einem der Regale und hielt es unter einen Hahn an einem Glasbehälter, der vielleicht zwanzig Liter Wasser beinhalten konnte. „Das ist reines Bachwasser", kommentierte er, und stellte das volle Glas auf den Tisch.

Sie hatte ihn beobachtet. Er war mindestens ein Meter fünfundachtzig groß. Schlank. Gut aussehend. Saubere Fingernägel. Sie schätzte ihn zwischen fünfunddreißig und vierzig Jahre. Er hatte volles, kräftiges Haar, allem Anschein nach selbst geschnitten, denn es prangten etliche laienhafte Stufen darin. Unwillkürlich musste sie grinsen.

„Was finden Sie so lustig, wenn man fragen darf?"

Viviane hielt eine Hand vor den Mund. „Ihre Haare. Toller Schnitt."

„Firlefanz", sagte er und fuhr sich mit einer Hand über den Pelz, dass es knisterte. Aber er grinste breit zurück, und sie entdeckte in seinen Augenwinkeln einen spitzbübischen Schalk blitzen.

„Ich heiße Viviane", sagte sie.

„Oh, Entschuldigung. Ich bin Zacharias. Aber alle nennen mich *Zach*."

„Danke, Zacharias, dass ..."

„*Zach!*"

„Wie bitte?"

„Nenn´ mich *Zach*."

„Danke, *Zach*, dass du mir Obdach gegeben hast. Wohnst du eigentlich hier?"

„Nach was sieht´s denn aus?"

„Hm."

„Ich habe hier alles, was ich brauche. Was du hier nicht siehst, das brauche ich auch nicht. Warum mich also damit belasten?"

„Du hast keinen Fernseher, kein Radio."

„Brauch´ ich nicht."

„Waschmaschine?"

„Wie ich sagte. Was du hier nicht siehst ..."

„Eine Frau?"

Zach stand unvermittelt auf, guckte aus einem der fünf Fenster. „In zehn Minuten können wir los. Es hört auf zu regnen."

„Wir?"

„Ja, wir. Du findest den Weg alleine nicht. Ich werde dich begleiten. Wo steht dein Auto?"

Viviane vollführte eine unbestimmte Armbewegung. „Äääh ..."

Er bückte sich zu einem der Regale, zog eine Landkarte hervor. „Sag´ mir, wie du gefahren bist."

Sie erklärte ihm die Strecke, ins *Sandertal* hinein, *Rotsander*, *Sanderhofen*, Seitental, letzte Bauernhöfe, irgendwo da oben.

„Meine Güte, Mädel, da hast du dich aber gewaltig verrannt. Ich bringe dich zu deinem Auto. Allerdings müssen wir noch ungefähr drei Kilometer zu Fuß gehen. Mein Auto steht weiter unten im Tal. Und hier ..." er griff nach einem gefüllten Leinenbeutel, schüttete ihn in ihren Spankorb. „Damit du daheim etwas vorzuweisen hast." Es waren Steinpilze und Pfifferlinge. „Ganz frisch von heute."

Viviane war sprachlos. Sie verließen den Bauwagen. *Zach* deutete in die Richtung, aus der sie gekommen war. "Da lang."

Viviane machte den ersten Schritt, den zweiten, glitt aus, taumelte. "Huch!"

Zach war zur Stelle, fing sie auf und hielt sie mit beiden Armen fest. Sie drehte ihm ihr Gesicht zu. Er schaute von oben durch ihre Augen direkt in ihre Seele. Das war der Moment, in dem sie ihre Liebe zueinander entdeckten.

Zurück zur Jetztzeit.

Ich hatte Elke erzählen lassen und ohne Unterbrechung zugehört. Selbst wenn sie aus einem Versandhauskatalog vorgelesen hätte, wäre ich gebannt an ihren Lippen gehangen.

Da hatten sich also vor fünfzehn Jahren zwei Menschen ineinander verliebt. Die Geschichte ihres Zusammentreffens konnte märchenhafter nicht sein. Als Elke die Szene geschildert hatte, war ich zu Tränen gerührt, trotzdem es quasi eine Erzählung aus zweiter Hand war. Elke musste sie genauso von Viviane erfahren haben.

Mit den wenigen Steinchen, die mir bis dahin in die Finger gekommen waren (*wenn ich mein beschränktes*

Wissen über die Causa Zach/Viviane so beschreiben darf), gelang es mir noch längst nicht, ein fertiges Mosaik zu gestalten, doch hatten sie durchaus das Zeug zur Legendenbildung. Die Zutaten lagen alle auf der Hand: Frau, Gewitter, Verirrung, Rettung, wildfremder Mann, Liebe, Ehemann, Verzweiflung, Trennung, Tod. Solch eine Gemengelage konnte, nein, aus Sicht des Dramaturgen **durfte** sie nur tragisch enden.

Die Frage, die sich Elke und mir stellte, lautete: ***Musste*** sie tragisch enden?

Befanden wir uns gerade auf dem besten Weg, an der Schicksalsschraube zu drehen? Oder wie wollten wir unser Interesse an dem „Fall *Zach*" erklären?

Elke kuschelte entspannt in meiner Armbeuge, und wenn meine Sinne mich nicht täuschten, summte sie überaus leise eine Melodie. „Geht es dir gut?", fragte ich.

Darauf antwortete sie nicht. Sondern: „Was tun wir hier eigentlich, Matis? Basteln wir nun an unserer eigenen Story, oder beschäftigen wir uns eher mit einem Nebenschauplatz?"

Womit sie mal wieder recht hatte. *Unsere eigene Story*. Vor einer Woche noch undenkbar, lag heute eine schöne Frau an meiner Seite. Und nicht nur das. Wir streckten die Fühler bereits nach einer gemeinsamen Zukunft aus, auch wenn im Detail durchaus noch offene Fragen zu klären waren. Bei zwei Haushalten, zwei Berufen, wie sie unterschiedlicher nicht sein konnten, und einer Tochter drängte sich die Pflicht, ein tragfähiges und belastbares Gerüst in Planung zu nehmen, förmlich auf. Auch wenn ich bisher auf mich alleine gestellt und mit relativ vielen Freiheiten ausgestattet war, so wiesen meine Tage doch gewisse Strukturen auf, ohne deren Einhaltung ich diesen Job nicht hätte machen können. Daran würde sich aus meiner Sicht nichts ändern. Mit Elke und Chiara allerdings würden sich die Disziplinen etwas erweitern. Für vernunftbegabte Menschen jedoch dürften das keine unüberwindbaren Hindernisse sein. Wichtig waren meine Ansicht nach Gespräche, Akzeptanz und Toleranz, sowie die Bereitschaft, Zeit und Gut zu teilen.

„Morgen", sagte Elke, „möchte ich dich Chiara vorstellen. Das heißt, du fährst mit mir in unsere *Kirchenrottacher* Wohnung. Sie brennt darauf, das Wundertier zu treffen, das ihre Mutter geschnappt hat."

„Geschnappt ist gut. Das klingt sehr nach Falle."

„Im übertragenen Sinn stimmt es aber. Du hast mich so beeindruckt, dass ich gar nicht anders konnte."

„Jaja, ich weiß. Am Ende bin wieder ich an allem schuld."

„Hihihi, genau, und der Schuldige wird bestraft, und ich weiß auch schon wie. Ich sage nur: *danz ohne Dummi*. Hihihi ..."

*

Wozu ich am Samstag nicht gekommen war, musste nun heute am Sonntagvormittag erledigt werden. Die Buchhaltung über meine Umsätze auf der Hochrhein-Tour. Elke half mir dabei und bekam gleichzeitig ein wenig Übersicht über mein Geschäft. Ich brauchte dafür weder einen Computer mit Excel-Tabellen, noch eine Registrierkasse, weil es bei mir flotter in althergebrachter handschriftlicher Buchführung ging. Anschließend füllten wir die Regale des Bücheranhängers auf, wobei ich die letztjährige *Langensteinbacher* Verkaufsliste zu Rate zog, um wenigstens eine Tendenz für die Vorlieben der dortigen Kundschaft zu haben und dementsprechend einräumen zu können.

Der Wunsch nach einem breiteren Bett hatte in der vergangenen Nacht absolute Priorität errungen. So vollkommen ausreichend sich mein schmales Bett noch bei der *danz-ohne-Dummi*-Sache gezeigt hatte, so ungenügend erwies es sich in Bezug eines erquickenden Schlafs. Spätestens am Montag, hatte Elke prophezeit, würde die Operation *Bett* über die Bühne gehen. „Ich schwör's", hatte sie gesagt.

Wir fuhren nach *Kirchenrottach*. Sie in ihrem *VW Polo* voraus, ich im *Mitsubishi Pajero* hinterher. Elke würde den Sonntagabend mit Chiara verbringen, während ich nach *Magerbüchel* zurückkehren würde. Montag war Arbeitstag für Elke, Kindergarten, und wir hatten uns für siebzehn Uhr auf dem Parkplatz von *Möbel-Bäuerle* in *Durlangen* verabredet. *Möbel-Bäuerle* war der einzige Anbieter von Echtholzmöbeln aus Zirbelholz. Elke bestand auf ein Bett aus dieser Kiefernart. Erstens besaß sie selber ein solches Bett, zweitens sei Zirbelholz sehr schlaffördernd. Wieder schwörte sie drauf.

Es war für mich leider nichts Außergewöhnliches, dass ich etwas nervös war, als Elke mich in ihre Wohnung führte. Erster Stock mit Balkon ungefähr vier Meter über dem Flüsschen *Sander*. Immer wenn ich fremden Menschen vorgestellt werden sollte, reagierte ich mit Schweiß an den Händen, schlimmstenfalls mit Stottern. Elke versuchte mich zu beruhigen. „Sie ist eine Rotzgöre, Matis. Nein, stopp, falsch, das ist sie nicht mehr. Sie ist eine Schussel. Aber sehr, sehr lieb. Sei einfach du selbst."

„Bin ich ja. Das ist ja das Dumme", schluckte ich.

„Ich bin da, Matis." Sie drückte mir einen Kuss auf den Mund. „Auf ins Getümmel."

Ich hielt sie am Arm zurück. „Elke, ich ...ich ...ich ..."

„Ich weiß", sagte sie. „Ich dich auch, Matis."

Chiara kam gerade vom Balkon herein, als Elke mir das Wohnzimmer zeigte. Unbekümmert kam sie mit ausgestreckter Hand geradewegs auf mich zu. „Ich bin Chiara", sagte sie. „Und du bist also dieser Matis, von dem Mama so schwärmt." Sie neigte, wie ihre Mutter, zu Feststellungen.

„Ja, ich bin dieser Matis. Grüß´ dich Chiara. Es freut mich, dich kennenzulernen."

Chiara schickte taxierende Blicke zwischen Elke und mir hin und her, als wollte sie prüfen, ob sich Mama nicht einen fatalen Fehlgriff mit ihrer Wahl geleistet hat.

„Wir sehen uns ab jetzt wahrscheinlich öfter", stellte sie lakonisch fest.

„Mich würd´s freuen", sagte ich.

„Und? Habt ihr schon?", fragte sie, und schlug dreimal mit der Faust in die hohle Hand.

„Chiara! Sag´ mal, geht´s noch?", reagierte Elke empört, während mir ein Lacher durch die Nase prustete.

„Man wird ja wohl noch fragen dürfen."

„Es geht dich zwar nichts an", erwiderte Elke, „aber zu deiner Beruhigung: Wir haben schon. Zufrieden?"

„Glückwunsch", zwinkerte sie mir zu. Und an Mama gerichtet, flüsterte sie: „Wurde auch langsam Zeit." Dann trollte sie sich.

Elke verdrehte die Augen. „Stell′ dir das bloß vor, Matis. Sowas hab′ ich jeden Tag um mich rum. Gottseidank kann ich jetzt zu dir flüchten."

Ich lächelte. „Ja, das stell′ ich mir gerne vor. Sie ist dir übrigens wie aus dem Gesicht geschnitten." Tatsächlich war Chiara eine jüngere Ausgabe ihrer Mutter. Sie hatte die Haare, Sommersprossen und die Figur von Elke geerbt. Aber das hatten sie vermutlich schon von vielen Seiten gehört. „Auf jeden Fall scheint euer Leben sehr interessant und lustig zu sein."

„Das kannst du laut sagen. Ich bin auch sehr dankbar dafür, dass Chiara und ich uns so gut verstehen. Das ist leider nicht bei jedem Mutter/Tochter-Verhältnis der Fall. Siehe Viviane und Céline. Viktor hat seine Tochter, wie soll ich sagen, im Laufe der Zeit voll auf seine Seite manipuliert. Er erlaubt ihr alles, was Viviane verbietet, und Céline weiß das natürlich zu nutzen. Doch, ich kann sagen, dass Chiara und ich ein gutes Team sind."

„Und jetzt platze ich in eure Mitte."

„Nein, nein, nein, Matis. Schlag′ dir solche Gedanken aus dem Kopf. Du bist mein Mann. Wie ich heute schon gesagt habe: Wir basteln an unserer Beziehung. Du, ich, und Chiara. Wir werden Familie, verstehst du?"

Naja, irgendwie fühlte ich mich schon aus meinem finsteren Mittelalter in die Neuzeit katapultiert. Bei dem Tempo konnte einem leicht schwindelig werden. Gestern Single, heute Familie? Der Geschwindigkeit indes galt nicht meine Sorge. Ich fürchtete, dass durch meine plötzliche Präsenz der über Jahre entwickelte und gewachsene Kosmos Elke/Chiara in Schieflage geraten könnte.

„Ich verstehe das", sagte ich. „Aber wirke ich nicht wie ein Fremdkörper, der in euer beider Biotop Unruhe bringt?"

Elke umarmte mich. „Das will ich doch hoffen, Matis. Nennen wir es nicht Unruhe, sondern Abwechslung. Das hört sich doch schon viel besser an, meinst du nicht?"

Chiara hatte gekocht: Suppe, Gefüllte Paprika (Hackfleisch / Milchsemmel / Zwiebel / Petersilie) mit Reis. Die *Familie* saß zum ersten Mal gemeinsam an einem Tisch. Elkes Körperhaltung strahlte Entspannung und Wohlbehagen aus. *Wenn Glück so einfach herzustellen ist, will ich nichts anderes mehr tun*, dachte ich. Während ich mit Genuss aß, löcherte Chiara mich mit Fragen über meinen Beruf, die ich so ausführlich wie möglich beantwortete. Teilweise kam es mir vor, dass mir selber nach und nach wieder bewusst wurde, wie mannigfaltig mein Job in facto war.

„Ich find´s genial", sagte sie abschließend. „Du hast praktisch eine eigene Firma. Wer kann das schon von sich behaupten? Du bist selbstständig, dein eigener

Chef. Mama, ich würde sagen, den behalten wir diesmal."

„Ach, wie viele Aspiranten sprechen denn pro Woche ungefähr vor?", fragte ich augenzwinkernd.

„Reicht es, wenn ich den Durchschnitt nehme, oder willst du die exakten Zahlen?"

Elke pfefferte in gespielter Empörung die Serviette auf den Tisch. „Ihr beide seid unmöglich. Und du spielst bei ihrem Blödsinn noch mit, Matis. Zur Strafe dürft ihr das Geschirr spülen. Das habt ihr jetzt davon."

Chiara fragte mich mit verschwörerischer Miene: „Hast du zu Hause eine Geschirrspülmaschine?"

„Allerdings."

„Ooooh, ich bin gerettet. Ich liebe Geschirrspülmaschinen. Hast du zufällig auch noch ein Zimmer frei?"

Wir meckerten zusammen, dass Elke kopfschüttelnd aufstand und mit einer Zigarette auf den Balkon verduftete.

Als Viviane unangekündigt zu Besuch kam, bescherte sie der lockeren Dreisamkeit einen jähen Richtungs- und Stimmungswechsel. Im Gegensatz zu ihrer Verfassung bei dem gestrigen Besuch in meinem Haus in *Magerbüchel*, wirkte sie heute wie eine Getriebene. Gehetzt beinahe. Irgendwie ruhelos, als wäre sie von einer Art Fieber heimgesucht.

Elke warf mir einen vielsagenden Blick zu, dessen Bedeutung ich mir zunächst selber zusammenreimen musste, denn sie zog sich mit Viviane auf den Balkon zurück. Nicht, dass ich übertrieben neugierig gewesen wäre, aber mit einem Auge schielte ich dennoch durch die Glastür. Viviane redete, so wie´s aussah, ziemlich intensiv, und Elke hielt ihre Hände. Jetzt hätte ich gerne eine Zigarette gepafft, aber der Balkon war momentan tabu. Aus Chiaras Zimmer erklangen gedämpfte Schlagzeugrhythmen.

Nach einer geschlagenen Viertelstunde hatten die zwei Frauen ihre Besprechung beendet und betraten das Wohnzimmer. Sie steuerten die Sitzgruppe an, wo ich schon Platz genommen hatte. Elke setzte sich demonstrativ neben mich.

„Matis, Viviane kann nicht lange bleiben. Viktor wird sonst misstrauisch. Kurz gesagt: Sie ist überzeugt, dass es tatsächlich *Zach* gewesen sein muss, den du gesehen hast. Einerseits glaubt sie ihn anhand deiner Porträtzeichnung zu erkennen, andererseits wertet sie das graue Halstuch als ein Lebenszeichen. Sein Lebenszeichen. Sie will versuchen, mit *Zach* Verbindung aufzunehmen. Viviane, erklär´ du es Matis."

Viviane beugte sich nach vorne. Ihr Gesicht zeigte rötliche Flecken, wie man sie oft bei unter Stress stehenden Leuten sieht. „Kann ich du sagen? Ich meine, jetzt, da Elke und du ...?"

Sie räusperte sich. „Ich möchte Elkes Vorschlag annehmen und dich um Unterstützung bitten. Leider kann ich es nicht selber machen. Viktor ist ...egal, ich kann es nicht."

„Er überwacht dich."

Viviane schaute Elke fragend an, was so viel heißen sollte wie: *Was hast du ihm über mich und Viktor erzählt?* Elke nickte ihr bloß mit den Augen zu. Übersetzt lautete das: *Ich vertraue ihm. Vertraue **du** ihm auch.*

Viviane fuhr fort: „Ja, das tut er. Er kontrolliert mich. Was ich auf keinen Fall riskieren will, ist, dass er durch meine plötzlichen Aktivitäten misstrauisch wird. Er darf mich und *Zach* nicht in Zusammenhang bringen. **Darf – nicht!**" Sie legte eine kurze Pause ein. „Ich habe eine Zeichnung gemacht, oder besser gesagt einen Routenplan, wie du *Zachs* alten Bauwagen findest. Dort haben wir uns damals immer getroffen. Der Weg ist in keiner Landkarte eingezeichnet. Du musst dich also an die Zeichnung halten. Es liegt im *Siefenbachtal*. Ich habe es so genau wie möglich beschrieben. Ich bitte dich darum, dass du dorthin gehst und ihm einen Brief von mir übergibst. Wenn er nicht da sein sollte, Matis, dann deponiere ihn dort so, dass er ihn finden muss. **Finden – muss!**"

„Du wirkst sehr entschlossen, Viviane." Ich interpretierte das Zucken ihrer Mundwinkel als kurzes Lächeln und Zustimmung.

„Bevor ich dir den Plan zeige: Würdest du das für mich tun?"

Ich schaute zu Elke, sie zu mir. Sie legte einen Arm um meine Schultern. „Ich mach' es", sagte ich. „Im Namen der Liebe mach' ich's."

Da lächelte Viviane zum ersten Mal richtig. Dann erklärte sie mir den Routenplan, den sie wirklich akribisch hergestellt hatte. „Wenn du mit dem Auto an dieser Stelle angekommen bist", sie zeigte mit dem Finger auf einen Punkt im Plan, „musst du noch eine beachtliche Strecke zu Fuß gehen. Dorthin kommt man nicht mit einem Auto. Tut mir leid. Und hier ist der Brief, den du übergeben sollst. Oder deponieren. So", atmete sie erleichtert aus, „jetzt ist es entschieden und unterwegs. Wann wirst du ...?"

„Morgen", sagte ich. „Schon morgen", und nahm den Brief an mich. Dann fiel mir eine weitere Frage ein: „Wann warst du das letzte Mal dort?"

„An meinem Geburtstag im Juli 2001. Ungefähr ein Jahr bevor er den Abschiedsbrief geschrieben hat. Das ist jetzt vierzehn Jahre her."

Bald darauf schaute Viviane auf ihre Armbanduhr, sagte: „Oh, ich muss los, sonst ..." Sie ließ offen, was sie mit *sonst* meinte, doch allein das kleine Wort wirkte auf uns bedrohlich. Dann verabschiedete sie sich mit glänzenden Augen.

Wir ließen die emotional so hochgeladene Atmosphäre erst mal zur Ruhe kommen. Viviane hatte eine Brisanz in Elkes Wohnzimmer hinterlassen, die uns unfreiwillig elektrisierte. *Verdammt, hätte ich bloß diesen* Zach *nicht gesehen*, dachte ich. Aber zugleich fiel mir ein, dass ich dann auch Elke nicht getroffen hätte, und für dieses Glück würde ich noch ganz andere Unannehmlichkeiten hinnehmen. Elke war in die Küche gegangen, um zwei Tassen Kaffee für uns holen.

„Kennst du diesen Ort, den Viviane hier aufgezeichnet hat?", fragte ich über die Tasse hinweg.

„Nein", antwortete sie, „ich war nie dort. Ich hatte Viviane einmal angeboten, mit ihr zu ihrem sogenannten Liebesnest hinzufahren, aber sie hat es abgelehnt. Ich glaube, ihr haben dazu der Mut und die Kraft gefehlt. Irgendwie konnte ich sie verstehen."

„Hm, dann hat sie zwölf lange Jahre gelitten? Wie hält ein Mensch das bloß aus?"

„Fass´ dich an die eigene Nase, Mathias Morgenstern. Du hast annähernd dreißig Jahre auf mich verzichtet. Wie hast **du** das ausgehalten?" Sie umschlang mich mit beiden Armen.

„Dafür möchte ich dich jetzt mindestens dreißig Jahre bei mir haben."

„Echt?"

„Ja, ich will."

Als ich am Abend *Magerbüchel* erreichte und mein Haus betrat, hörte ich die Kirchturmglocke sieben Uhr schlagen. Die meiste Zeit des Nachmittags hatten wir dösend und aneinandergekuschelt auf Elkes Balkon zugebracht. Das friedliche Murmeln des Flüsschens *Sander* hatte uns so vortrefflich eingelullt, dass wir Chiaras zweimalige Nachschau nicht bemerkt hatten. Später mussten wir uns von ihr anhören, dass wir *richtige Transusen* seien, aber auch, dass wir *wunderbar zueinanderpassen* würden.

Im Grunde konnte ich ihr nur beipflichten. Das Grundvertrauen, neben jemandem liegen und schlafen zu können, bewertete ich höher, als in beiderseitigem Einvernehmen Sex zu haben. Womit ich nicht sagen wollte, dass mir Sex mit Elke nichts bedeutete, nein. Ich betrachtete es nur differenziert. Sex war eine Sache im wachen Bewusstsein. Schlaf hingegen war die schutzlose Ohnmacht; somit die offenste Hingabe an einen anderen Menschen, wenn man sie miteinander teilte. Und das hatten Elke und ich in *wunderbarster Transusigkeit* hingekriegt. Es erfüllte mich mit Stolz.

Ich bereitete mich mit meinen kleinen Helferlein auf einen gemütlichen Abend vor. Kognak, Zigaretten, Computer, alles auf dem Balkon. Über *Google Earth* würde ich versuchen, anhand Vivianes Plan einen realen Ort zu finden. Mochte man zu *Google* gestellt sein, wie man mochte, das *Earth*-System war unschlagbar.

Auf dem Anrufbeantworter blinkte die Taste für *unbeantworteter Anruf*. Eine Sprachnachricht war nicht hinterlegt, aber ich sah die Nummer des Anrufers. *Kirchenrottacher* Vorwahl. Sogar die Nummer kannte ich, hatte ich sie am Samstag vor acht Tagen erst selber gewählt. Ohne lange zu überlegen rief ich zurück.

„Lauenbacher." Eindeutig Viktors Stimme.

„Hallo Viktor", rief ich in aufgesetzter Fröhlichkeit aus, was zwar reichlich blöd war, weil er mich definitiv nicht sehen konnte, aber irgendwie musste ich die Stimmung ja vermitteln, „Matis hier. Du hast bei mir angerufen? War leider nicht zu Hause, wie du bemerkt haben dürftest. Was hast du auf dem Herzen?"

„Hallo Matis, entschuldige, auf dem Herzen hab´ ich grade nichts, es ist – wie soll ich es sagen, die reine persönliche Neugier. Viviane war doch gestern bei dir. Mit Elke. Elke hat ihr wohl erzählt, dass du eine riesige Auswahl an Büchern hast, und sie wollte bloß mal schauen, ob sie bei dir was findet."

„Natürlich, gestern. Ja, die beiden waren über die Mittagszeit kurz da. Aber mitgenommen hat Viviane glaub ich nichts. Nette Frau, übrigens." *Verflixt, ein*

Fehler. Ich hätte ihr irgendeinen Schmöker in die Hände drücken sollen. Nun ist es, wie es ist.

„Na, dann scheint dein Sortiment vielleicht doch nicht der große Renner zu sein."

Arschloch, dachte ich.

Viktor war noch nicht fertig. „Was Viviane erzählt hat: Du und Elke, ihr seid ein Paar? Hab´ ich da richtig gehört? Wär´ ja kurios. Zieht ihr vielleicht auch zusammen? Ich könnte euch im Falle ein paar steuerliche Tipps geben. Du weißt schon. Mein Job."

Du bist selber kurios, du Idiot. „Ich dachte, du weißt, dass wir ein Paar sind. Es stimmt, wir sind zusammen. Ich komme übrigens gerade von ihr. Ob wir eine gemeinsame Wohnung haben werden – steht in den Sternen. Im Moment kommen wir mit zwei Wohnungen sehr gut zurecht. Aber danke für dein Angebot. Danke, Viktor."

„Ist schon okay, Matis. Nix für ungut. Schönen Abend noch dir und Elke."

Big Brother is watching you. Elke hatte demnach mit ihrer Prognose recht gehabt. Und Viviane tat wirklich gut daran, vorsichtig zu sein. Wer konnte wissen, auf welch ausgefallene Ideen ein Kontroll-Freak kommen konnte. Handy-Überwachung per GPS-Daten, zum Beispiel. Weitere kriminelle technische Errungenschaften fielen mir nicht ein, weil ich mich normalerweise mit dem Gebiet nicht befasste. Elke wollte ich jedoch Bescheid sagen.

„Hallo Matis, das ist lieb, dass du anrufst. Ich hatte soeben an dich gedacht." Sie kannte meine Nummer mittlerweile. „Ich fragte mich, was du gerade machen könntest."

Ihre Stimme zauberte mir eine Gänsehaut auf den Rücken. „Oh, ich bin zu noch gar nichts gekommen. Viktor hat bei mir angerufen."

„Siehst du? Wie ich dir prophezeit habe. Was hat er gewollt?"

Ich versuchte, den Gesprächsinhalt so wortgetreu wie möglich wiederzugeben. „Viviane hat wahrscheinlich recht. Sie muss höllisch vorsichtig agieren. Ich glaube fast, dass wir alles, was wir in dieser Sache unternehmen, lückenlos dokumentieren müssen, um uns im Falle eines Falles nicht zu verplappern, wenn du verstehst, was ich meine."

In der Leitung blieb es einige Sekunden lang still. Dann sagte Elke: „Matis, ich bin mir nicht sicher, wie weit wir mit unserer Unterstützung gehen sollen. Mit dem morgigen Tag betreiben wir bezüglich Hilfe für Viviane schon genug Aufwand, beziehungsweise **du** bist derjenige, der eingespannt ist. Sie ist zwar meine Freundin, aber dass wir für sie auf Dauer die Kohlen aus dem Feuer holen sollen, mag ich nicht so recht einsehen. Ich will sagen: Sie ist vorsichtig, und wir tragen das Risiko."

„Ich verstehe. Du meinst, wenn das Liebespaar eines schönen Tages zusammenfindet und sein Glück in Übersee sucht, bleiben wir als Ehebruchshelfer zurück und bekommen die Rache des Gehörnten zu spüren."

„Besser hätt´ ich´s nicht ausdrücken können, Matis. Aber es bleibt bei unserem Termin morgen bei *Möbel-Bäuerle*?"

„Klar."
„Nimmst du noch einen Kognak?"
„Ja, und ich schau' mir bei *Google Earth* die Gegend an, in die ich morgen fahren werde."
„Sei vorsichtig, Matis. Ich will dich nicht verlieren."

Letztlich erwies sich *Google Earth* nicht besonders erkenntnisreich. Die Aufnahmen der von Viviane gezeichneten Gegend per Satellit wurden, je näher ich die Erde zoomte, zu grobkörnig, und aus höherer Betrachtung wiederum zu ungenau.

Ich richtete mich nach zwei Fixpunkten. Der erste war das Städtchen *Floßwieden*. Der Name des Ortes stammte aus der Zeit der Flößerei. Hier wurden ehemals einzelne, per Trift angetriebene Baumstämme, zu ganzen Flößen vereinigt. Als Bindematerial verwendete man sogenannte *Wieden*, die durch Erhitzen oder Kochen von Fichten und Weiden geschmeidig und biegsam gemacht und hergestellt wurden. Ich kannte *Floßwieden* vom einmal jährlich stattfindenden Pfingstjahrmarkt. Der zweite konkrete Hinweis war das *Siefenbachtal*. Der namensgebende Bach mündete bei *Floßwieden* in die breitere *Driese*. Das *Siefenbachtal* selbst war für mich weitestgehend Neuland, und die Hilfe von *Google Earth* endete dort, wo sich die Wege verzweigten, zu Graspisten wurden und in die tiefen Wälder des hinteren Tals eindrangen. Dort fächerte das Tal noch einmal auf, wie die gespreizten Finger einer Hand, sammelte Zuflüsse aus weiteren Bächen ein, die die kleinen Seitentäler entwässerten.

Dennoch druckte ich eine der Satellitenansichten aus, um sie während oder nach meiner morgigen Expedition zu Vivianes und *Zachs* Liebesnest mit Vivianes Zeichnung vergleichen zu können. Dann schaltete ich den Computer aus.

Den Kognak im Glas schwenkend, fielen mir Elkes Worte wieder ein: *Sie ist zwar meine Freundin, aber dass wir für sie auf Dauer die Kohlen aus dem Feuer holen sollen ...* Es steckte eine Besorgnis dahinter, die auch mich bedenklich stimmte. Ich kannte Vivianes Lebensumstände mit Viktor nicht wirklich. Bereitete er ihr die Hölle auf Erden, oder hatte er einfach Angst, sie zu verlieren, und kämpfte um sie mit allen ihm zur Verfügung stehenden Mitteln? War es nicht so, dass wir uns bereits in dieser beginnenden Phase in ein Netz aus Lügen und Heimlichkeiten verstrickten? Irgendwann würde Viviane alleine Verantwortung übernehmen müssen. Es war ihr Leben, ihre Zukunft.

Ich nahm mir vor, erst einmal diesen einen Dienst zu übernehmen, Vivianes Botschaft am gewünschten Ort zu hinterlegen, mir die weitere Entwicklung anzuschauen und vorzubehalten, ob oder wie ich mich zukünftig einsetzen werde.

Als letzte Handlung des Tages schrieb ich einen kleinen Zettel mit meinem Namen und meiner Adresse und dem Satz *Wenn du Gesprächsbedarf hast ...*, und hängte ihn mit Klebstreifen an Vivianes Brief. *Wenn ich schon als Briefträger tätig werde, dann soll* Zach *wenigstens wissen, mit wem er es zu tun hat*, dachte ich, denn es konnte ja sein, dass ich ihn morgen nicht antreffen würde. Dann begab ich mich ins Bett.

*

Der *Mitsubishi Pajero* brummte zuverlässig das *Siefenbachtal* hoch. Ich hatte vor ungefähr zehn Minuten *Floßwieden* durchfahren, und nun ging es über eine schmale asphaltierte Straße die Windungen des Tals entlang. Gelegentlich wechselte sie über kleine Brücken die Bachseite, dort, wo sich steile Geländenasen weit an den Bach heranschoben, kehrte jedoch immer wieder auf die ursprüngliche Seite zurück. Bewirtschaftete Gehöfte tauchten nur noch vereinzelt auf, und mit dem Ende der asphaltierten Strecke war auch das Ende der Besiedlung erreicht.

Es folgte für circa zwei Kilometer eine befestigte Sand- und Schotterpiste, die danach in einen stetig schmaler werdenden grasbewachsenen Weg überging. Als eine rot-weiß-rot gestrichene Schranke die Weiterfahrt verhinderte, hielt ich an. Hatte Viviane von einer Schranke gesprochen, beziehungsweise sie eingezeichnet? Ich zog ihren Plan zurate und studierte die Strichlinie, der ich nach ihren Angaben folgen sollte. Von einer Schranke keine Spur. Ich zuckte die Schultern. Vielleicht existierte sie vor vierzehn Jahren noch nicht.

Vor der Schranke konnte ich nicht stehen bleiben. Ich würde Waldarbeitern oder Feuerwehren oder wem auch immer die Zufahrt versperren. Ich musste zurück. Ich legte den Rückwärtsgang ein und fuhr den Weg abwärts. Ich erinnerte mich an eine Ausbuchtung am Wegesrand, an der ich vorhin vorbeigekommen war. Mein Genick begann bereits zu krampfen, als ich sie endlich erreichte und das Auto hineinrangieren konnte. Wilde

Brombeerhecken säumten den Rain. Dahinter wuchsen blühende Fingerhüte, die kerzengerade ihre schlanken Stängel in die Höhe streckten und von etlichen Wildhummeln besucht wurden.

Ich stieg aus, hängte meine Umhängetasche mit Vivianes Brief um und stiefelte los. Die Zeit, bis ich die Schranke wieder erreichte, schien mir endlos lange zu sein. War es tatsächlich so weit gewesen?

Gegen neun Uhr vormittags war ich in *Magerbüchel* losgefahren. Ich hatte auf einen frühen Anruf Elkes gehofft, aber der war nicht gekommen. Ich musste mich zur Räson rufen: *Sie führt ein eigenständiges selbstbestimmtes Leben. Kapiere, dass das immer so sein wird und sei froh, dass es so ist. Oder fändest du es besser, wenn sie dauernd auf dich angewiesen wäre? Na siehst du.* Ich packte Trinkwasser, Kekse, Banane, Handy, Taschenmesser und Vivianes Brief in meine Umhängetasche und verließ das Haus. Die Fahrstrecke bis *Floßwieden* wusste ich aus dem Gedächtnis. Danach musste mir Vivianes Plan weiterhelfen.

Unmittelbar nach der Schranke verengte sich der Weg. Wohl waren noch alte Fahrspuren andeutungsweise zu erkennen, doch der lichte Raum wurde durch Wucherungen, ob Äste oder Ranken, von links und rechts stark eingegrenzt. Auf dem Weg selbst hatte sich ein dickes Polster aus verfilztem Gras, Moos und kriechendem Grünzeug gebildet. Noch war es kühlfeucht inmitten all dieser Biologie. Ein aufmerksamer Häher verriet durch lautes Krächzen meine Anwesenheit und es hatte den Anschein, als würde er stets auf gleicher Höhe mit mir sein und spielend Schritt halten. Irgendwo gluckste ein Bach, doch ich bekam ihn vorerst nicht zu Gesicht.

Ungefähr drei Kilometer, hatte Viviane gesagt, müsse ich gehen. Aber von welchem Punkt aus? Eventuell von der Parkbucht aus, wo mein Auto stand? Oder von der Schranke aus, die es vor vierzehn Jahren vielleicht noch nicht gegeben hatte? Keine Ahnung. Es war auch schwer abzuschätzen, wie weit ich bereits in den Wald hineingegangen war. Ich hätte auf die Uhr schauen sollen, fiel mir ein und schimpfte mich dumm. Dann hätte ich einen ungefähren Anhaltspunkt gehabt. Einen Kilometer in zehn bis fünfzehn Minuten. Seit Passieren der Schranke war ich an keinem markanten Punkt oder Objekt mehr vorbeigekommen. Der Wald machte für mich überall den gleichen Eindruck. Außer dem Häher und dem Bach war es sagenhaft still. Noch nie war mir aufgefallen, dass mein Atem so laut zu hören war. Es half nichts, ich musste weitergehen.

Rechter Hand lichtete sich der Wald etwas. Die Bäume standen nicht mehr so dicht und gaben den Blick auf eine schräge Linie frei, die ich als Weg deutete, und nur wenige Meter später hatte ich eine Wegekreuzung erreicht. War es die Stelle, die Viviane beschrieben hatte?

Es musste sie sein, denn es gab nur eine Beschreibung dieser Art in ihrem Plan. Aber nach so langer Zeit? Ich verglich die Realität mit dem Plan. Zwei Wege nach unten, zwei nach oben. Genau so war es hier der Fall. Welchen musste ich nun nehmen? Sie schrieb: *abwärts*. Da ich auf dem einen abwärtsführenden Weg hergekommen war, musste es der andere sein. Keinesfalls aufwärts.

Ich überquerte die Kreuzung. Ab jetzt wurde es kein Weg mehr. Auch einen Pfad konnte man das nicht nennen. Es war vielleicht eine Schneise, die vor ferner Zeit einmal ein Pfad gewesen sein mochte. Bis zum Ende, stand auf dem Papier, das ich als Wegweiser in der Hand hielt.

Es waren gefühlte fünf oder sechs Kilometer, die ich in den Knochen zu stecken wähnte, als sich vor mir eine kleine überschaubare Lichtung auftat. Ich blieb abrupt stehen. War es das? Kein erkennbarer Weg führte von hier fort, wenn ich den Pfad ausklammerte, auf dem ich gekommen war. War es das? Ich bewegte mich ein paar Schritte in die Mitte. Durch die Bäume, durch das Blätterdach, strahlte die Sonne. Alles war grün, selbst das Licht fluoreszierte grün. Es musste der Ort sein, denn ich entdeckte am Rand der Lichtung einen kleinen, ramponierten Holzverschlag. Aber einen Bauwagen? Beim besten Willen, einen Bauwagen sah ich nicht.

Vorsichtig näherte ich mich dem Verschlag. Die Ausmaße mussten gering gewesen sein. Ein Meter zwanzig im Quadrat? Eine windschiefe Tür hing in den Angeln. Dann kam die Erkenntnis, was es einst war. Es war ein Plumpsklo. *Zachs* Toilette?

Aber wo war der Bauwagen? Ich stapfte durch hohes, steifes Gras. Schlangenartige Dornentriebe zerrten an meinen Hosenbeinen. Tausende von Schnaken flirrten in riesigen Pulks über dem dichten Bewuchs.

Den Eisenrahmen des Bauwagens sah ich erst, als ich schon beinahe dagegenstieß. Nur mit einigem Vorstellungsvermögen konnte ich den rechteckigen Umriss erkennen. Ich schätzte die Länge auf erstaunliche sieben bis acht Meter. Gras, wucherndes Gestrüpp, Winden und Dornen hatten ihr Werk fast vollendet. Unwillkürlich summte ich das Kinderlied *Dornröschen schlafe hundert Jahr*. Je länger ich hinschaute, desto mehr Einzelheiten traten zutage. Ich stierte auf ein Ding, das ich nicht identifizieren konnte. Ich kletterte über den Rahmen und zog mit etwas Gewalt ein paar Dornen zur Seite. Ich hätte Handschuhe tragen sollen. Ein eiserner Kochherd lag vor mir, wie ich ihn von Großmutter her kannte. Die Herdplatte dem Rost preisgegeben. Ein Ofenrohr, das unter meiner Hand zerbröselte. Ich trampelte auf etwas Hartem herum - bückte mich danach: das Blatt einer Schaufel. Mehr: das verrostete Blatt eines Spatens; eine Spitzhacke ohne Stiel. Daneben: Eisenfelgen von Fahrzeugrädern, vier an der Zahl. Der Rahmen eines Fahrrades, Felgen und Speichen bizarr verbogen. In der linken Ecke des Rahmens: der Federrost eines Bettes. Ich stapfte auf Storchenbeinen hin und her. Unter den Schuhen klirrte es: Scherben von Porzellan.

Von den Aufbauten des Bauwagens fand ich keine Spur. Was war hier geschehen? Ich fuhr mit der Hand an der Innenseite des Rahmens entlang. Die Finger schwarz wie Kohle. Hatte es einen Brand gegeben? War der Bauwagen eventuell einem Feuer zum Opfer gefallen? Der Bauwagen aus brennbarem Holz?

Ich nahm mein Handy zur Hand und fotografierte all die Dinge, die ich gesehen hatte. Dann suchte ich nach einem Ort, wo ich den Brief deponieren konnte. Obwohl: Machte das hier überhaupt Sinn? Die Lichtung sah so gottverlassen wie nur möglich aus. Und wenn doch regelmäßig Besuch hierher kam? Hätte ich dann nicht eine Spur davon finden müssen? Wurde ich jetzt womöglich sogar beobachtet? Und wenn ja, warum meldete sich der Beobachter dann nicht?

Ich wählte den großen Kochherd aus. Es gelang mir, die ehemalige Feuerklappe zu öffnen und legte den Brief hinein. Sie war einigermaßen wasserdicht. *Ich hätte den Brief vielleicht in eine Folie stecken sollen,* fiel mir bei der Gelegenheit ein. Dann suchte ich ein Gehölz, aus dem ich einen Stecken schneiden konnte. Mit dem Taschenmesser war es rasch erledigt. Ich entblätterte das Holz bis auf einige Blätter an der Spitze, und rammte den Stecken neben dem Ofen in den Untergrund. *Wer auf eine wichtige Antwort wartet,* dachte ich, *wird dieses Signal zu deuten verstehen.* Auch davon machte ich ein Foto. Eine ganze Weile blieb ich noch stehen, ignorierte die Stechmücken, die mich als Beute ausersehen hatten, und konzentrierte mich, um etwaigen Schwingungen nachspüren zu können, oder Geräusche aufzunehmen, die nicht hierher gehörten. Aber außer meinem eigenen Atem und dem Sirren der fliegenden Plagegeister war da nichts. Danach verließ ich den seltsamen Ort und nahm ein letztes Foto vom Rande über die gesamte Lichtung mit.

Den Rückweg zum Auto schaffte ich im Dauerlauf in der Hälfte der Zeit, und war entsprechend außer Puste und verschwitzt, als ich mich hinter dem Lenkrad auf den Sitz sinken ließ. Ich hatte bisher weder einen Schluck Wasser getrunken noch einen Bissen gegessen, was ich jetzt nachholte. Nach einer Zigarette drehte ich den Zündschlüssel, wendete das Auto, und fuhr Richtung *Floßwieden*. Wenn alles glatt lief, reichte es mir zu Hause noch zum Duschen, bevor ich mich in *Durlangen* mit Elke treffen würde.

*

Das Möbelhaus *Möbel-Bäuerle* lag, soweit ich wusste, im nördlichen Industriegebiet *Durlangens*, unmittelbar an der Bundesstraße. Ich sah den roten *VW Polo* schon, als ich von der Bundesstraße auf den Parkplatz abbog. Wo war Elke?

Der Platz neben Elkes Auto war frei, also stellte ich den *Mitsubishi* dort ab und schlenderte auf den Haupteingang zu. Die Flügeltür öffnete sich, noch ehe ich sie erreicht hatte, und ein lustiges Gesicht mit rotem Haarschopf winkte mir zu. Chiara. „Hier sind wir, Matis", rief sie offensichtlich bestens gelaunt, sprang mir entgegen und hängte sich an meinen Arm. „Wir haben euer Traumbett bereits gefunden", verriet sie überschwänglich, „echtes Zwiebelholz."

„Hi, Chiara, toll, dass du mitgekommen bist", freute ich mich über den unbekümmerten Empfang. „Du meinst sicher Zirbelholz."

„Zwiebel klingt besser", meinte sie. „Bei Zirbel muss ich so arg an Schnurbärte denken, und die gefallen mir nicht."

Wir hatten das Foyer erreicht, wo ein kleines Bistro eingerichtet war. Elke saß an einem der Tische, Kaffee und Kuchen vor sich. Bei ihrem Anblick wurde mir bewusst, was für eine schöne Frau sie war und welch unverschämtes Glück es für mich bedeutete, dass sie auf mich wartete. Sie erhob sich, legte ihre Arme um meinen Hals und küsste mich. „Gottseidank bist du da", flüsterte sie. „Ich hatte heute keine ruhige Minute."

Ich bohrte meine Nase in ihre Lockenpracht und sog ihren Duft ein. Es war der Duft nach Leben, nach Kraft, nach Fülle, nach Liebe, der mich überwältigte. „Ich fürchte, dass ich nicht mehr ohne dich sein kann. Du hast mir gefehlt."

„So, genug geturtelt", rief Chiara dazwischen, „können wir jetzt endlich zu euerm neuen Zwiebelbett gehen?"

Wir drangen in breiter Phalanx wie Eroberer in die Verkaufshalle ein: Elke an meiner linken, Chiara an der rechten Hand. „Chiara will unbedingt dein Haus sehen", sagte Elke von links. „Deswegen ist sie mitgekommen."

„Unser Haus, Mama", korrigierte Chiara von der anderen Seite.

„Du hast noch keinen Schlüssel, Kind", sagte Elke grinsend.

„Matis wird mir einen geben, nicht wahr, Matis?", tönte es von rechts.

„Vielleicht mag Matis überhaupt keine Kinder", stichelte Elke.

„Ich bin praktisch siebzehn und werde nächstes Jahr erwachsen. Dann hat es sich mit Kind. Da vorne ist es, euer Bett."

Ein Bett ist ein Bett ist ein Bett. So weit, so gut. Dass man um eine einzige Sache, auf die es bei allen Betten ankam, nämlich die Liegefläche, so viele verschiedene Designs entwickeln konnte, erschlug mich. Wäre Chiara nicht vorausgeeilt und hätte sich nicht mit einem Jauchzer auf eines der Betten geworfen – ich wäre vermutlich unfähig gewesen, mich für ein bestimmtes Bett zu entscheiden. Das Mädchen kugelte auf der Matratze herum und winkte uns zu, es ihr gleichzutun. Nun, da ich wusste, wohin ich zu schauen hatte, musterte ich es freilich ausgiebig. Helles unlackiertes Holz, Kopfteil und Fußende gerade geschnitten, an beiden Längsseiten Unterbett-Schubladen. Die Maße des Bettes: Hundertachtzig auf zweihundert Zentimeter. Massiv Zirbel, achthundertfünfundneunzig Euro. Mit zwei Matratzen vierhundert Euro mehr.

Dem Holz war ein markanter Duft eigen. „Das muss bei Zirbel so sein. Der Duft wirkt schlaffördernd", sagte Elke und legte sich zu ihrer Tochter aufs Bett. „Komm, Matis, probier' die Matratze."

Also legte ich mich dazu. Sofort spürte ich, wie müde ich eigentlich war. „Ach, tut das gut", stöhnte ich und schob einen Arm unter Elkes Kopf. Chiara auf der anderen Seite gluckste vergnügt.

„Wir bleiben jetzt hier liegen, bis einer der Verkäufer aufmerksam wird. Und dann kaufen wir's", bestimmte ich.

„Matratzen?"

„Gekauft."

„Wir benötigen aber noch Lattenroste, Bettdecken, Kopfkissen, Spannbettbezüge, Kissenbezüge und Bettwäsche. Und einen Kleiderschrank für mich."

„Für mich auch einen Kleiderschrank", quäkte Chiara.

„Brauchen wir? Kaufen wir."

Elke und ich gaben alles in allem ungefähr zweitausendzweihundert Euro aus. Kopfkissen, Bettdecken und Bettwäsche nahmen wir direkt mit nach Hause. Das Bett mit Matratzen und Lattenrosten würde uns morgen, also Dienstag, geliefert werden.

Chiara zeigte sich von meinem, pardon, von unserem Haus sehr beeindruckt. Nicht auf den Kopf gefallen, stellte sie fest: „Wenn ihr ein neues Bett bekommt, dann kann ich doch dein altes haben."

„Hab´ ich nichts dagegen", sagte ich, „nur, wo willst du es aufstellen?"

„Wenn du mir unten im Bücherlager freie Hand gibst, Matis, richte ich mir dort eine Ecke ein. Du wirst sehen, wie gut das wird. Bad und WC sind ja sowieso unten. Ich bringe dir auch nichts durcheinander. Versprochen." In ihren Augen glomm ein hoffnungsvoller Funke.

Ich überlegte und begann mit einem gedehnten „ $O-k-a-y$ " meine Zustimmung auszudrücken, da jubelte sie schon und verschwand wie der Blitz nach unten.

„Ist das wirklich $o-k-a-y$ für dich?", fragte Elke. „Du wolltest **mich**, und hast Chiara an der Backe."

„Ja. Und ihr beide habt mich. Ist das nicht fair?"

Elke umarmte mich und drückte ihren Kopf an meine Brust. „Ich glaube sie genießt es. Die neue Situation mit dir. Dass ihre Mama glücklich ist, und dass sie mit von der Partie ist. Sie braucht Vertrauen, genau wie ich. Wenn sie glücklich ist, merkt man es am ehesten an ihrem frechen Mundwerk."

Wir aßen zu Abend nur aus der kalten Küche. Brot, Wurst, Butter, Tomaten und Gurken. Chiara plapperte unablässig über die Gestaltung ihrer *neuen* Bleibe. Sie nahm auch ein Blatt Papier und skizzierte ihre Vorstellungen. Regal von hier nach da verschieben; mit einer bunten Decke den Raum teilen; das Bett längsseits jener Wand; eine alte Palette als Couchtisch umfunktionieren; ein Brett abschleifen und mit Winkeleisen als Schreibtisch an die Wand schrauben, eine Lampe organisieren.

Erst nachdem Chiara wieder in ihr zukünftiges zweites Domizil abgerauscht war, fanden Elke und ich Zeit, die Fotos von meinem Ausflug ins *Siefenbachtal* anzuschauen. Ich überspielte sie zu diesem Zweck auf meinen Laptop und übersandte sie zusätzlich per Whatsapp auf Elkes Smartphone.

„Das sieht ja wüst aus", meinte Elke, eine Hand vor dem Mund, während ich ihr die Bilder im Detail erklärte.

Dazu nickte ich nur und sagte: „Wenn Viviane geglaubt hat, es gäbe noch ein intaktes Liebesnest, dann sieht sie sich getäuscht."

„Und du hast ihren Brief dort in dem alten Kochherd versteckt?"

„Ja, Ich hab´ noch einen Zettel mit meiner Adresse dazugehängt", erwähnte ich. „Falls *Zach* zum Beispiel konkrete Anweisungen geben möchte", ergänzte ich.

Elke blieb still. Instinktiv spürte ich, dass es in ihr arbeitete. Ich berührte ihre Hand: „Elke?"

Sie rieb sich plötzlich die Arme, als befänden wir uns im kältesten Winter. „Huch", machte sie und stieß den Atem aus, „es hat mich gerade geschauert. Irgendwie, entschuldige, wenn ich das so sage, habe ich bei der ganzen Sache kein angenehmes Gefühl. Frag´ mich nicht, woher diese Ahnung kommt. Es ist bloß so ein – vager Instinkt. Sagt man *Instinkt*?"

„Das heißt?"

„Ja, eben. Wenn ich das wüsste, Matis. Ehrlich gesagt bereue ich es, dich als Mediator ins Spiel gebracht zu haben. Denn was hast **du** mit Vivianes Kummer zu tun? Nichts. Und ich glaube nicht, dass die Sache gut ausgehen wird."

„Wirst du Viviane die Fotos zeigen?"

„Das werde ich. Vielleicht dämpft das ihre Erwartungen."

Elke und Chiara mussten nach *Kirchenrottach* zurück, denn noch waren keine Ferien. Chiara führte uns, ehe die beiden fuhren, stolz ihre Wohnecke im Bücherlager vor. Als ich begriff, wie sie es sich wünschte und ich mich natürlich mit den Bücherregalen auskannte, machte ich ihr den Vorschlag, ein weiteres Regal als Raumbegrenzer umzustellen. Eine Idee, die in ihr Konzept einschlug wie eine Bombe und sie vorübergehend sprachlos machte. „Wenn du morgen Abend wiederkommst", sagte ich, „dann helfe ich dir dabei, und dann ...dann ..."

„Dann krieg´ ich auch einen Schlüssel." Wie gesagt, sie war ein Freund von Feststellungen.

„Bis morgen, Matis", sagte Elke lächelnd. „Kommst du mit dem neuen Bett und den Schränken allein zurecht?"

„Keine Sorge."

„Wir kommen morgen Abend und helfen dir beim Aufbau."

„Ich freue mich."

*

Es war die letzte Nacht in meinem alten Bett, das ab kommender Nacht Chiaras Bett sein würde. Nichts schien mir für einen Neuanfang deutlicher zu stehen als der Wechsel des Bettes. Meine erste Handlung des frühen Tages, noch vor dem Frühstück, galt darum der Bettwäsche. Ich zog das Bett ab und steckte die Wäsche in die Waschmaschine. Dann transportierte ich die Matratze zum Auslüften auf den Balkon. Chiara würde zwar erst am Wochenende zum ersten Mal hier schlafen, aber erledigt war getan.

Mit den Leuten von *Möbel-Bäuerle* hatten wir eine Lieferzeit zwischen zehn Uhr und zwölf Uhr abgesprochen. Weil bis dahin noch reichlich Zeit war, bestieg ich den *Mitsubishi* und fuhr ins Garten-Center nach *Durlangen*, denn ich wusste, dass man dort beim Schlüsseldienst Schlüssel nachmachen lassen konnte.

Es war mir wichtig, denn ich wollte Chiara nicht enttäuschen.

Wieder zu Hause, begann ich den Bücheranhänger für den morgigen Jahrmarkt in *Langensteinbach* vorzubereiten. Da der Ort zu dem Kurort *Karlsbad* gehörte, wurde mein rollendes Antiquariat von auffällig vielen älteren Kurgästen frequentiert, die gezielt nach Lesestoff ihrer Erinnerungen suchten. Ich bestückte die Regale darum mit Schriftstellern, deren Erfolge einige Jahre in die Vergangenheit zurückreichten. Nur um die wichtigsten zu nennen: *Franz Kafka, Hermann Hesse, Thomas Mann, William Faulkner, Truman Capote, John Steinbeck, Ernest Hemingway, Alice Munro.*

Wenn ich daran dachte, dass ich ab morgen drei Tage außer Haus sein und lediglich kurze Nächte im eigenen Bett verbringen würde, krampfte sich mein Magen zusammen. Es würden Tage ohne Elke sein, und erst am Wochenende konnten wir wieder zusammenspannen. Morgen *Langensteinbach*, am Donnerstag *Gernsbach*, und am Freitag *Untergrombach*. Dann begannen in Baden-Württemberg die Sommerferien.

Laute Dieselmotorengeräusche drangen in die Scheune. Unsere Möbel waren angekommen. Mein Herz klopfte härter gegen die Rippen als nötig. Ich erlebte also keinen Traum, sondern es war die reine zirbelhölzerne Materie, die aus dem einfachen Wunsch zweier Menschen, gemeinsam zu schlafen, zu einem Bett zusammengebaut wurde. Elkes und mein Bett. Diesem Gedanken, was es bedeutete, wenn **zwei** Menschen **ein** Bett kaufen, hing ich noch lange nach.

Ich dirigierte die Wege der Möbelpacker und bedankte mich mit einem Trinkgeld für ihre Sorgfalt. Dann war ich allein mit den Paketen. An Werkzeugen mangelte es mir nicht, hatte ich doch sämtliche Regale im Bücherlager und im Bücheranhänger selber zusammengebaut. Ich fing mit Elkes Kleiderschrank an, der vom Holz und Stil zum übrigen Interieur passte. Da es sich um einen Zweitürer mit durchdachtem Bausystem handelte, stand er nach einer halben Stunde fix und fertig vor mir. Über den genauen Standort sollte Elke heute Abend entscheiden. Mit dem Aufbau des Bettes wollte ich ebenfalls auf Elke warten. Ich stellte mir vor, dass sie an dieser Handlung teilhaben sollte. Keine *heilige* Handlung, aber eine besondere Aktion. Bei Chiaras Kleiderschrank dauerte das Auspacken der Teile beinahe länger als die Montage.

Die wird sich freuen, dachte ich und schob ihn dorthin, wo sie ihn ungefähr haben wollte. Mit dem Entsorgen der Kartons und der Folien beendete ich diesen Akt. Ein Blick auf die Uhr: dreizehn Uhr dreißig. In einer weiteren Dreiviertelstunde war ich mit dem Bücheranhänger fertig, und dann wartete ich auf meine Mädels. Meine Familie.

„Du hast alle Freiheiten, dein *Zimmer* zu gestalten", sagte ich zu Chiara, nachdem wir mein altes Bett in ihrer Ecke im Bücherlager aufgestellt hatten. Durch die umgestellten Regale verfügte sie über eine Fläche von ungefähr achtzehn Quadratmetern. „Die Rückseiten der Regale sind ja kein schöner Anblick. Du kannst sie mit Postern, Decken oder was auch immer drapieren. Du kannst die Wände streichen, wenn du willst. Alles dein Revier."

„Das mach´ ich dann alles ab nächster Woche, Matis. Sind Ferien."

„Ich weiß", sagte ich und streckte ihr den Hausschlüssel hin.

„Oh, danke Matis. Das ist ...das ist ..." Eine Seltenheit, dass es ihr die Sprache verschlug.

„Das ist okay", sagte ich.

Ich war davon ausgegangen, dass Elke und Chiara am Abend nach *Kirchenrottach* zurückfahren würden, da ich früh um fünf Uhr aufstehen musste, wenn ich rechtzeitig in *Langensteinbach* eintreffen wollte. Umso angenehmer überrascht war ich, als Elke auf unser neues Bett zeigte und sagte: „Du hast doch wohl nicht im Ernst daran geglaubt, dass ich dich alleine unser Bett einweihen lasse? Das wär´ ja noch schöner. Wir bleiben natürlich hier, nicht wahr, Chiara?"

„Jawoll", tönte die im Brustton der Überzeugung, „denn wir haben ja jetzt einen Schlüssel."

„Siehst du, Matis. Wir haben nämlich einen Schlüssel."

„Ihr seid mir so zwei Nummern", lachte ich.

„Jaha, und die Nummern haben auch ihr Auto schon vollgeladen mit Klamotten und Dingen, die sie hier brauchen. Das nennt man *freundliche Übernahme*."

„Ich glaube eher, dass man das Okkupation nennt", machte ich böse Miene zum schönen Spiel. „Also auf was wartet ihr noch? Herauf mit dem Zeug."

„Kannst du uns bitte helfen?", klimperte Elke mit den Augenlidern, dass Widerstand zwecklos war.

Zu dritt nebeneinander saßen wir – nein, hingen wir auf den beiden Sesseln herum, die auf dem Balkon standen. Ich, die Beine an die Brüstung gestreckt, umarmte Elkes Schultern, sie den Kopf auf meiner Brust; Chiara kuschelte ihrerseits an Mamas freie Seite. Während ich Elke die Geschichte erzählte, wie ich damals zu diesem Kuhstall und der Scheune gekommen war, träumte Chiara mit offenen Augen und lächelnden Lippen vor sich hin. Nur etwa alle paar Minuten war ein Seufzer von ihr zu hören, gefolgt von der euphorischen Feststellung: „Ach, ist das schön."
Als ich meine Geschichte beendet hatte, lauschten wir nur noch gespannt auf Chiara. Und dann kam es wieder: „Ach, ist das schön."
Wir bebten zwar innerlich vor unterdrücktem Lachen, aber ja, in der Tat, das war es. Es war schön. Elke presste meine Hand, und ich wusste, dass sie es genauso empfand.
Später, Elke und ich lagen unter einer leichten Sommerdecke einander zugewandt auf unserem neuen Bett, Chiara war zum Schlafen nach unten in ihr Reich gezogen, sagte sie leise:
„Das sind die Stunden, die ich so vermisst habe. Mich anlehnen können ohne überlegen zu müssen, was ich dafür tun muss. Chiara bei mir zu haben und zu wissen, dass sie glücklich ist. Das darf ich bei dir, Matis, und Chiara kann es bei dir, und das ist schön."

Wenn ich jemals gefordert sein würde, die schönsten Stunden meines Lebens benennen zu müssen, dann würden die Stunden dieses Tages ganz weit vorne landen.

*

Ich stand auf der Autobahn zwischen Rastatt und Karlsruhe im Stau. Im Verkehrsfunk des Radios hörte ich, dass zwei Lastwagen ineinander verkeilt alle drei Fahrspuren blockierten. Eine frühere Abfahrtsmöglichkeit gab es nicht. Somit würde ich den Beginn des Jahrmarktes in *Langensteinbach* grandios verpassen.

Kurze Zeit überlegte ich, ob ich den Termin komplett abschreiben sollte, doch dann dachte ich an die stets guten Geschäfte, die ich früher dort gemacht hatte, und saß die Zeit im *Mitsubishi* ab. Verkehrsbehinderungen zählten zum Alltag bei den fahrenden Händlern, und man tat gut daran, sich beizeiten in Geduld zu üben.

Elke und Chiara waren zusammen mit mir aufgestanden, hatten mit mir gefrühstückt und das Haus verlassen. Chiara hatte es sich nicht nehmen lassen, mit *ihrem* Schlüssel das Haus abzuschließen, während Elke mein Gesicht in ihre Hände nahm und sagte: „Danke, Matis. Komm´ wieder gesund zu mir zurück."

Nach über einer Stunde kam Bewegung in die Autoschlange und es ging im Stop-and-go-Verkehr weiter, wurde schließlich und blieb wenigstens bis zur Ausfahrt zähflüssig. Mit zwei Stunden Verspätung öffnete ich am Marktplatz *Langensteinbachs* den Bücheranhänger.

Im Nachhinein gesehen hätte ich mich in den Arsch gebissen, wenn ich den Markttermin hätte sausen lassen, denn ich verkaufte so gut wie noch nie an diesem Ort. Fast alle Bücher, die ich extra für hier mitgenommen hatte, gingen über den Ladentisch, und noch einige andere dazu, sodass ich am Ende mehr als die Hälfte von dem einnahm, was Elke und ich für unser neues Bett und die Kleiderschränke ausgegeben hatten.

Donnerstags lief es in *Gernsbach* nicht so gut, und auch freitags in *Untergrombach* hielten sich die Käufer zurück, doch über den Daumen war es eine recht passable halbe Woche.

Ich verbrachte die drei Markttage in einer Art Delirium. Meine Seele ging auf Stelzen, und keine Droge hätte mich in solche Sphären puschen können. Trunken taumelte ich durch die Zeit wie ein fliegender Schmetterling. Man *musste* mir ansehen, dass ich verliebt war. Und lag ich nachts im Bett, klemmte ich mich an die eine Seite und überließ der imaginär anwesenden Elke den breiten Rest.

Elke und ich telefonierten an den Abenden, wenn ich von meinen Märkten nach Hause gekommen war. Aber als ich am Freitagabend von *Obergrombach* zurückkam und mit dem Gespann auf den Hof vor dem Haus fuhr, stand ihr *VW Polo* vor der Tür, und sie kam mir in die offenen Arme entgegengelaufen. „Ach, Matis, Matis, endlich. Endlich bist du da", seufzte sie und bedeckte mein Gesicht mit vielen Küssen. *Wenn das die Regel beim Empfang wird, fahre ich künftig jeden Tag weg und komme abends wieder*, dachte ich, und drückte ihren Körper so fest an mich, dass es fast schon unanständig war und sie kichern musste.

„Oh, es scheint eine gute Idee gewesen zu sein, heute Abend zu dir zu kommen", schnaufte sie, „und ehrlich gesagt, konnte ich es kaum erwarten. Die Tage waren für mich, als wäre ich auf Entzug. Weißt du übrigens, dass ich noch nie Schmetterlinge im Bauch hatte? Seit Mittwoch flattert es da drin herum, als hätte sich ein ganzes Geschwader niedergelassen."

„Kenn´ ich", antwortete ich und erzählte ihr von meiner Schmetterlingsbekanntschaft.

„Wir haben auch wieder einige Sachen mitgebracht", sagte sie, als müsste sie sich dafür entschuldigen. „Sag´, wenn es dir zu viel ist, Matis, aber ich bin so glücklich, dass ich kaum ein Gegenargument zulassen werde."

Wir waren auf dem Weg zum Scheunentor, um es für das Fahrzeuggespann zu öffnen. Ich blieb stehen und drehte mich zu ihr um. „Komm´ bitte mal her", bat ich sie. „Sei, wie du bist, Elke. Mach´ dich in meinem Leben so breit, wie du nur kannst. Mische meine alten Strukturen durcheinander. Baue in meine eingefahrenen Gleise neue Weichen ein. Entstaube mich und befreie mich von dem Mief, der mich umgibt. Du und Chiara tun mir so gut. Wo steckt sie eigentlich? Ist sie nicht mitgekommen."

„Freu´ dich nicht zu früh. Ab heute sind Sommerferien. Die wirst du so schnell nicht mehr los. Sie ist mit ihrem *Zimmer* beschäftigt."

„Ach, das mit den Ferien hab´ ich ganz vergessen. Dann hast du ja auch Ferien, oder?"

„Ja! Ist das nicht großartig?", jubelte sie, warf die Arme in die Höhe und drehte sich hüftschwingend um die eigene Achse. „Hier, fühl' mal", sagte sie dann und hielt meine Hand gegen ihren Bauch. „Spürst du sie? Die Schmetterlinge?"

Chiara war mit ihrer Bude schon ziemlich weit vorwärts gekommen. Das Bett war bezogen, eine Bücherregalrückseite war mit einem Batiktuch behängt, an einer anderen glänzten Poster von *Ed Sheeran* und einer mir unbekannten Band. „Das sind *Coldplay*, Matis. Solltest du dir mal reinziehen." An der Wand lehnten Fichtenholzbretter verschiedener Größen, einmal hundertvierzig auf sechzig Zentimeter, zweimal fünfzig auf sechzig Zentimeter, inklusive dreier Wandprofilschienen mit sechs Regalbretthaltern. „Da musst du mir helfen", bestimmte sie. „Löcher in die Wand bohren. Das wird mein Schreibtisch, verstehst du?" Sie hatte die Bretter und Eisenteile im Baumarkt besorgt, wo sie heute, bevor sie nach *Magerbüchel fuhren,* mit Elke gewesen war. „Und wenn du von deinen vielen Bücherregalen hier unten eines entbehren kannst, würde ich nicht nein sagen." Wer so nett zu fragen weiß, dem konnte man keinen Wunsch abschlagen.

Ich rückte mit der Bohrmaschine und der Wasserwaage an, und im Nu besaß Chiara einen sehr passablen Schreibtisch.

„Für was sind die kleinen Bretter gut?", fragte ich dämlich.

„Drucker? Druckerpapier? Schon mal gehört?"

„Jetzt, wo du's sagst?"

„Perfekt."

„Für ein leeres Regal musst du mir beim Umräumen helfen."

Was sie hurtig tat, und mit dem Regal sah ihr Provisorium bald wie ein richtiges Zimmer aus.

„Na, zufrieden, Chiara?"

„Danke, sehr."

Weil Freitag war, gab es Fischstäbchen mit Salzkartoffeln und Salat. Für meine Verhältnisse zwar reichlich spät, aber es war ohnehin abzusehen, dass wir noch lange nicht zu Bett gehen würden. Das Wetter war herrlich, der Abend mild, und wir pflegten auf dem Balkon wiederholt das *Zwei-Sessel-Kuschel-Modell,* nur mit dem Unterschied, dass Chiara diesmal ihren Kopf auf Mamas Schoß bettete und für ihre langen Beine einen weiteren Stuhl aus der Küche herbeitrug.

Ich fand es rührend zu sehen, wie sehr Chiara diese traute Nähe genoss. Nichts war für sie öde, langweilig oder spießig: nichts kitschig, peinlich oder nervig. Sie fühlte sich wohl, behütet und geborgen, ohne dass sie darin eine versteckte Bevormundung zu entdecken versuchte. *Elke*, dachte ich, *hat das mit der Erziehung sehr gut hingekriegt.* Mir gefiel Chiaras ungekünstelter Umgangston. Ihr von keiner Mode, von keinem Spleen, von keinem Gott und von keiner Droge verstelltes Auftreten. Sie war ein Ausbund an Natürlichkeit und Herzlichkeit, nicht auf den Mund gefallen, und clever genug, Fettnäpfchen zu umgehen.

Ich stieß einen tiefen Seufzer aus: „Ach, ist das schön."

Elkes Lacher platzte laut heraus.

„Iiiiiiiiihhhh!!!", rief Chiara, „das ist mein Satz. Du hast mir meinen Satz geklaut, Matis."

„Und ich war gerade sooo schööön am Träumen", stöhnte Elke. „Sooo weit im siebten Himmel."

Alle waren wieder hellwach.

„Liebt ihr euch eigentlich?"

Es ist nicht zu fassen, dachte ich, innerlich den Kopf schüttelnd, *dieser kleine Wunderfitz, sieh´ mal einer an, hat es faustdick hinter den Ohren. Aber gute Frage, Kind. Darauf muss man erst mal kommen, nicht wahr? Ist es Liebe? Liebt sie mich? Liebe ich sie? Elke?*

„Was würdest du sagen, Chiara? Was würdest du sagen, wenn wir uns lieben würden? Matis und ich?" Solch eine Antwort auf solch eine Frage kann nur einer Mutter einfallen.

„Ich fänd´s super, Mama", sagte Chiara. „Richtig schön."

„Und du, Matis? Liebst du mich?"

Ja, ich liebe dich, meine Königin. Von ganzem Herzen. Ich liebe dich, seit ich lieben kann. Du wusstest es und du weißt es. „Ja, Elke, ich liebe dich von ganzem Herzen, und wenn du mich auch liebst, dann lass es uns diesem naseweisen Kind sagen."

Chiara kicherte.

„Und ich liebe dich, Matis, von ganzem Herzen. Und wollen wir diese unsere törichte Tochter ebenfalls lieben und an unserem Glück teilhaben lassen?"

„Ja, das wollen wir unbedingt. Und weil das so ist, lasst uns zur Feier des Tages mit einem Glas Mineralwasser aufstoßen und rülpsen", antwortete ich salbungsvoll.

Chiara kugelte sich vor Vergnügen. „Ihr seid so doof, wisst ihr das?"

„Apropos Mineralwasser. Als hätte ich sowas geahnt, habe ich just heute eine Flasche Sekt gekauft. Einen Moment." Elke löste sich aus meiner Umklammerung, holte drei Gläser und die Flasche Sekt aus dem Kühlschrank, und als sie geöffnet war, stießen wir drei die Gläser aneinander.

*

Stunden einer Nacht. Hineingewoben in den hohen Raum, der sich über unserem Bett wölbte, und der vor unserer Zeit nichts weiter als ein Heuschober war. Der Raum umhüllte unseren Halbschlaf und gab den Gedanken Weite zum Fliegen. Wir waren weder wach noch schliefen wir. Es glich einem genussvollen Dämmern, ein jeder in des anderen Armen. Das spärliche Mondlicht, das durch die offene Balkontür fiel, hinterließ auf Elkes Augen einen viereckigen hellen Schimmer, und graue Schatten bedeckten unsere Nacktheit.

„Was träumst du?", fragte sie mich flüsternd.

„Ich weiß es nicht. Mein Traum hat gerade erst begonnen."

„Was wünschst du dir?"

„Ich wünsche, dass der Traum nicht zu Ende geht. Und wenn er doch zu Ende gehen muss, dann soll das Ende wie der Anfang sein."

„So wie jetzt."

„Ja, so wie jetzt."
Nach einigen Minuten der Stille, es hätten auch Stunden sein können, flüsterte sie wieder:
„Frag´ mich."
„Ich soll dich fragen?"
„Ja. Frag´ mich, was ich mir wünsche."
„Was wünschst du dir?"
„Ich wünsche mir, dass diese Nacht nie aufhören wird. Ich wünsche mir, dass aus den Tagen Nächte werden und wir immer zusammen sein können. So wie jetzt."
„*Because the night belongs to lovers*", zitierte ich einen Songtitel von *Patti Smith*.
„Ja. Das, was mit uns begonnen hat, soll niemals aufhören. Das wünsche ich mir."
Dann schwiegen wir wieder, und während nur unser Atem zu hören war, beobachteten wir staunend, wie unsere Seelen im kathedralischen Volumen unter dem hohen Dach schwebend miteinander tanzten und sich vereinten. Selbst nur gewichtslose ätherische Wesen an sich, so vermochten sie doch aus dem scheinbaren Nichts schwere Fundamente in unsere Herzen zu bauen.

*

Am Samstagmorgen, Elke und ich lagen noch im Bett, bekam ich den Telefonanruf eines Herrn Gutekunst. Er fragte, ob er mit *dem* Herrn Morgenstern verbunden sei, der Nachlässe von Büchern aufkaufe und deswegen in der Zeitung inseriert habe. Sein Vater sei verstorben und er hätte eine größere Anzahl Bücher in seiner Wohnung stehen, die ...ja, die niemand haben möchte und ob ich mir die Bücher nicht mal anschauen wolle. Ich sagte grundsätzlich zu, jedoch mit dem Vorbehalt, dass ich mich durch die bloße Besichtigung noch zu keinem Kauf verpflichte. Ob es recht sei, wenn ich heute um ein Uhr mittags vorbeikomme und die Sache einschätze? Ja, es sei recht, gegen ein Uhr sei ideal, man würde auf mich warten. Der verstorbene Herr Gutekunst wohnte in *Glastobel*. In *Glastobel*?

Da hatte ich eine Idee. *Glastobel* liegt nämlich auf der Strecke nach *Floßwieden*, und ich dachte mir ...

„Ich dachte mir, wenn wir schon mal in der Gegend sind, schauen wir mal nach, ob *Zach* Vivianes Brief, den ich im ...“

„Ich weiß, wo du den Brief deponiert hast, Matis. Du willst nachsehen, ob er noch da ist oder nicht.“

Also diese Frauen mit ihren Feststellungen. „Genau. Das bietet sich doch an? Heute ist kein Markttag, es ist Ferienbeginn, das Wetter wird schön, und wenn wir mit dem Frühstück fertig sind ...“

„Ohne mich, Matis“, wiegelte Chiara ab, „ich bleibe hier. Hab´ viel zu tun.“

„Okay. Und du, Elke?“

Es war das zweite Mal in dieser Woche, dass ich die gleiche Strecke Richtung *Floßwieden* fuhr, mit dem Unterschied, dass mich diesmal Elke begleitete. Sie wollte einesteils sehen, wie das mit den Nachlässen ablief und gehandhabt wurde, andernteils wollte sie mich nicht allein zu jenem mysteriösen Ort im Wald gehen lassen. „Ich hätte keine ruhige Minute", wie sie sagte, „und auch zu zweit ist mir nicht wohl dabei."

Nach dem Frühstück kurz vor zwölf Uhr packten wir Getränke in einen Leinenbeutel, kauften beim Ortsbäcker in *Magerbüchel* vier Brezeln, und machten uns auf den Weg. Trotz Klimaanlage im Auto drückte es uns den Schweiß aus den Poren, und als wir nach über einer halben Stunde das Ortschild von *Glastobel* passierten, war es kurz vor ein Uhr. Es war ein pittoresker Ort und nach Herrn Gutekunsts Wegbeschreibung fanden wir das Haus auf Anhieb. Herr Gutekunst muss direkt hinter der Tür auf uns gewartet haben, denn kaum waren wir vor dem Haus aus dem Wagen gestiegen, kam er die Treppe herunter uns entgegen. Dem Aussehen nach war er um die sechzig Jahre.

Er begrüßte uns mit Handschlag und wies hinter sich auf das Haus. Häuschen traf es wahrscheinlich besser, denn es war gerademal und mit gutem Willen eineinhalbstöckig, wobei die Dachschräge unmittelbar über der Decke des Erdgeschosses begann. In der Breite maß es höchstens sieben Meter. Doch es war komplett aus massivem Holz gebaut, natürlich gealtert und mehr anthrazitfarben als grau. Kleine weiße Fenster gaben der Giebelfront ein freundliches, fast lustiges Gesicht.

„Das Haus meines Vaters", sagte Herr Gutekunst. „Er wohnte die letzten Jahre alleine hier. Meine Mutter war ein Pflegefall und musste in einem Heim betreut werden. Folgen Sie mir einfach. Vorsicht auf der Treppe. Sie ist aus Sandstein und ziemlich abgetreten, und ziehen Sie den Kopf ein, wenn Sie unter der Tür durchgehen. Das Haus wurde einst für Zwerge gebaut."

Womit er recht hatte, denn ich hatte die ganze Zeit während meines Aufenthalts in den Räumen das Gefühl, dass meine Haare an der Decke streiften.

Die Bücher befanden sich alle in einem kleinen Zimmer, in dem außer einem wuchtigen Lehnsessel und einem Teetischchen sonst keine weiteren Möbelstücke standen. *Der selige Herr Gutekunst hat sich ein reines Lesezimmer geleistet*, dachte ich. Dort allerdings reichten zwei wandbreite Regale bis unter die Decke. Meine erste Schätzung belief sich auf rund tausend Exemplare. Plus/minus.

Etliche der Bücher mussten so alt wie der Verstorbene sein, wenn nicht gar älter. Möglicherweise waren Stücke darunter, die auch er geerbt hatte. Viele der Buchrücken waren mit Prägeschrift und goldenen Lettern ausgestattet. Gediegene Buchbindekunst. Ich bat um Erlaubnis, einige Bücher in die Hand nehmen zu dürfen. Dabei fiel mir kein einziges Exemplar auf, das keine Gebrauchsspuren aufwies. Der verstorbene Gutekunst hatte in der Tat alle Bücher gelesen, den Fingerabdrücken an den Ecken der Seiten nach sogar mehrfach. Ich fand überwiegend altdeutsche Schriftarten wie Fraktur oder Antiqua. Wer kaufte derartige Bücher in heutiger Zeit noch?

Ich hatte die Erfahrung gemacht, dass Bücher, insbesondere alte Bücher, denen man einen gewissen Charakter zuschreiben konnte, gerne als Dekorationsobjekte gekauft wurden. Nicht dass mir die Leute deswegen die Bude einreißen würden, aber hin und wieder kam jemand mit einem Zollstock vorbei und ließ sich von mir einen oder zwei Meter Bücher zusammenstellen, die dann als Regalfüller und Dekoration bei ihm oder bei Kunden, wenn dieser jemand zum Beispiel ein Innenarchitekt war, im Regal landeten. Fotostudios und Fotografen zählten ebenfalls zu den Abnehmern alter Bücher.

Schwierig wurde es für mich, wenn ich für Sammlungen, wie sie mir heute angeboten wurde, einen fairen Preis nennen sollte. Ich musste zugeben, dass ich ähnlich aufgeräumte und nach Themen geordnete Bibliotheken selten zu sehen bekam. Zuerst signalisierte ich Interesse und überschlug im Geiste, wie viel ich ungefähr als Kaufpreis bezahlen konnte, wobei die Betonung auf *ungefähr* lag. Sollten sich Raritäten unter den Büchern befinden, bei Schmuckstücken würde man sagen Preziosen, konnte ich das erst nach genauer Durchsicht zu Hause feststellen. Das würde Zeit kosten, und es den Verkäufer im Voraus auch ausdrücklich wissen lassen.

„Was meinst du, Elke? Zirka tausend Bücher? Schöne Literatur dabei? Was schätzen wir an Einkaufswert? Lass´ mal die Arbeit, die wir damit hätten, wie Abholung, Sichtung, Sortierung und Inventarisierung außen vor."

Sie blies eine Strähne aus dem Gesicht, atmete hörbar durch die Nase aus. „Lach´ mich nicht aus, aber vielleicht zweitausend? Ist das zu viel? Oder zu wenig?"

„Ich lache nicht. Ich hätte die gleiche Zahl genannt: Zweitausend." Ich wandte mich Herrn Gutekunst zu. „Sie haben es gehört, Herr Gutekunst. Zweitausend Euro. Für diese Summe komme ich wieder und lade die Bücher ein. Ich will dazusagen, dass das der Mindestpreis ist. Also garantiert. Den Endpreis kann ich erst nach Durchsicht des Bestandes sagen. Das heißt, dass Sie mit mehr rechnen können, falls ich wertvollere Einzelstücke oder Serien entdecke. Was meinen Sie?"

„Puh", machte er, „ehrlich gesagt bin ich da überfragt."

„Kein Problem, Herr Gutekunst. Was hatten Sie sich denn vorgestellt?"

„Ja, eigentlich nichts." Er schwitzte. „Darf ich mir Ihr Angebot nochmal überlegen? Ich sage Ihnen dann heute Abend Bescheid, wenn´s recht ist?"

„Das ist völlig in Ordnung. Deswegen guckt man sich die Dinge ja an, nicht wahr? Darf ich für mich noch ein paar Fotoaufnahmen von den Regalen machen?"

„Herr Gutekunst muss sich jetzt zuerst mit der Verwandtschaft beraten", sagte ich, als wir wieder im Auto saßen und von *Glastobel* nach *Floßwieden* fuhren. „Mit der Frau, mit dem Bruder, der Schwester, und so weiter, den Erben, kurz gesagt. Das läuft oft so. Er hat nun einen Preis, und somit etwas in der Hand, über das er reden kann. Gut geschätzt, übrigens."

„Ich hab´ nicht geschätzt, sondern die Anzahl der Bücher mal zwei genommen. Das war alles", lächelte Elke.

Der Mitsubishi brachte uns durch *Floßwieden* hindurch, hinein ins *Siefenbachtal*, auf die mir bekannte Strecke. Zuerst Asphalt, wie gehabt, rüber und zurück über den Bach, dann befestigte Sand- und Schotterpiste, und zuletzt der Grasweg. Dort die Ausbuchtung mit den

Brombeerhecken und den stolzen Fingerhüten. Ich wendete das Auto diesmal gleich, lenkte es zur Seite und stellte den Motor ab. Aussteigen. Fußmarsch.

Mir fiel schon nach einigen Schritten auf, dass hier ein Fahrzeug durchgefahren sein musste. Tiefe Profilspuren deuteten auf einen Traktor oder eine ähnlich schwere Maschine hin. Ob berg- oder talwärts oder in beide Richtungen konnte ich nicht bestimmen. *Ich bin kein Indianer*, dachte ich. Aber sollten mich die Spuren beunruhigen? Das hier war ein Feld-, Wald- und Wiesenweg, ergo verkehrten alle möglichen Leute, die nichts weiter taten als ihr Wegerecht zu nutzen.

Die Sonne heizte uns tüchtig ein, und Elke band ihre rote Mähne mit einem Band im Nacken zu einem Pferdeschwanz. Pünktlich mit Umschreiten der Wegschranke meldete uns der Häher im Wald an. Es war nicht auszuschließen, dass es derselbe war wie vergangenen Montag. Wir beeilten uns nicht, blieben häufig stehen, um uns gegenseitig auf besonders ausgeprägte Bäume oder Ansichten aufmerksam zu machen, und um zu verschnaufen. Die feuchtschwüle Luft erschwerte das Atmen. Wäre die Luft ein Tuch, man könnte sie auswringen. Wir erreichten die Wegekreuzung, und Elke fragte spaßeshalber mit kindlicher Stimme:

„Ist es noch weit?"

„Bald, Kind, bald", antwortete ich beruhigend.

Das letzte Stück des Pfades nach der Kreuzung, das ich als Schneise in Erinnerung hatte, war keine Schneise mehr. Die Spuren des Fahrzeugs wiesen mitten hindurch und es sah so aus, als sei ein Bulldozer mit brachialer Gewalt und Absicht hier durchgebrochen.

Äste, Zweige und Gestrüpp hingen oder lagen gebrochen oder abrasiert herum. Der Boden war platt wie planiert. Ich erklärte Elke, wie es vorher hier ausgesehen hatte. Wir gingen langsam weiter, irgendwie angespannt und auf der Hut.

Dann sahen wir die Lichtung. Sie war gegenüber Montag nicht wiederzuerkennen. Das hüfthohe Geflecht aus Gras, Dornen und Hecken war abgemäht. Der Plumpskloverschlag war verschwunden. Mein Stecken mit der Blätterspitze, den ich beim Kochherd im Bauwagengerippe in den Boden gerammt hatte – nicht zu sehen.

In der Nähe des Plumpsklos zog eine schwarze Fläche unser Interesse auf sich. Als wir näher kamen, erwies sie sich als beinahe kreisrund, mit einem Durchmesser von mindestens fünf Metern. Es war die Asche verbrannten Grünschnitts. Verkohlte Holzreste dachte ich dem ehemaligen Plumpsklo zu. Ich wandte mich zu der Stelle hin, wo der eiserne Rahmen des Bauwagens hätte sein müssen. Er war nicht mehr da. Weg. Genauso wie der Kochherd, die Radfelgen, der Eisenfederrost, die Schaufelblätter, das Ofenrohr. Alles weg. Nur die Porzellanscherben klirrten unter unseren Füßen, als wir kreuz und quer über die Stelle stapften. *Hier hat jemand gründlich Tabula rasa gemacht*, dachte ich. *Aber wer?*

Elke, die die Örtlichkeit von meinen Fotos her kannte, fragte genau das: „Wer kann hier gewesen sein und das gemacht haben? *Zach?*"

„Er, oder jemand in seinem Auftrag, oder jemand anders", antwortete ich. „Komm´, lass´ uns in den Schatten gehen. Es ist unerträglich heiß hier."

Wir begaben uns zum Weg. „Jemand anders?"

„Hm, vielleicht Leute von der Forstverwaltung oder so, denen das Areal ein Dorn im Auge gewesen ist", sagte ich. Wir spazierten gemächlich zu unserem Auto zurück.

„Aber wenn es *Zach* war, dann hat er Vivianes Brief und deine Adresse gefunden", stellte sie fest.

„Wenn es *Zach* **war**", sagte ich.

Unterwegs zum *Mitsubishi* rollte Elke aus großen Kastanienblättern flink drei kleine Tüten.

„Für was sind die gut?"

„Das wirst du nachher sehen", sagte sie geheimnisvoll.

Beim Auto angekommen, erntete sie die Beeren vom Brombeerstrauch und sammelte sie in den Blättertüten. „Ich liebe Brombeeren", strahlte sie und steckte eine Handvoll in den Mund.

Mit ihr würden wir nicht verhungern, sollte uns eine Hungersnot heimsuchen, dachte ich. *Sie würde auch Sämereien sammeln und nach essbaren Wurzeln graben.*

*

Chiara lag auf dem Balkon und las in einem der zehntausend Bücher aus dem Lager. „Ich gehe hier erst wieder weg, wenn ich alle gelesen habe. Stell´ dich darauf ein, Matis", sagte sie, und es klang beinahe wie ein Versprechen.

„Ich dachte, du willst Abitur machen."

„Das ist besser als Abitur. Übrigens, während ihr unterwegs wart hat das Telefon mal geklingelt, aber ich bin nicht dran gegangen, weil ich die Nummer nicht kannte. Irgendeine Handynummer."

Das wird Herr Gutekunst gewesen sein wegen der Bücher, dachte ich und drückte die Taste für *unbeantwortete Anrufe*. Gutekunst war es nicht, wie ich an der Nummer sah. Kurzerhand drückte ich auf *Rückruf*. Es tutete einige Male, bis sich jemand meldete.

„Mensch, Matis, endlich rufst du zurück. Hör zu ..." es rauschte plötzlich in der Leitung, als befände sich das Handy unter einem Wasserfall. Falls Viktor, denn der war es, weitergesprochen hatte, konnte ich ihn nicht verstehen. Deswegen sprach ich selber:

„Viktor, das Gespräch war gestört. Würdest du bitte nochmal wiederholen?"

„Verdammt, ja. Hör zu, ich bin auf dem Weg ...ist Viviane bei dir?"

Ich war einen Moment lang perplex. „Wie kommst du denn da drauf?"

„Weil ich sie überall suche. Sie kann nur noch bei dir sein. Bei dir war sie doch schon einmal. Mit Elke. Ist Elke bei dir?"

„Jetzt mal langsam mit den jungen Pferden", sagte ich. „Ob Elke bei mir ist oder nicht, geht dich nichts an. Und Viviane ist nicht hier."

„Lüg´ mich nicht an, Matis. Ich bin in ein paar Minuten bei dir, und dann werden wir ja sehen, ob sie bei dir ist oder nicht. Ende Gelände."

Kaum dass ich Elke über Viktors Überfall vorgewarnt hatte, rauschte ein *BMW SUV* auf den Hof und legte eine Vollbremsung hin, dass der Kies unter den Reifen davonspritzte. Mit gerötetem Gesicht sprang Viktor aus der Karre. Elke, Chiara (die sich nicht davon hatte abbringen lassen) und ich hatten uns vor der Tür postiert.

„Hallo Viktor", rief ich, als hätte das Telefonat vor wenigen Minuten nicht stattgefunden.

„Wo ist sie?", kam er gleich zur Sache. „Wo habt ihr sie versteckt? Elke, du bist ja doch hier."

„Ich hab´ nicht behauptet, dass Elke nicht hier ist. Ich hab´ nur gesagt, dass es dich nichts angeht", sagte ich in genau dem gleichen schleppendem Tonfall, wie ihn US-Schauspieler *Richard Widmark*, der in einem seiner Western-Filme einen *Weißen Indianer* verkörperte und sich gegen zwei *Rothäute* zur Wehr setzen musste, verwendet hatte: *Es waren schon immer zwei Komantschen nötig, um einen Apachen zu töten.* Ich liebte diesen Satz. Er stellte für mich den Gipfel an Provokation dar.

„Was ist los, Viktor?" Elkes Stimme. Ich spitzte sofort die Ohren, denn so hatte ich sie noch nicht gehört. Es war eine Mischung aus Mitgefühl einerseits, und warnendem Fauchen einer Löwin andererseits.

Auch Viktor empfing diese differenten Signale.

„Aääh, Viviane ..."

„Sie ist nicht hier, Viktor." Wieder diese Stimme. Ich bekam eine Gänsehaut. „Komm´ mit, Viktor. Ich zeige dir das Haus. Überzeuge dich selbst." Elke bewegte sich einen Schritt zur Seite, öffnete so für Viktor eine Gasse zur Tür hinter uns.

Der leckte sich über die Zunge. Ich sah, wie er mit sich rang. Dann drehte er sich langsam um, als wollte er mit hastigen Bewegungen das Raubtier in Elke nicht reizen, stieg in den *SUV*, wendete das Auto und fuhr manierlich vom Hof.

„Sie geht nicht ran", stellte Elke Minuten später fest. „Sie hat ihr Handy ausgeschaltet."
Das, dachte ich mir, *wird Viktor auch registriert haben. Für ihn ein Grund, misstrauisch zu werden.*
„Viviane hat dir aber nicht gesagt, was sie vorhat?", lautete meine Frage.
„Nein, mit keinem Wort."
„Wo sind wir hier eigentlich? Ist sie nicht eine erwachsene Frau, die hingehen kann wo sie will? Sie ist ja nicht entmündigt oder dergleichen, oder? Also echt: Kurvt der Viktor in der Gegend herum und sucht seine Frau. Was fährt sie denn für ein Auto?"
„Das ist ja das Komische. Viviane hat schon lange kein eigenes Auto mehr. Sie muss entweder zu Fuß oder mit dem Fahrrad unterwegs sein."
„Oder mit dem Bus, mit dem Taxi oder einem Mietwagen", ergänzte ich.
„Ach, ich glaube, dass sich alles als harmlos herausstellen wird. Sie wird im Schwimmbad sein oder zum Shoppen nach *Durlangen* gegangen oder weiß der Teufel. Bagatelle. Viktor übertreibt einfach."

Und wenn Zach sie abgeholt hat?, dachte, aber sagte ich nicht.

*

Am Abend zog von Frankreich her ein Gewitter auf und drückte eine Flutwelle komprimierter Waschküchenluft über das Land. Elke, Chiara und ich hingen in den Sesseln auf dem Balkon ab und zählten Blitze. Das Abendessen, Wurstsalat mit Pommes frites, lag eine gute Stunde hinter uns. Elke und Chiara löffelten Quark mit Brombeeren als Dessert. Der Aggregatszustand meines Desserts war flüssig und nannte sich Kognak.

Wir hatten noch einige Zeit über Viviane und Viktor gesprochen und über das Rätsel, ob und wie Vivianes Verschwinden erklärt werden könnte, aber über reine Spekulationen waren wir nicht hinausgekommen. Chiara hatte gemeint, dass es Céline, beider Tochter, bestimmt nichts ausmachen würde, wenn Viviane nicht mehr nach Hause käme.

Als das Festnetztelefon läutete, dachte ich zuerst wieder an Herrn Gutekunst wegen der Bücher. Aber Chiara, die am nächsten bei der Balkontür gelegen und zum Telefon gesprintet war, sagte, es sei der Herr Lauenbacher.

Ich meldete mich förmlich und absichtlich mit:

„Mathias Morgenstern, guten Abend."

„Ja, Viktor hier. Ich habe Viviane jetzt bei der Polizei als vermisst gemeldet. Beziehungsweise ich habe es versucht, aber die Bullen haben mich abgewimmelt. Es sei noch zu früh. Viviane sei eine erwachsene Person, frei in ihren Entscheidungen, sie werde schon wiederkommen, in fünfundneunzig Prozent aller Fälle kommen sie wieder, blablabla und so weiter. Nur damit du Bescheid weißt, Matis. Falls sie sich bei euch meldet, ruf´ mich sofort an."

Aufgelegt.

„Schwimmbad und Shopping können wir wohl streichen", sagte ich, nachdem ich den Anruf geschildert hatte.

„Hm", machte Elke, „das kommt mir jetzt aber schon ein bisschen spanisch vor, meinst du nicht?"

„Nicht spanisch, Mama, sondern spannend", schmierte Chiara ihren Senf dazu, um dann theatralisch fortzufahren: „Eine Frau, zwei Männer, große Liebe, Rivalität – das ist exakt der Stoff, aus dem große Dramen geschrieben werden. Ja, genau. Wieso werde ich nicht Schriftstellerin und schreibe ein Drama?"

„Weil man über ein Drama weinen und sich nicht totlachen soll, du Witzbold", kicherte Elke. „Bei deinem Talent, die Dinge zu sehen, könnte dabei nur eine Slapstick-Komödie herauskommen."

„Mensch, Mama, du nimmst mich überhaupt nicht ernst", schmollte das Kind.

„Wie könnte ich? Du gibst mir ja keinen Anlass dazu", sagte Elke, zog Chiara zu sich und kitzelte sie, bis sie quietschte.

Relativ nah zuckte ein Blitz durch die Wolken, unmittelbar gefolgt von einem harten Donnerschlag. Meine beiden Mädels erschraken heftig. Gleichzeitig warf eine Windbö einen Schwall erfrischender Bio-Dusche auf den Balkon. Die Mädels kreischten.

„Das habt ihr jetzt davon", sagte ich.

Das Gewitter tobte direkt über unserem Haus. Schlagartig war es Nacht geworden und die Schleusen des Himmels hatten sich geöffnet. Was innerhalb kürzester Zeit an Wassermassen herunterplatschte, reichte bestimmt für einen ganzen Monat. Ich hoffte, dass die Haustür und somit auch der Zugang zum Bücherlager gegen Wassereintritt dicht genug war.

Das Schlimmste an Gewittern für mich war der Donner. Wenn zwischen Blitz und Donner keine Sekunde lag, sah ich mich der Lautstärke schutzlos ausgesetzt. Am furchterregendsten empfand ich jenes schrille Bersten, das mich an das Auseinanderbrechen steinerner Gebirge denken und mich unwillkürlich den Kopf einziehen ließ. Ein Reflex.

Als das Licht zu flackern begann, zog ich sicherheitshalber alle Gerätestecker. Wir legten uns alle drei angespannt aufs Bett. Chiara durfte in ihrer Angst natürlich nicht allein bleiben. Sie kauerte, die Hände schützend auf die Ohren gepresst, in Elkes Achselhöhle. Bei jedem Donner hörte ich sie leise wimmern.

Nach einer guten halben Stunde gab ich Entwarnung und stellte die Energieversorgung der Elektrogeräte wieder her. Ein Kontrollgang zur Haustür und ins Bücherlager beruhigte mich: Alles trocken.

„Pssst, Matis", hörte ich von der Treppe her. Elke stand auf halber Höhe und winkte mir zu.

„Elke, was ist los, warum flüsterst du?" Ich stieg ihr entgegen.

Sie lächelte verständnisheischend. „Chiara möchte heute Nacht bei uns im Bett schlafen. Sie fragt, ob du etwas dagegen hast."

„Gütiger Himmel, nein", sagte ich. „Warum sollte ich?"

„Naja, du weißt schon. Du und ich und Liebe und so. Aber sie hat mich so lieb gefragt ..."

Ich nahm Elke in die Arme. „Sie ist ein Kind, Elke. Dein Kind. Unser Kind. Da gibt es doch nichts zu überlegen. Lass´ sie ein Kind sein, solange sie es mag. Gib ihr ein Nest."

„Eigentlich hat sie ein bisschen Schiss wegen des Gewitters und will nicht allein sein."

„Komisch. Geht mir genauso", sagte ich.

Sonntagmorgen. Ich saß mit einem Kaffee auf dem Balkon und rauchte. Die Welt sah aus wie frisch gestrichen, überwiegend grün. Aus dem Dorf klangen die Kirchenglocken, als hinge das Geläut bei meinem Nachbarn, riefen zur Messe. Ich war kein Kirchgänger, war nicht gläubig genug.

Ich hatte das Frühstück vorbereitet. Meine Schlafmäuse lagen noch im Bett. Als ich aufgestanden war und auf die beiden Schlafenden hinuntergeschaut hatte, hätte ich schluchzen mögen vor Glück. So viel Glück.

Es war problemlos gewesen. Zu dritt im Bett, meine ich. Chiara war praktisch sofort eingeschlafen, kaum dass sie gelegen war. Ein bisschen war es enger zugegangen, aber Elkes Nähe war mir sowieso lieb. Das Letzte, was sie zu mir gesagt hatte, war: „Danke, Matis." Dann schlief auch sie.

Oh Mist, das Telefon klingelte. *Bitte lass´ es nicht wieder Viktor sein. Den kann ich an einem Sonntag nicht ertragen*, dachte ich und huschte barfüßig zum Festnetzapparat. Nebenbei schielte ich zu den Mädels hin. Elke hatte die Augenlider auf Halbmast. Ich legte den Finger auf die Lippen. *Schlaf´ weiter*, sollte es heißen. Ohne aufs Display zu gucken meldete ich mich:
„Morgenstern."
„Gutekunst am Apparat. Guten Morgen. Ich hoffe, ich störe nicht?"
Ich eilte wieder auf den Balkon hinaus. „Nein, ist schon in Ordnung. Guten Morgen. Sie haben ..."
„Wir haben uns entschieden, ja. Ich musste mich erst mit meinen Geschwistern besprechen. Das verstehen Sie sicher. Meine Schwester habe ich erst gestern Abend spät erreicht. Da wollte ich nicht mehr bei Ihnen anrufen."
„Okay, natürlich. Es geht immerhin um eine Menge Geld." In diesem Augenblick sah ich, dass ein Fahrzeug auf unser Haus zugefahren kam. „Und in welche Richtung haben Sie sich entschieden, Herr Gutekunst?" *Bekam ich Besuch, oder der Bauer von nebenan?*
„Ja, Herr Morgenstern, wir haben beschlossen, dass Sie den Zuschlag für die Bücher bekommen. Für zweitausend Euro Mindestpreis, wie Sie gesagt haben."
Das Fahrzeug kam näher, hielt in der Mitte des Hofes hinter Elkes *VW Polo*. Es handelte sich um einen taubenblauen *Unimog* mit Planenabdeckung über der Ladefläche. Auffallend war das französische Kennzeichen. Ich kannte niemanden, der solch ein Auto fuhr.

Wird demnach zum Bauern wollen, dachte ich. *Wieso steigt keiner aus?*

„Wunderbar", sagte ich, „dann sehe ich dieses Telefonat als Auftrag an. Haben Sie eine bestimmte Vorstellung, wann ..."

„So bald wie möglich, Herr Morgenstern", fiel er mir ins Wort.

„Gut, dann bereiten wir heute alles vor und kommen morgen, Montag, so gegen zehn Uhr bei Ihnen in *Glastobel* vorbei? Kartons bringen wir selber mit und ..."

„Das Geld", sagte Herr Gutekunst.

„Logisch. Und das Geld. Bis morgen dann, Herr Gutekunst." Ich beendete das Gespräch.

Am *Unimog* im Hof öffnete sich die Fahrertür. Ein Mann stieg aus. Ein Mann mit grauen, laienhaft geschnittenen, staffeligen Haaren und grauem Vollbart. Die Kleidung, soweit ich sehen konnte, grau. Er blickte sich im Hof um. Dann schaute er zu mir hoch. Es war der Mann, den ich für *Zach* hielt.

Ich ging zu Elke, weckte sie sanft, und flüsterte: „Wir haben Besuch. *Zach*."

Es dauerte ein paar Sekunden, bis das richtige Zahnrad bei ihr in Gang gesetzt wurde. Dann richtete sie sich auf, warf einen Blick auf die schlafende Chiara, und sagte leise: „Okay. Ich geh´ rasch ins Bad."

Während sie am unteren Treppenende nach links ins Badezimmer abbog, ging ich geradeaus zur Haustür und öffnete. „Guten Morgen", sagte ich bloß. Es stimmte: Er war, bis auf das Halstuch, genauso grau gekleidet wie bei unserer ersten Begegnung. Unter dem

Arm trug er einen flachen Karton in der Größe eines handelsüblichen Packs Druckerpapier.

„Guten Morgen", sagte der Mann. „Ich habe deinen Zettel mit deiner Adresse gefunden."

Ich nickte. „Dann weißt du ja, wie ich heiße. Ist Viviane bei dir?"

Er drehte sich zum *Unimog* um. Auf der Beifahrerseite saß jemand. Die Sonne blendete auf der Fensterscheibe. Er winkte der Person mit dem Kopf. Die Beifahrertür ging auf, und Viviane stieg aus. Als ich ihren Blick auffing, kam er mir fast trotzig vor. „Gut", sagte ich. „Kommt mit rein."

Ich ging voran, die Treppe hoch, wies auf unseren Esstisch. „Nehmt Platz. Elke wird gleich hier sein. Was zu trinken? Kaffee? Tee? Wasser?"

„Kaffee, bitte", sagte der Mann. „Ich bin *Zach*." Er legte den Karton auf den Tisch.

Ich nickte wieder und schaltete die Kaffeemaschine ein. Elke kam aus dem Bad zurück, eilte schnurstracks auf Viviane zu und umarmte sie. „Viviane. Schön, dich zu sehen." Viviane selbst blieb stumm. „Hallo *Zach*", sagte Elke, als würde sie wissen, dass sie keine Antwort erhalten würde.

„Viktor war gestern Abend hier und hat dich gesucht, Viviane", sagte ich beiläufig, während die Kaffeemaschine brummte und die erste Tasse Kaffee produzierte. „Er stand ziemlich unter Spannung, gelinde ausgedrückt."

Keine Antwort.

„Ich habe versucht, dich anzurufen", probierte es Elke.

„Ich hab´ mein Handy ausgeschaltet", erwiderte Viviane, „und es bleibt auch so."

Zach hockte derweil da, beide Hände auf dem Tisch, und begutachtete seine Fingernägel. Obwohl es sehr schwül war, trug er ein Hemd mit langen Ärmeln. Die Handrücken, bemerkte ich, waren vernarbt. Er würdigte Elke keines Blickes.

„Wollt ihr was essen? Wie ihr seht, ist der Tisch fürs Frühstück gedeckt."

Ein scheuer Blick von Viviane zu *Zach*. Der schüttelte den Kopf. „Wir bleiben nicht lange. Wollten euch nur Bescheid sagen."

Vier Tassen Kaffee waren fertig. Ich servierte sie auf einem Tablett und setzte mich neben Elke. Ich richtete meine Augen auf Zach. Dabei bemerkte ich, dass die Haut an *Zachs* rechter Halsseite vom Hemdkragen bis zum Bartansatz – anders aussah. Wie zerknittertes Pergamentpapier. Schnell wandte ich den Blick ab. „Wir waren gestern im *Siefenbachtal*", erwähnte ich. „Es hat sich mächtig viel verändert."

Zach schlürfte vom Tassenrand. „Ich hab´ den Wald verkauft. Der Käufer wollte das Gerümpel entfernt haben. Das hab´ ich diese Woche gemacht. Dabei hab´ ich Vivis Brief und deinen Zettel gefunden. Wir ziehen weg."

„Und wohin, wenn ich fragen darf?"

„Darfst du aber nicht."

Elke erhob sich vom Tisch und bat Viviane, ihr zu folgen. Unsicher schaute Viviane zu *Zach*, der stumm seine Einwilligung gab. Die beiden Frauen gingen auf den Balkon hinaus. Ich war mit *Zach* allein.

„Guter Kaffee", sagte er, „machst du noch einen?", und hielt mir die leere Tasse hin. Ich stand auf und sah, dass Chiara wach geworden war. Ihre Augenbrauen bildeten Fragezeichen. Ich nickte ihr zu, worauf sie aus dem Bett schlüpfte und im Nachthemd an *Zach* vorbei nach unten ins Bad zottelte.

„Elkes Tochter?", fragte *Zach*.

Ich bestätigte und lächelte. Er erwiderte das Lächeln andeutungsweise. „Dann hast du Glück. Ich kenne sie nur als kleines Mädchen. Von damals."

„Ja. Und du? Hast du auch Glück?", fragte ich ihn.

Er schaute mir lange in die Augen, als würde er mich taxieren. Dann wandte er den Blick zu den Frauen auf dem Balkon hin. Was in ihm vorging wusste nur er selbst. Offenbar zu einem Entschluss gekommen, schob er mir auf einmal den Karton zu. „Hier drin steht, ob ich glücklich bin oder nicht. Urteile selbst. Ich gebe es dir, damit du verstehst. Du und Elke. Es ist Vivianes Wunsch. Nicht meiner", sagte er.

Warum ist er so griesgrämig?, fragte ich mich und nahm den Karton in die Hand. Er war schwer. Ich schickte mich an, den Deckel anzuheben.

„Lass´ das, bis wir weg sind!", stieß er barsch hervor.

Ich hob die Hände und sagte. „Okay."

Peinliche Minuten vergingen, in denen wir uns schweigend gegenübersaßen und nichts zu sagen hatten. Die zwei Frauen betraten wieder den Wohnraum. *Zach* nahm die Tasse in die Hand, stürzte den Kaffee in einem Schluck hinunter und erhob sich vom Tisch.

„Danke für den Kaffee", sagte er, drehte sich zu Viviane um, fragte: „Fertig?"

Viviane nickte. Sie reichte mir flüchtig die Hand, noch immer so kraftlos wie beim ersten Mal. Elke jedoch umarmte sie in einem heftigen, ja verzweifelt anmutenden Ausbruch einer Gefühlsregung, um sich dann rasch loszureißen und *Zach* zu folgen.

Wir begleiteten sie bis vor die Haustür und beobachteten, wie sie in den *Unimog* stiegen, wendeten und davonfuhren.

Ohne jede Absprache oder Regieanweisung lagen wir uns plötzlich in den Armen. Standen vor der Haustür und hielten einander fest, weil wir sonst auf der Stelle ohnmächtig zu Boden gestürzt wären. Der unerwartete Besuch hatte uns stärker ausgelaugt als ein Sprint auf den *Mount Everest*. Kurzfristig waren wir, außer dem Reflex uns festzuhalten, aller Sinne beraubt. Die Diskrepanz zwischen Viviane und *Zach* einerseits, und Elke und mir andererseits, schockierte uns. Dort diejenigen, die sich von allem Vertrauten, von allem Gewesenen lösten, und hier wir, die gerade dabei waren, neue Wurzeln zu schlagen. Es war Chiara vorbehalten, uns in die Wirklichkeit zurückzuholen.

„Huhuuuu, frühstücken!", rief sie vom Balkon herunter.

Ich brühte frischen Kaffee, und Chiara fragte neugierig: „Wer war denn der graue Mann, Mama?"

Elke bestrich aufgebackene Brötchen mit Butter und Marmelade. „Das war Zacharias Pasching, genannt *Zach*. Der Mann, der verschwunden war."

„Der mit Célines Mutter ein Verhältnis hatte?"

„Angeblich", sagte Elke, die ihre Tochter nicht in vollem Umfang über Vivianas Geschichte in Kenntnis gesetzt hatte. „Aber woher weißt du denn davon?"

„Von Céline natürlich. Céline weiß alles. Und nicht angeblich, sondern tatsächlich."

„Aber", mischte ich mich ein, „nach Vivianes Worten hat Viktor nichts von einer Affäre gewusst. Und Céline kann zu jener Zeit höchstens vier, fünf Jahre alt gewesen sein."

„Célines Vater vielleicht nicht, aber Céline schon", meinte Chiara, und sie erweckte nicht den Eindruck, als würde sie Märchen erfinden.

„Okay, wie Céline zu ihrem Wissen gekommen ist, werden wir nicht erfahren, wenn wir sie nicht selber fragen, und das dürfte aus heutiger Sicht wohl ausscheiden", sagte Elke, wobei sie auf die Kartonschachtel auf dem Tisch deutete. „Und das hat *Zach* dir gegeben?"

Ich kaute, schluckte. „Ja", antwortete ich, „damit wir verstehen, hat er gemeint."

„Was ist drin? Mach´ doch mal auf."

Ich wischte die Hände an einer Serviette ab und hob den Deckel hoch. Sechs Augen guckten gespannt auf den Inhalt. Zuoberst lag ein leeres Blatt Papier DIN-A4. Ich nahm es weg. Das nächste Blatt. Handschriftlich beschrieben, Vor- und Rückseite. Ich nahm den kompletten Stapel aus dem Karton. Ich schätzte an die vierhundert beschriebene Seiten, gelocht, und mit einer Kordel gebunden. Bis auf wenige Seiten ganz am Ende waren es jedoch durchweg Fotokopien. Das Original lag also noch bei *Zach*.

„Da steht ein Datum auf der ersten Seite. August neunzehnhundertfünfundneunzig. Blätter mal um, Matis. Hier. Nochmal ein Datum. September des gleichen Jahres. Mach weiter. Siehst du? Wieder ein Datum. Schau mal bitte die letzten Seiten an, sei so gut. Mal sehen, ob es auch ein Datum gibt. Ja, ja, sogar mit Tagesangabe. Hier. Original geschrieben. Erster August zweitausendfünfzehn. Herrjeh, das war ja erst gestern. Gestern, Matis. Weißt du, was das ist?"

„Es sieht aus, als wäre es eine Art Tagebuch", sagte ich.

„Genau. *Zachs* Tagebuch über zwanzig Jahre. Ein Vermächtnis. Und er gibt es uns zu lesen?"

„Auf Wunsch Vivianes, hat er gesagt. Damit wir verstehen, hat er gesagt."

„Nach *Zachs* Worten ziehen sie weg." Ich räumte den Frühstückstisch ab und füllte die Geschirrspülmaschine. Chiara hatte sich in ihr *Zimmer* verabschiedet. „Hat sich Viviane irgendwie dazu geäußert?"

„Viviane." Elke atmete schwer aus, als bildete Viviane ein Kapitel für sich. „Auf mich wirkt sie, tut mir leid, wenn ich das so sehe, verstört. Orientierungslos. Sie hat sich zwar von Viktor befreit, hat ihr Ziel aber noch nicht erreicht. Sie befindet sich mitten im Transfer. Ist dir an *Zach* nichts aufgefallen?"

In Windeseile jagten die Eindrücke durch meinen Kopf, die ich von *Zach* gewonnen hatte. Mir war klar, dass die Zeit seiner Anwesenheit viel zu kurz war, um mir ein adäquates Urteil über ihn bilden zu dürfen. Grundsätzlich lag es mir fern, andere Menschen zu bewerten. Dennoch: Direkt Positives hatte er bei mir nicht hinterlassen. „Ich finde ihn dominant. Herrisch. Verhärtet. Erkaltet. Und noch was, auf das ich nicht komme."

„Mhm, du nennst lauter Eigenschaften, die ihn auf keinen Fall liebenswürdig erscheinen lassen. Und darin steckt vielleicht Vivianes Dilemma. Sie hat ihren *Zach*, der er früher für sie war, in dem jetzigen *Zach* noch nicht wiederentdeckt. Er ist über die Jahre möglicherweise ein anderer Mensch geworden. Das verunsichert sie."

Wir setzten uns mit Zigaretten und einem letzten Kaffee auf den Balkon. „Um auf deine Frage zurückzukommen. Sie hat erzählt, dass *Zach* einen neuen Bauwagen gekauft hat. Angeblich steht er abfahrbereit auf irgendeinem Feldweg in der Nähe der Bundesstraße. Sie wollten von hier aus nun mit dem *Unimog* dorthin fahren und dann starten. Mit fünfundzwanzig km/h."

„Er hat seinen Wald verkauft", sagte ich.

„Ja, und ziemlich lukrativ, wie sie meinte. Geldsorgen bräuchten sie sich keine zu machen. *Zach* verfüge außerdem über beträchtliche Ersparnisse."

„Hat sie erwähnt, wohin sie fahren?"

Elke schüttelte den Kopf. „Sie weiß nur, dass er ein Grundstück mit einem eigenen kleinen See in der Nähe von Belfort erworben hat."

„Dann muss sie quasi ab jetzt anstatt in einem schicken Haus mit alle Annehmlichkeiten in einem Bauwagen wohnen? Wäsche waschen im Zuber? Plumpsklo im Freien? Im Winter? Ich meine: Damals, als sie *Zach* kennenlernte, mag es für sie ja romantisch gewesen sein. Ein Liebesverhältnis in einem Bauwagen mit einem modernen Rebell. Das war ein süßes Abenteuer Da konnte sie auch immer wieder in ihr gepflegtes Haus zurückkehren. Aber heute? Ein Bauwagen für immer? Auf Lebenszeit?"

„Das ist gewiss noch ein Punkt, an dem sie zu kauen hat. Aber wenn es Liebe ist?"

Ich horchte auf. „Was, wenn es Liebe ist?"

„Ich könnte das."

„Du könntest ...?"

„Ohne mit der Wimper zu zucken."

„Pass´ mal auf, Mädel. Bei meiner nächsten Wochen-Tour an die *Romantische Straße* im September darfst du mitfahren. Leben und Schlafen im und unter dem Bücheranhänger. Dann wollen wir mal sehen, ob du das ein zweites Mal machen willst."

„Geil!"

*

Wir beluden den zweiten Anhänger in der Scheune mit zusammengefalteten Umzugskartons, von denen ich ständig eine größere Anzahl vorrätig hielt, und deckten die Ladung mit der Plane zu. Mehr an Vorbereitung für den morgigen Tag war nicht erforderlich. Die weitaus intensivere Arbeit würde folgen, wenn wir Gutekunsts Bücher ins Lager schaffen und dort Buch für Buch sichten und sortieren mussten. Chiara hatte angeboten, mir dabei zu helfen, und das bedeutete eine enorme Erleichterung für mich. Die geforderte Summe Geld hatte ich in einem kleinen Tresor parat.

Da für heute keine weiteren Vorhaben mehr zu Buche standen, widmeten Elke und ich uns *Zachs* Tagebuch. Chiara sagte, dass sie ein wenig trödeln gehen wolle, was immer sie damit meinte.

Teil II

Zach

August 1995 – August 2015

Tagebuchauszüge
(Da Zachs komplettes Tagebuch mit annähernd vierhundert Seiten sehr umfangreich ist, wurden nur wesentliche Auszüge daraus verwendet.)

*Ich bin **Zach**, Jahrgang 1967*
Mehr braucht es nicht.

*Man kennt mich, landauf, landab: Der **Zach**.*
Es ist Sommer, genauer gesagt, es ist August 1995. Sehr heiß.
*Ich steige aus. Das, was ich früher gemacht habe, ist vorbei. Und wenn ich sage **vorbei**, dann meine ich auch **vorbei**. So wie ich es immer gehalten habe. Ich habe immer das getan, was ich gesagt habe. Bin mir treu geblieben.*
Ich kann es mir leisten. Ich würde auch aussteigen, wenn ich es mir nicht leisten könnte, weil ich im Gegensatz zu anderen Leuten konsequent bin, aber ich kann es. Eine renommierte französische Elektronikfirma hat sich für meine Entwicklung interessiert und sie gekauft. Heute kann ich´s ja verraten. Einen Prozessor zur Steuerung von Produktionsabläufen, wie sie zum Beispiel in der Fahrzeugindustrie verwendet werden. Normalerweise kann ich mir Träume nicht merken. Wache ich morgens auf, habe ich in der Regel alle Träume verges-

sen. Den bahnbrechenden Durchbruch zu meiner Entwicklung habe ich jedoch tatsächlich geträumt, und ich war aufgestanden und hatte meinen Traum in Skizzen festgehalten. Ich kann also mit Fug und Recht behaupten, mein Geld im Schlaf verdient zu haben.
Meine Idee. Viel Geld. Kann es mir leisten.

Meine Freunde von den Naturschutzorganisationen werden in Zukunft auf mich und meine Aktionen verzichten müssen. Sie wissen, dass ich mich nie gescheut habe, für unsere Zwecke und Ziele Risiken einzugehen. Hab´ manches Mal meinen Schädel für die Organisationen hingehalten, meinen Arsch in Bullengewahrsam plattgedrückt. Hat mir alles nichts ausgemacht. Mein Name war schließlich Programm. Wo **Zach** aufgetaucht ist oder dabei war, war die Action. Ich gebe zu, dass ich einige Male zu radikal vorgegangen bin. Aber die Doofköpfe von der Industrie verstehen halt oft keine andere Sprache. Wenn unbeteiligte Personen dabei zu Schaden gekommen sind, tut es mir leid. Ich war nie ein Freund von Kollateralschaden. Man weiß auch, dass ich bei meinen Einzelaktionen die Verantwortung immer allein übernommen habe. Manchmal hat man an der besonderen Vorgehensweise meine Handschrift erkannt: **Zachs** Werk! Auf manches war ich stolz, auf anderes nicht. Aber ich habe nie versucht, einen Vorteil für mich herauszu-

schlagen. Hatte ich nicht nötig. Wenn eine Aktion als die meinige erkannt wurde, war es mir Ehre genug.
Ich habe die Organisationen nie als Alibi benutzt. Leider musste ich feststellen, dass man von Seiten der Organisationen Distanz zu mir gesucht hat. Man setzt sich lieber mit den Industriebossen an einen Tisch, anstatt die Bevölkerung durch Aktionen, die in die Öffentlichkeit ausstrahlen, zu sensibilisieren. Plötzlich bin ich nicht mehr vorzeigefähig. Bin zu sehr der uneinsichtige, verhandlungsunfähige Rebell. Man verhandelt jetzt direkt mit den Umweltsündern. Hinter verschlossenen Türen, unter Ausschluss der Öffentlichkeit.
Was man mir heute noch vorwirft und im Gedächtnis der Leute haften geblieben ist wie Fliegen am Leim: Hasenställe geöffnet, Viehweidezäune zerschnitten zu haben - das waren Jugendsünden. Damals war ich siebzehn oder achtzehn.
Aber jetzt steige ich aus. Ich bin achtundzwanzig Jahre und werde versuchen so zu leben, dass ich als Mensch meine Grundsätze nicht mit Füßen treten muss. Das heißt: Im weitesten Sinne umweltschonend, unabhängig, eigenverantwortlich, tier- und pflanzenschützend, ressourcenschonend. Ohne Telefon.
Mein Großvater besaß einen Wald. Mein Vater, viel zu früh verstorben, vermehrte ihn durch geschickte Zukäufe zur heutigen Größe. Jetzt ist

er in meinen Besitz übergegangen, obwohl mir Besitz an sich nichts bedeutet. Für meine Zwecke jedoch ist es gut. Dorthin werde ich mich zurück-ziehen. Dort bin ich jetzt.

September 1995

Es hat begonnen. Mein Dach über dem Kopf steht. Ein Bauwagen. Acht Meter Länge, zwei Meter Breite, fünf Fenster. Die vier Räder habe ich abgenommen und die Achsen mit starken Holzklötzen aufgebockt. Habe nicht vor, den Wagen jemals wieder von der Stelle zu bewegen.
Die Stelle ist eine kleine Lichtung in meinem Wald. Hinteres Siefenbachtal. Ende der Welt. Der Zufahrtsweg wird durch eine Schranke abgesperrt. Ich habe kein Auto.
Den alten Kochherd habe ich noch dort eingebaut, wo ich den Wagen herhabe. Knifflige Arbeit. Die Tür war zu schmal. Musste sie verbreitern, damit der Herd hindurchpasste. Bretter anschließend wieder einfügen. Der Herd hat ein Gewicht von mehreren Zentnern. Ein befreundeter Bauer aus dem Siefenbachtal hat den Bauwagen mit dem Traktor hierher gezogen. Alles andere werde ich nach und nach beschaffen und einrichten. Brauche ich ein

Transportmittel, darf ich den Traktor des Bauern und einen Anhänger ausleihen. Für entferntere Fahrten, falls nötig, bekomme ich sogar sein Auto.
Holz zum Kochen oder Heizen beziehe ich aus dem eigenen Wald. Wasser werde ich aus dem nahen Bach schöpfen. Bis ich eine Solarzelle (Fotovoltaik) zum Laden einer Autobatterie gefunden habe, versorgen mich einfache Kerzen mit Licht.

Heute habe ich begonnen, die Grube für eine Latrine auszuheben. In einiger Entfernung zum Wagen. (Ich will kein Plumpsklo in unmittelbarer Nähe haben, und ein Chemiekalienklo kommt mir nicht ins Haus.) Ich werde drei Meter Tiefe anstreben. Die Erdwände mit einem Innenrahmen aus Stahlstäben und verzinktem Maschendraht gegen Einsturz sichern. Wär blöd, wenn ich ins eigene Klo plumpsen würde. Danach errichte ich darüber ein schönes kleines Toilettenhäuschen aus Holz.
Alle nötigen Lebensmittel bekomme ich bei meinem Bauern. Die Bäuerin führt einen Bio-Hofladen. Kartoffeln, Nudeln (Eigenproduktion), Gemüse, Zwiebeln, Obst, Brot, Haferflocken, Marmeladen, Bio-Eier aus eigener Freilandhaltung, Forellen aus eigener Zucht. Im Angebot sind auch Fleisch und Wurst aus eigener Schlachtung, aber noch immer esse ich keine Produkte von Schweinen, Rindern oder Scha-

fen. Hingegen habe ich mich entschlossen, Hühnchenfleisch zu verzehren. Die Bäuerin hält die Hühner wirklich auf einem artgerechten Gelände mit großzügigem Auslauf direkt beim Haus.
Der Wald beschenkt mich mit Beeren (Heidelbeeren, Preiselbeeren, Brombeeren, Walderdbeeren) und Pilzen.

Was hast du vor?, hatte der Bauer gefragt, als ich zum ersten Mal seinen Traktor und den Anhänger auslieh, um meinen Schreibtisch, den Küchentisch, zwei Stühle, den zweitürigen Kleiderschrank und einige Regale aus dem Lager zu holen. Das Lager war eigentlich nicht mehr als die Garage eines Bekannten, in die ich vorübergehend einige Möbel unterstellen durfte, nachdem ich meine ehemalige Wohnung gekündigt hatte. **Willst du etwa in dem Bauwagen wohnen?**
Genau das, hatte ich ihm geantwortet.
Aber du hast keinen Strom, kein Wasser, kein Bad und kein WC, hatte er zu bedenken gegeben.
Kommt alles noch. Immer mit der Ruhe.
Bislang habe ich in einem Schlafsack auf dem nackten Bretterboden des Wagens geschlafen. Seit gestern nun habe ich ein einfaches Bett mit Stahlrahmen und Federkern mit Matratze.

Mittlerweile bin ich im Bauwagen ausreichend eingerichtet, sodass es ein richtiger Wohnwagen ist. Das Toilettenhäuschen ist fertig.
Wasser zum Waschen schleppe ich in einem Holzzuber vom Bach herbei. Hier stecke ich noch in einem Provisorium. Ist es warm und ich bin so verschwitzt, dass ich ein Vollbad notwendig habe, gehe ich zum Bach hinunter und lege mich der Länge nach hinein. Das Wasser ist kalt, aber sehr erfrischend. Ansonsten genügt eine Katzenwäsche mit feuchten Handtüchern.
Deswegen plane ich eine Duschecke im Wagen, und wenn nicht innerhalb des Wagens, dann zumindest außerhalb in unmittelbarer Nähe.
Für das Vollbad habe ich vor, den Bach an der Stelle, wo er über eine natürliche Schwelle rauscht und eine Ausbuchtung bildet, mit Sandsteinen, die entlang des Ufers liegen, ein wenig wie eine Badelandschaft zu gestalten. Vielleicht halbrund mit Stufen zum Wasser hin. Der Grund des Baches besteht an dieser Stelle übrigens aus feinem hellen Sand. Eine natürliche Badewanne.
Die vorrangigste Aufgabe jedoch gilt der Beschaffung von Feuerholz. Bei einer Erkundungstour durch den Wald habe ich einige abgestorbene Bäume entdeckt.
Bevor ich morgen also in den Wald gehen und Holz schlagen werde, setze ich zum ersten Mal Kleiderwaschmittel ohne Chemie an: Zerklei-

nerte Rosskastanie acht Stunden in Wasser ziehen lassen, fertig. Ob´s klappt? Meinen Kleidern würde es nicht schaden.

Oktober 1995

Nach zwei Monaten täglicher harter Schufterei kann ich es nun ein wenig geruhsamer angehen lassen. Was nicht bedeutet, dass es nichts zu tun gäbe., doch sind es durchweg Arbeiten, die ich auch mal auf den nächsten Tag verschieben kann. So finde ich jetzt zwischendurch Zeit, angenehmen Dingen nachzugehen, wie Lesen, Mundharmonika spielen, an der Inneneinrichtung basteln, oder einfach nur auf meiner Bettstatt vor mich hindösen.
Kerzenlicht verwende ich nur noch wegen der Beschaulichkeit, denn ich konnte zwei günstige Solarpaneele erwerben, die nun eine große LKW-Batterie speisen. Ich bekomme zwar keine Festbeleuchtung zustande, aber für meine Bedürfnisse reicht das Licht vollkommen.
Der Winter steht vor der Tür. Er kann kommen. Mit Feuerholz bin ich eingedeckt. Beim Holzschlagen gehe ich nach dem Prinzip vor: Solange ich gesund bin, das Entfernteste zuerst. Näher gelegenes Feuerholz muss ich für Zeiten aufbewahren, in denen ich vielleicht nicht so fit bin.

Mein alter Kochherd stellt sich als beste Anschaffung heraus. Ich kann ihn in einem Arbeitsgang gleich vierfach nutzen. Kochen, Heizen, warmes Wasser bereiten und Backen oder Trocknen, beziehungsweise Dörren.

Auch wenn ich sozusagen der Welt den Rücken gekehrt habe - so bin ich doch nicht zu hundert Prozent losgelöst. Bei der Post in Floßwieden existiert ein Postfach auf meinen Namen. Einmal pro Woche oder alle zwei Wochen schaue ich nach, ob Post für mich eingetroffen ist.
Und ich besitze ein Konto bei der Sparkasse in Floßwieden, denn trotz meiner relativen Unabhängigkeit habe ich Ausgaben. Für den Bauer; für die Einkäufe im Hofladen; für die Solarpaneele, für andere Einkäufe wie zum Beispiel im Bioladen in Durlangen für Zahnpasta (kann ich nicht selber herstellen, weil zu umständlich), für Lavaerde (Haarshampoo stelle ich damit selber her) und so weiter. Geld also, das ich benötige. Mein Vermögen habe ich nämlich in die Hände eines Treuhandbüros gegeben, das mir monatlich eine fixe Summe auf das Konto überweist und mich über das Postfach bei Bedarf informieren oder, falls wichtig, kontaktieren kann. Weil, Steuerzahler bin ich nach wie vor. Und obwohl ich weder über Radio, TV oder Computer verfüge, bezahle ich die Zwangsgebühren der GEZ. Mich dagegen zur

Wehr zu setzen und fremde Leute in meine Welt eindringen zu lassen wegen lächerlicher Euro, sind mir die Mühe und den Ärger nicht wert.
Wie komme ich von meiner Lichtung nach Floßwieden? Nun, wegen der kurzen Strecke bitte ich nicht den Bauern um sein Auto. Ich habe mir ein gebrauchtes Fahrrad zugelegt, und das tut es wunderbar, auch wenn ich auf dem Rückweg weite Strecken schieben muss.

Ich höre bereits die kritischen Stimmen: Dem **Zach** fällt das Aussteigen mit seinem Millionenvermögen im Rücken leicht.
Ich habe nie behauptet, dass ich es mir besonders schwer machen werde. Möglicherweise wäre ich angesehener, wenn ich mein Leben auf Kreuzfahrtschiffen zubringen würde. Oder in einem Bungalow auf einer von Touristen überlaufenen Insel. Aber es geht mir nicht um Ansehen und nicht um die Meinung anderer Leute. Überhaupt wissen nur eine Handvoll Personen von meiner Einsiedelei. Das sind der Bauer und seine Frau, und der Treuhänder. Ob der Bauer oder die Bäuerin schwatzhafte Seelen sind oder nicht, kann ich nicht beeinflussen. Vielleicht erzählen sie es in ihrer Bekanntschaft herum. **Da hinten im Tal haust ein Spinner in seinem Bauwagen.** Selbst wenn es so wäre, kann es mir egal sein. Hierher kommt keiner, und wenn doch, dann bitte ich ihn freundlich aus meinem Privatbesitz hin-

aus. In ein paar Jahren, bin ich überzeugt, wird man nicht mehr wissen, dass es einen **Zach** gibt. In der Erinnerung vielleicht noch. *Ja, da gab es mal einen verrückten Natur- und Tierschützer. Ist schon lange verschollen. Nein, man weiß nicht, was mit ihm passiert ist. Sie haben ihn Zach genannt.*

Mein Vater früh verstorben, die Mutter bei meiner Geburt. Ich bin größtenteils bei meinen Großeltern aufgewachsen. Einfache Bauern mit ein paar Kühen im Stall und einigen Hühnern, Kirschbäume und Apfelbäume, einige Hektar Wald. Wie man davon leben konnte und dazu noch einen kleinen Jungen großziehen, ist mir bis heute ein Rätsel.
Großmutter war eine herzensgute Frau. Bei aller Armut, doch, so muss man es nennen, trug sie stets ein Lächeln auf den Lippen.
Als mein Vater wieder heiratete, ich eine Stiefmutter bekam, wohnte ich wieder bei ihm. Die zweite Frau tat ihm nicht gut, sie war gefühlskalt und böse, und bemängelte seine Verschwendung von Geld, das er in nichts bringenden Wald investierte, anstatt ihr ein Klavier zu schenken oder teure Kleider für die Oper in Karlsruhe, die sie mindestens einmal monatlich besuchte. Ich war für sie so gut wie überhaupt nicht existent, weshalb ich ihr auch nicht hinterherweinte, als sie meinen Vater wieder verließ.

Vater hatte zum Glück(*) Großvaters Wald vergrößert. Hinteres Siefenbachtal, dem Sandertal, das nach Westen ausgerichtet ist, gegenläufig, obwohl das Wasser des Siefenbachs, erst nach Osten und nach Mündung in die Driese, ebenfalls, wie die Sander, in den Rhein fließt.
(*) Zum Glück: Mit einem Klavier hätte ich nichts anzufangen gewusst.

Wenn auch in dieser Verbindung keine Liebe zu entdecken gewesen war, trauerte Vater ihr dennoch nach, denn sie war eine bildschöne Frau. War es der Glanz, in dessen Pracht er sich gerne mit ihr hat sehen und beneiden lassen, oder der männliche Dünkel, mit solch einer Göttin das Bett teilen zu dürfen - letztlich ging er daran zugrunde. Alkohol, Selbstzweifel, Depression, Krebs. Ich habe die Frau später nie wieder gesehen.
Sie hatte ihn zu einer Zeit verlassen, ich war sechzehn Jahre alt, in der ich meine ersten Aktionen zur Befreiung eingesperrter Tiere startete. Dass es den Tieren in Freiheit vielleicht nicht so gut ging wie in ihren Käfigen oder Gehegen, habe ich mir erst später zu Herzen genommen. Am Anfang war mein Antrieb, Zeichen setzen zu wollen, und ich begann damit zunächst im Dorf, erweiterte meinen Aktionsradius dann auf das gesamte Tal, um mich irgendwann einer Tierschutzorganisation anzuschließen, die bundesweit und sogar im be-

nachbarten Ausland aktiv war. So befreiten wir in nächtlichen Unternehmungen, in Zusammenarbeit mit französischen Gleichgesinnten, zum Beispiel sogenannte Stopf-Gänse aus ihren qualvollen Gefängnissen, in denen sie sich kaum rühren konnten. Wobei es mit der Befreiung alleine nicht getan war, denn die Tiere wurden zur artgerechten Haltung an sichere Orte gebracht, und die ursprünglichen Halter wurden, gemessen nach Lebendgewicht der Gänse, entsprechend finanziell entschädigt.
Mein Studium am Karlsruher Institut für Technologie, kurz KIT genannt, litt unter meinem permanenten Engagement für den Tier- und Umweltschutz, weshalb ich mich vor einem Jahr von der Universität exmatrikulieren ließ. Was mich jedoch nicht hinderte, eigene Forschungen zu betreiben (die sich schließlich bezahlt gemacht haben).

Hier bin ich nun, und wenn man so will, beginne ich bei null. Es ist mein zweiter Versuch zu leben.
Natürlich greife ich auf Erfahrungen und Erlerntes aus dem früheren Leben zurück, doch bin ich in der komfortablen Situation, Brauchbares von Unbrauchbarem trennen zu können, sofern ich das eine vom anderen unterscheiden kann.

Da es immerhin ein **Leben** sein soll, das dem allgemeinen Verständnis von **Leben** nahekommt, ergo kein nacktes **Überleben** oder Vegetieren, gehe ich von einer festen Behausung mit Dach (mein Bauwagen) sowie dessen Einrichtung aus und betrachte es als Luxus. Dass ich mich sonst aber der allgemeinen Sichtweise entziehe, ist Bedingung. Zum einen um mich selbst vor Angriffen und Anfeindungen zu schützen, zum anderen um die Öffentlichkeit mit meinem Lebensmodell nicht unnötig zu konfrontieren und dadurch zu brüskieren. (Verrückte muss man wegsperren.)
Ich halte mich nicht für verrückt. Ich erlaube mir nur das auf Dauer zu tun, wonach andere Menschen sich sehnen und dafür um die halbe Welt reisen, um es in ihrem Urlaub zwei Wochen erleben zu dürfen.
Dafür strecke ich mich nach der Decke und schränke mich in gewissen Dingen ein. Schon aus Platzgründen genügen mir drei Hosen, drei Jacken, drei T-Shirts, drei Pullover, drei Paar Schuhe, ein grüner Regenmantel und zehn Unterhosen. Eine Farbe genügt. Dunkelgrau. Dunkelgrau deshalb, weil ich dann die Rosskastanien, mit denen ich das Waschmittel herstelle, nicht zu schälen brauche. Befindet sich die erste Garnitur in der Wäsche, trage ich die zweite. Die dritte ist wirklich nur Ersatz.
Wenn ich damit also zufrieden bin, wieso sollte ich dann nach mehr verlangen?

Radio, TV, Telefon? Ich wüsste nicht, wofür diese Dinge gut sein sollten. Seit ich auf dieser Welt bin, sind die Nachrichten stets die gleichen. Sie sind so austauschbar und bewirken im Grunde doch nichts. Ob einem Prinz Pipi ein Zacken aus der Krone gefallen ist, interessiert mich nicht, und wenn eine Regierung Lösungen für alle Probleme verspricht – dann sind es die gleichen Sätze wie die aller Vorgängerregierungen, nur dass jeweils die Gesichter anders aussehen. Will ich Musik hören, spiele ich auf der Mundharmonika oder singe ich im Wald, wo es niemanden stört. In meinem Wald.

November 1995

Über Nacht hat es gefroren und ersten Raureif gebildet. Die Natur ist traumhaft schön. An den Fenstern blühen Eisblumen. Das habe ich das letzte Mal als Kind bei den Großeltern gesehen, deren Fenster, solange sie lebten, Einscheibenfenster waren.
Entsprechend kalt ist es in meinem Wagen. Vor dem Mund wölkt sich der Hauch. Ich beeile mich, Feuer im Herd zu entfachen, und schon nach wenigen Minuten lösen sich die Eisblumen an den Fenstern auf, sammelt sich Wärme unter dem gewölbten Dach.

Es wird mir nicht erspart bleiben, den Boden des Wagens mit Dämmplatten und Teppichen auszulegen, und ohne dicke Wollsocken werde ich nicht auskommen. Ich schreibe die Punkte auf einen Merkzettel.

Nach dem Frühstück, bestehend aus Kaffee, Brot, Butter, Marmelade, ziehe ich mich warm an und gehe nach draußen. Ich bin immer noch dabei, meinen Wald zu erkunden. Ich habe vor, heute bis an die obere Grenze meines Waldes zu wandern.

Ungefähr einen halben Kilometer bergwärts von der Lichtung entfernt gabelt sich das Tal noch einmal. Der Siefenbach bekommt aus einem kleineren Seitental Zulauf. Insgesamt misst die Länge des Waldes von der unteren Schranke bis zur oberen Grenze etwa sechs Kilometer. Die Breite beträgt im Durchschnitt zwei Kilometer. Das ist, soweit ich informiert bin, das zweitgrößte zusammenhängende Waldgebiet in Privatbesitz in Baden-Württemberg.

Ab der Lichtung gibt es keine befestigten oder befahrbaren Wege mehr. Ich nehme die Abzweigung in das Seitental und steige dem Rinnsal bis zu seiner Quelle nach. Dahinter geht es steil bergauf. Ich stelle deutlich fest, dass weder der Großvater noch mein Vater je eine Hand an diesen Wald gelegt haben. Er sieht so ursprünglich aus, wie ein naturbelassener Wald nur aussehen kann. Es ist schwierig,

eine Richtung vorauszusehen, denn glaubt man, es ginge ein Stück geradeaus, dann zwingt einen undurchdringlicher Bewuchs von Unterholz zu einem Umweg. Deswegen halte ich mich lediglich an die Tendenz: aufwärts.
Nach ungefähr zwei Stunden habe ich auf der Höhe die Grenze erreicht. Ich suche eine Markierung, und finde sie auf einem einsamen Sandsteinpfosten mit eingemeißeltem Strich, nebst Vaters Initialen auf der einen Seite, die dem Besitz zugewandt ist. Der Pfosten steht unter einem mächtigen wilden Holunderbaum, der hier eigentlich nichts verloren hat. Aber es würde zu meinem Vater passen, ihn hier extra wegen des Pfostens und der besseren Auffindbarkeit gepflanzt zu haben.
Unmittelbar daneben, vor meinen Füßen, führt ein durch schwere Maschinen in den Boden gefräster Weg, der durch die Rodung einer zirka drei Fußballfelder großen Fläche entstanden sein muss. Das kann noch nicht lange geschehen sein, denn der Boden ist noch frisch aufgewühlt und schwarz, und kein frisches Grün hat die Zeit gefunden, sich auf dem Areal niederzulassen. Vereinzelt ragen Baumstrünke hervor, die abgeschlagenen und abgerissenen Wurzeln grotesk in die Luft streckend, als würden sie um Hilfe rufen. Hier hat jemand, ob Gemeinde oder Privatier, aus dem Holz der Bäume Geld gemacht. Der Übergang aus meinem Wald in diese jetzt leere Nutzfläche ist

krass. Der Anblick erinnert mich an Bilder von Kriegsschauplätzen.
Ich wende mich ab und betrachte den Holunderbaum, denke an die Früchte und die Möglichkeiten, sie zu verarbeiten. Während ich kurz darauf der Grenze entlang der Rodung folge und bald wieder unter den blattlosen Ästen der hohen Bäume bin, geistert eine Idee durch meine Gedanken, und bevor sie die Gelegenheit dazu bekommt, sich zu verkrümeln, mache ich mir eine Notiz in einem mitgeführten Heft. Für später.

Der Bauer fragt mich eines Tages im November, als ich im Hofladen einkaufe, ob ich ihm bei einer Arbeit zur Hand gehen könne. Das Freilandgehege für die Hühner muss verlegt werden, sagt er. Das ehemalige Gelände sei ausgebeutet (er spricht tatsächlich von Ausbeutung) und zu diesem Zweck will er Löcher für die Zaunpfosten bohren. Da es sich um viele Löcher handeln wird und er die Löcher nicht mit Muskelkraft graben will, er selber allerdings keine Erdbohrmaschine besitzt, darf er eine solche Maschine von einem Bekannten ausleihen.
Es ist ein Tauschgeschäft, wie es auf dem Lande oft zustande kommt. Ich helfe dir, du hilfst mir. Ich leihe dir meinen Traktor und das Auto, du hilfst mir beim Löcherbohren.

Wir fahren mit Traktor und Anhänger das Siefenbachtal hinunter, durchqueren Floßwieden, überqueren das Flüsschen Driese, stechen einen Hügel hinauf, auf dem der Hof des Bekannten wie eine Trutzburg steht. Wir fahren auf den Hof, nicht zu nah ans Haus, der Bekannte kommt uns entgegen. „Das ist der Dengler-Hof", sagt mein Bauer. Und: „Pass´ auf", warnt er mich, zeigt auf einen breiten gepinselten weißen Strich am Boden. Vor dem Strich steht in ungelenken Lettern **Stopp.** „Geh´ nicht über den Strich."

Ich frage wieso, und der Bauer zeigt auf eine mickrige schäbige Hütte, die neben der Haustür steht. „Der Hund", sagt er. „Ist bissig. Nicht über den Strich, verstanden?"

Ich wundere mich und lasse meine Augen wandern. Die Hoffläche der Denglers ist zwischen Wohnhaus und gegenüberliegender Scheune zubetoniert. Bequem und praktisch sauber zu halten. Zwischen den beiden Gebäuden spannt sich von Haustür zu Scheunentor in Überkopfhöhe ein Stahlseil, an dem über eine Rolle eine Leine befestigt ist. Die Leine endet am Hals eines Hundes, der soeben aus der Hütte gekrochen kommt. Sobald er uns gewahr wird, prescht er keifend los und auf uns zu. Die Leine um den Hals ist jedoch nicht endlos lang, sondern reicht genau bis zu dem ominösen weißen Strich auf dem Betonboden. Da wird der Hund in vollem Lauf herumgerissen,

das Bellen abgewürgt. Dann steigt er, von der Leine gehalten, nur noch auf die Hinterbeine und keucht und geifert sich die Lunge aus dem Hals. Er tut alles, um wie eine Bestie zu sein.
„Jetzt weißt du warum", sagt mein Bauer.
Ich betrachte den Hund. Wenn er sauber, gebadet, gekämmt, gebürstet, gut gefüttert und geachtet wäre, wäre er ein bildschöner Hund. Ist er aber nicht. Sein Fell ist dreckig, verfilzt und stumpf. Wo das Halsband sitzt, scheint er verletzt zu sein. Er ist ein Mischling von hellbrauner Farbe, nicht zu groß. Ich schätze, bei herabhängenden Armen berühre ich gerade seinen erhobenen Kopf. Das sind etwa siebzig Zentimeter vom Boden aus. Die Augen braun, das Fell mittellang mit Neigung zur Welle, der Schwanz lang und buschig.
„Hey du", sage ich ruhig, und er bleibt plötzlich stehen und betrachtet mich seinerseits mit schräggelegtem Kopf, die Schlappohren so gut wie möglich aufgerichtet. Kluge Augen.
Ich mache einen Schritt über den weißen Strich.
„Zurück", brüllt Bauer Dengler. „Sind Sie verrückt? Er beißt."
Ich bleibe stehen, und er beißt nicht. Wer ist hier der Verrückte?
„Ciao", sage ich zu dem Hund. Er sieht mich an.

Wir laden die Erdbohrmaschine auf und fahren die gleiche Strecke retour. Die Maschine ist eigentlich nicht mehr als eine sich drehende Spirale, die das Erdreich nach oben auswirft.
Wir bohren die Löcher, brauchen dafür einen halben Tag. Das Füllen der Löcher mit Beton und das Setzen der Stangen übernimmt er alleine. Nur mit dem Zaun darf ich ihm wieder helfen, sagt der Bauer.
„Immer wieder gern", sage ich, lächle und fühle mich seltsam locker.

Drei Tage später.
Ich helfe meinem Bauern beim Anbringen des Zaunes. Der Beton in den Löchern ist in der Zwischenzeit ausgehärtet und die Pfosten stehen stabil. Wenn der Zaun fertig ist, werden die Hühner eine Menge Auslauf haben.
„Der Zaun verhindert nicht nur, dass die Hühner davonlaufen, sondern auch, dass der Fuchs die Hühner stiehlt", sagt der Bauer. „Wenn so ein Fuchs im Blutrausch ist, killt er alles Federvieh."
Also achten wir besonders darauf, dass der Fuchs den Zaun nicht untergraben kann. Wir verwenden Haken, mit denen wir den Zaun im Boden verankern. Wir kommen mit der Arbeit zügig voran.
„Erinnerst du dich an meinen Bekannten Dengler, bei dem wir den Erdbohrer geliehen haben?"

Ich antworte nicht.

„Heute Morgen ruft er mich an. **Stell dir vor, Kilian**, sagt er, **was ich heute in der Früh gefunden habe. Mein Hund ist weg, dafür hingen tausend D-Mark an der Leine. Was sagst du dazu?** Leicht verdientes Geld, sag´ ich zu ihm. Für das Geld bekommst du im Tierheim gleich drei Köter."

Der Bauer schaut mich prüfend an. „Wer könnte bloß Interesse an solch einem nutzlosen Hund haben?", fragt er bauernschlau und grinst schelmisch. „Du wirst doch wohl nichts damit zu tun haben, hm?"

Ich hebe beide Hände und zeige meine Handflächen. Auch ich kann schelmisch grinsen.

„Dacht´ ich´s mir", sagt er. „Gib mir den Draht."

Thema erledigt.

Die vergangene Nacht war ideal. Kein Stern, kein Mond am Himmel. Dicke Nebelsuppe. Feuchte Kälte.

Ich hatte das Auto meines Bauern, der Kilian heißt, wie ich heute erfahren habe, am Fuß des Hügels stehen lassen und war zu Fuß zum Hof hochgestiegen. Wohnhaus und Scheune wurden langsam als geometrische Formen erkennbar. Der Nebel verschleierte die Konturen. Nirgendwo brannte Licht, alle Fenster waren dunkel. Der betonierte Hof lag vor mir. Der weiße Strich und das **Stopp** leuchteten phospho-

reszierend. Ich lauschte in die Luft. Alles war ruhig. Kein Vogel, der piepste, kein Hoftier, das muhte, gackerte oder schnatterte.
Ich machte: Pssst.
Ich empfand es laut, als hätte ich in die Luft geschossen. Nichts passierte. Ich wiederholte: Pssssst.
Da! Ein leises Klirren. Dann ein schleifendes Geräusch. Ich strengte meine Augen an. Aus dem Nebel tauchte ein Schatten auf, wurde deutlicher, je näher er kam. Er ging langsam. Ich hörte ihn witternd die Luft durch die Nase ziehen.
„Hey du", sagte ich und wartete. Wenn er jetzt Krawall schlägt, ist er selber schuld, dachte ich.
Er blieb ruhig, aber er blieb auch stehen. Da ich schon wusste, wie ich ihn nennen würde, sagte ich: „Vinco, komm´ her."
Er machte einen Schritt und blieb wieder stehen, als wollte er sagen **wenn ich einen Schritt mache, dann mach´ du auch einen**. Also überschritt ich den aufgemalten Strich am Boden und befand mich nun innerhalb seiner Reichweite. Angespannt ging ich mit kleinen Schritten weiter, bis uns nur noch eine Armlänge trennte. Ich ging in die Hocke, streckte meine Hand aus. Jetzt oder nie.
Schon als ich dachte, dass er umdrehen würde, überwand er die letzte Distanz, schnupperte erst, leckte dann meine Hand. Ich griff mit der

zweiten Hand an seinen Kopf, kraulte seinen Hals. Dabei murmelte ich unablässig vor mich hin, etwas ohne Sinn, Hauptsache Gebrabbel, doch mit ruhiger Stimme. Dann fragte ich: „Kommst du mit, Vinco? Ein neues Leben mit mir, Zach?"

Ich gebe zu, dass meine Finger zitterten, als ich sein Halsband öffnete und es ihm abnahm und den Hund gegen zehn Hunderter D-Mark-Noten tauschte, die ich am Halsband befestigte. Die ganze Zeit blieb er ganz ruhig vor mir stehen.

Ich nahm ein eigenes Halsband mit Leine, das ich tags zuvor in Floßwieden gekauft hatte, legte es ihm an, stand auf und bewegte mich behutsam einen Schritt zurück, und als er leichten Zug am Halsband spürte, folgte er mir. Als es den Hügel hinab zu Kilians Auto ging, fing ich an zu laufen, was Vinco zu gefallen schien, denn plötzlich sprang er wie ein Pferdefohlen nebenher, schnappte übermütig nach der Leine, bereit zu spielen. Doch erstmal hieß es Abstand zu gewinnen, den Heimweg einzuschlagen und nach Hause zu kommen.

Da ich damit gerechnet hatte, dass er das Autofahren nicht gewohnt war, hatte ich ihn mit einer Wurst überlistet und ins Auto gelockt. Überaus tapfer und mit geschärften Sinnen, bei jedem noch so leisen Geräusch wie eine Salzsäule stehen bleibend und knurrend verharrend, überstand er den Weg von der

Schranke bis zu meiner Lichtung. Als ich dann aber die Tür des Bauwagens öffnete, sprang er ohne Scheu hinein und erkannte sofort, dass das, was sich auf dem Boden in einer Schüssel befand, sein Fressen sein musste. Er fraß mit einem Appetit die Schüssel leer und ich glaubte, dass er noch nie so ein gutes Fressen bekommen hatte.

Bis zum Morgen beobachteten wir uns gegenseitig. Wachsam verfolgte er jede meiner Bewegungen. Er schien eine Aversion gegen Stäbe, Stecken und Stangen zu haben, denn als ich den Schürhaken in die Hand nahm, um Asche aus dem Brennraum des Herdes zu kratzen, fletschte er plötzlich die Zähne und aus seiner Brust drang ein tiefes Grollen. Als ich den Besen in die Hände nahm reagierte er auf gleiche Weise. Oha, dachte ich, da hat einer üble Erfahrungen gemacht. Ich nahm seinen Kopf zwischen die Hände und redete ihm beruhigend zu. Dann legte ich mich auf den Boden, und nach einer Weile tat er das Gleiche, streckte sich neben mir aus, drehte sich entspannt auf die Seite, sodass ich mich getrauen konnte, seinen Bauch zu streicheln. Ungewohnt für ihn, doch bald winkelte er die Vorderpfoten an und wälzte sich über den Rücken auf seine andere Körperseite.

Schon als ich Vinco das erste Mal gesehen hatte, stand mein Entschluss fest. Nach dem Löcherbohren für das Hühnergehege hatte ich

Bauer Kilians Auto ausgeliehen, war nach Floßwieden gefahren, hatte aus der Telefonzelle in der Post meinen Treuhänder angerufen und tausend Euro für mein Konto bestellt. Hundefutter gekauft, ein Halsband, eine Leine, eine Bürste. Tausend D-Mark, die ich gestern dann abgehoben hatte, dachte ich, könnte vielleicht die Summe sein, die den Eigentümer des Hundes davon abhalten würde, Anzeige zu erstatten.

Vinco winselt und springt an mir hoch und gebärdet sich wie toll, als ich vom Bauer Kilian und der Zaunarbeit zurückkomme. Wie es aussieht, hat er das Schweinsohr, das ich ihm beim Weggehen als Knabberspaß hingehalten hatte, vollkommen aufgefressen. Gut so.
Ich nehme ihn mit zum Bach, wo ich mich entkleide und in meine noch nicht ganz fertige Badelandschaft springe. Schock, ist das kalt, aber ich muss jetzt da durch, beziehungsweise er muss da durch. Aber alles Toben und Spritzen und Rufen und Locken kann ihn nicht davon überzeugen, dass er ein Vollbad nötig hätte. Belämmert, den Schwanz zwischen die Hinterbeine geklemmt, läuft er am Ufer auf und ab und denkt, was der Verrückte im Wasser von ihm will.
Bist du nicht willig, dann braucht es sanfte Gewalt. Ich stapfe zu ihm, fasse ihn mit beiden Armen um den Rumpf, hebe ihn hoch und knie

mich mit ihm ins Wasser. Das gefällt ihm nicht, weshalb er ängstlich fiept und strampelt. Ein Beißer, soviel steht fest, ist er auf keinen Fall.
Gut, bewege dich, denke ich und versuche sein Fell zu rubbeln. Es ist so schmutzig, dass das Wasser um ihn herum trübe wird. Flink ergreife ich den Behälter mit dem Shampoo aus Lavaerde, nehme eine Handvoll und schäume ihn so gut es geht ein. Auf einmal spüre ich, wie sein Widerstreben einbricht und er die Prozedur, für ihn auch Tortur, schicksalsergeben über sich ergehen lässt, sodass ich die Gelegenheit ergreife und eine zweite Shampoonierung mit ihm durchführe. Aber es lohnt sich.
Dass ich selber vor Kälte blau geworden bin, habe ich dabei völlig vergessen. Also raus aus dem Wasser und im Sprint nebeneinander zum Bauwagen zurück. Er bekommt eine saftige Belohnung, viel Lob und Streicheleinheiten mit der Bürste, und zum krönenden Abschluss des Tages eine Runde Tauziehen auf der Lichtung. Die gewinnt er haushoch, und das gefällt ihm nun wieder.

Vinco wird mein ständiger Begleiter. Ich nehme ihn überallhin mit, außer nach Floßwieden. Der Zufall könnte es wollen, dass uns dort sein ehemaliger Besitzer über den Weg läuft, und das wollen wir verständlicherweise nicht.
Jetzt, da er gebadet und gebürstet ist und gutes Futter erhält, sieht er blendend gut aus.

Anfänglich wende ich einige Zeit dafür auf, ihn zuerst an den Leinengang **bei Fuß** zu gewöhnen, dann wieder ihn von der Leine zu entwöhnen. Er lernt schnell. Sehr schnell. In für mich überraschend kurzer Spanne läuft er frei neben mir, stöbert voraus oder abseits, und pfeife ich nach ihm, kommt er sofort angeschossen. Es braucht kein Gebrüll, keinen Tadel - er hat sich zu einem tiefenentspannten Genossen entwickelt, der eine echte Bereicherung für mich darstellt. Vielleicht denkt er ja das Gleiche über mich.

Januar 1996

Der Winter will nicht so recht in die Gänge kommen. Der Dezember war viel zu warm, und auch über Silvester gingen die Temperaturen selten unter null Grad.
Seit ich den Fußboden mit Dämmplatten ausgelegt und darüber Webteppiche ausgebreitet habe, ist es erheblich wärmer im Bauwagen. Vinco hat den Platz vor dem Kochherd zu seinem Lieblingsplatz erkoren..
Wir sind den Siefenbach entlang zur oberen Waldgrenze unterwegs. Bei Durchsicht meines Notizheftes ist mir der Eintrag aufgefallen, den ich als Idee bei meinem ersten Besuch dort oben festgehalten hatte. Der Holunderbaum.

Als wir den Waldrand und somit die Grenze erreichen, bleibt Vinco stehen, als sei er gegen eine unsichtbare Wand gerannt. Er macht den Eindruck, als sei er angesichts der gerodeten Fläche jenseits des Weges fassungslos. Er schaut mich an. „Ja, so ist es", sage ich. „Menschenwerk."

Der Holunderbaum, erinnere ich mich, muss linker Hand stehen. Also stapfen wir zwischen Wald und Rodung dahin. Es kann nicht mehr weit bis zum Holunderbaum sein, als mir ein Bauwerk auffällt, das ich beim ersten Mal entweder übersehen hatte, oder das noch nicht vorhanden gewesen war, wobei ich nach kurzer Ansicht und Prüfung des Bauholzes eher zu letzterem neige. Ein Hochsitz für Jäger, errichtet aus entasteten Stämmen junger Kiefern. Klar, denke ich, über die freie Fläche der Rodung haben die Jäger allerbestes Schussfeld. Ob der Hochsitz wohl auf meinem Besitz steht? Wo ist der Holunderbaum mit dem Grenzpfosten? Ich schaue um mich und stelle fest, dass es nur noch wenige Meter bis dorthin sind.

Dem Grenzpfosten nach befindet sich der Hochsitz noch auf dem benachbarten Gebiet. Also alles korrekt?

Es geht mir nicht um ein paar Zentimeter, aber ich kann Jäger samt ihres weidmännischen Brimboriums, oder wie sie das romantisch verklärt nennen, pardon, absolut nicht ausstehen. Ja, der Holunderbaum und die Idee.

In einem Sack habe ich eine Astsäge dabei. Die Zweige des Holunderbaums eignen sich vorzüglich zum Bau von Flöten, denn der Kern der Zweige besteht aus weichem Mark, das man leicht ausstoßen kann.

Bei dickeren Ästen ist der Kern, das Mark, nicht mehr so weich. Man muss deshalb den Ast mit einem langen Bohrer vorsichtig aushöhlen.

Man erntet das Holz von lebenden Pflanzen vorzugsweise im Winter, da sie während der Vegetationsruhe weniger Saft produzieren und das Holz trockener ist als zu anderen Jahreszeiten.

Ich schneide mit dem Taschenmesser mehrere Zweige ab, und mit der Astsäge auch einige gerade gewachsene Äste. Genug Material, um mich über den Winter oder noch länger damit zu beschäftigen.

Vinco benötigt auch durch den Wald keine Leine. Er entfernt sich nie weiter von mir weg als einige Meter, und findet doch reichlich Stoff zum Schnüffeln. Selbst bei der Witterung eines Wildes rast er nicht kopflos und auf Nimmerwiedersehn davon. Trödelt er einmal vertieft zu weit zur Seite oder hinterher, fast zu selten, um es zu erwähnen, genügt ein kurzer Pfiff, und er kommt schwanzwedelnd angesprungen. Das hat schon Qualität, die ich zu schätzen weiß. Entsprechend unaufgeregt ist unser gegenseitiges Verhältnis.

Wir überspringen ab hier die Tagebucheintragungen für das Jahr 1996 und das Jahr 1997, und steigen im Oktober 1998 wieder ein. Was *Zach* in den annähernd drei ausgelassenen Jahren beschreibt, sind im Grunde die Schilderungen über seine Entwicklung und Etablierung zum und als Einsiedler. Für die Weiterführung der Geschichte jedoch sind sie wenig relevant.

Trotzdem ist es wichtig zu wissen, dass er sich selbst, den Hund Vinco und den Bauwagen auf der Lichtung durch Angewöhnung und Einhaltung einer fast asketischen Disziplin vor Verwahrlosung behauptet. Sauberkeit und Ordnung stehen dabei an vorderster Stelle, sowie regelmäßige Mahlzeiten und Verzicht auf Alkohol. Zu festen und wiederkehrenden Zeiten streift er mit Vinco sein Revier ab, weiß, wann welche Beeren reif zum Pflücken, wann und wo welche Pilze am besten zu finden sind. Da *Zach* kein Langschläfer ist und sich seiner selbst aufgestellten *To-do-list* verpflichtet fühlt, ist er oft schon sehr früh auf den Beinen. Seit *Zach* erkannt zu haben glaubt, dass Vinco Sonnenaufgänge mag, streben sie oft schon bei einsetzendem Morgengrauen den *Siefenbach* entlang Richtung wilder Holunderbaum, um die Sonne über der Rodung aufgehen zu sehen. Dann sitzt Vinco wie eine in Stein gemeißelte Statue am Waldesrand und schaut gebannt nach Osten.

Oktober 1998

Dass die Sache mit den Flöten so gut läuft, hätte ich nicht gedacht. Übung macht den Meister, sozusagen. Nach ziemlich viel Verschnitt zu Beginn meiner Versuche, habe ich jetzt den Bogen raus. Mittlerweile habe ich zwei Schulen mit meinen Flöten beliefert, nämlich die Hauptschule in Floßwieden, sowie die Realschule in Kirchenrottach. Sogar bei Musik-Heller in Durlangen stehen drei meiner Holunderholzflöten zum Verkauf. Von der Realschule Kirchenrottach aus hat man mir angeboten, einen Selbstbaukurs zu veranstalten. Ich habe mir Bedenkzeit erbeten.

Der Siefenbach führt enorm viel Wasser und tritt an manchen Stellen über die Ufer, als Folge einer Regenperiode Mitte Oktober. Zwischen den Bäumen ist es noch dunkel, aber Vinco kennt inzwischen den Weg aus dem Effeff. Mühelos leicht erklimmt er den rutschigen Pfad nach oben. Er spürt, dass heute Sonnenaufgangstag ist. Endlich. Der Hochnebel wird sich bis dahin verzogen haben.

Beinahe drei Jahre sind wir nun schon ein Team. Ich weiß nicht, wie alt er ist, aber er ist in hervorragender Form. Ich bin nicht sicher, ob ich ohne ihn noch hier wäre. Ich meine, in meinem Bauwagen und in meinem Wald.

Bald werden wir an die Stelle kommen, ab der er das Tempo anziehen und mir vorauslaufen

wird. Der Siefenbach stürzt dort in einer kleinen Kaskade über einen Felsen. Ich weiß ja, wo und wie ich ihn antreffen werde: Am Waldrand sitzend, Nase und Augen Richtung aufgehender Sonne gepolt. Er wird mich kaum registrieren, wenn ich ihn eingeholt haben werde.
Jetzt, dort ist die Stelle. Neben dem Wasserfall ein steiler Hang, den ich auf allen Vieren erklimmen muss, während er wie auf Flügeln hinaufeilen wird, und schau, schon oben ist. Gerade noch, dass ich sein Hinterteil mit dem aufgerichteten Schwanz verschwinden sehe. Ich lächle, denn es bereitet mir Freude. **Er** bereitet mir Freude.
Der Holunderbaum, denke ich, als ich mich oberhalb des Hanges wieder aufrichte, kommt durch meinen Beschnitt für die vielen Flöten langsam an seine Grenzen. Mehr darf ich ihn nicht mehr stutzen, muss ihm Zeit zur Erholung geben. Ich werde Bauer Kilian fragen, ob er eventuell den Standort eines anderen Holunders…
Der helle Knall trifft mich wie ein Peitschenhieb. Nicht besonders laut, aber trocken und scharf. Erschrocken bleibe ich stehen, lausche dem Geräusch nach. Was war das? Wo kam das her?
Noch ehe ich mir genau über die Richtung des Knalls im Klaren bin, beginne ich zu laufen. Und dann der Gedanke: Vinco!

Meine Beine werden schneller. Wie gut, dass wir diese Strecke schon etliche Male zurückgelegt haben, ich mich also auskenne, aber dennoch ist es ein Unterschied, ob ich bei Dunkelheit zwischen Bäumen **gehe** oder ob ich **renne**, renne, immer schneller renne. Ich streife Baumstämme, laufe in Äste hinein, aber ich breche mit Gewalt hindurch, zerkratze mir Gesicht und Hände. Ein Pfiff. Ich stoße unseren Pfiff aus. Vincos Pfiff.
Herrgott, wie weit ist es denn noch bis zur Grenze? Jetzt schreie ich seinen Namen: **Viiinnncccooo!**
Dann sehe ich ihn. Ist er es überhaupt? Natürlich, wer soll es denn sonst sein? Aber er ...wie geht er denn? Er keucht, er röchelt schwer. Er kommt auf mich zu. Mit den Vorderpfoten. Die Hinterbeine schleift er hinter sich her. Ich bin bei ihm.
Ich zwinge ihn, sich auf die Seite zu legen, aber er will nicht liegen, versucht immer wieder aufzustehen. Mit den Vorderbeinen. Die Hinterbeine liegen auf dem Waldboden. Er **muss** liegen bleiben. Ich presse ihn mit einer Hand auf den feuchten Boden, schaue ihn mir an, untersuche ihn. An der linken Hinterhand glänzt ein dunkler Fleck. Blut?
Der Knall? Ein Schuss? Auf Vinco? Blut?
Ach, mein Vinco.
Ich weiß nicht, was ich tun soll. Weiß nicht, ob richtig ist, was ich tue.

Ich stelle ihn auf die Vorderbeine, schiebe meinen Kopf unter seiner Brust hindurch. Dann halte ich mit einer Hand die beiden Vorderbeine fest und wuchte mich in die Höhe, dass er mit dem Rumpf auf meinen Schultern liegt.
So laufe ich mit ihm zurück. Durch den Wald. Den Hang am Wasserfall rutsche ich auf dem Hosenboden hinunter. Keuche weiter. Zu unserem Bauwagen. Die ganze Zeit höre ich ihn röcheln. Tut mir leid, Alter, da musst du jetzt durch.
Im Bauwagen. Ich lege ihn vor den Kochherd. Ja. Er blutet stark. Eine Wunde am Hinterlauf. Er blutet auch auf der anderen Seite. Zwei Wunden? Durchschuss?
Mit fahrigen Händen reiße ich Verbandsmaterial aus der Erste-Hilfe-Box. In fiebriger Eile wickle ich den Verbandsstreifen um seinen Hinterleib um wenigstens die Blutung zu reduzieren oder zu stoppen. Er lässt es widerstandslos mit sich geschehen. Gut, Vinco. Dann bist du bereit für die nächste Höllentour.
Wieder lege ich ihn mir über die Schultern. Ich weiß es nicht besser, kann es nicht besser, aber ich nehme mein Fahrrad, steige auf und fahre los. Ein paar Meter steigt der Weg an, aber danach geht es nur noch abwärts, und der Weg, die Straße sind gut befahrbar.
Soll ich Bauer Kilian aus dem Bett klingeln und sein Auto nehmen? Ich entscheide mich dagegen, denn bis ich zu ihm abgebogen bin,

bin ich auch schon fast in Floßwieden. Dort gibt es einen Tierarzt, das weiß ich.
Es wird schon Tag, als Doktor Fiechtner die Tür zur Praxis aufschließt.
Vinco hat die Augen geschlossen, aber er atmet.
Durchschuss, diagnostiziert Doktor Fiechtner.
Und?, frage ich, was heißt das?
Vielleicht hat er innere Verletzungen.
Ja, und?
Abwarten. Muss erst geröntgt werden. Er bekommt jetzt zuerst eine Beruhigungsspritze und eine Spritze gegen Schmerzen. Warten Sie doch bitte draußen.
Ich warte nicht draußen. Ich bleibe hier.
Er hat keine Steuermarke, moniert der Doktor.
Arschloch, denke ich.
Ich bleibe bei ihm, sage ich.

Doktor Fiechtner fährt ihn höchstpersönlich in die Tierklinik nach Klahr am Rhein. Er läßt mich gnädigerweise mitfahren. Er kann die notwendige Operation nicht in seiner Praxis ausführen. Zu kompliziert, sagt er.
„In der Klinik können sie das. Ist aber nicht billig. Haben Sie Geld?"
Ich habe Geld.
Während Vinco operiert wird, warte ich im Foyer der Tierklinik. Das Personal an der Empfangstheke beobachtet mich misstrauisch. Eine junge Frau kommt lächelnd auf mich zu. Ob

ich mich waschen möchte, fragt sie. "Sie sind blutverschmiert."
Sie führt mich zu einem Waschraum.
Im Spiegel erkenne ich das Ausmaß. Jacke, Pullover und Hose sind mit Vincos Blut verschmiert. Ebenfalls mein Haar, Gesicht und Hände. Ich wasche das Blut von der Haut. Aus den Kleidern kriege ich es nicht.
Vom Empfang aus darf ich telefonieren. Ich bitte meinen Treuhänder, umgehend eine größere Summe auf mein Konto zu überweisen, sodass ich sofort darauf Zugriff haben kann.
Ich höre jemanden meinen Namen rufen. Ein Arzt begleitet mich in den OP-Raum. Vinco liegt noch auf dem OP-Tisch, doch schon mit dickem Verband um den Hinterleib. OP gelungen, Blutung im Bauchraum gestoppt. Der linke Schenkel wurde durchschossen, dann drang die Kugel durch den Hinterleib, trat aus dem Körper und durchschlug den Mittelfuß. Also ein Schuss von schräg oben. Er steht noch unter Narkose. Er wird einige Tage hierbleiben müssen.
In einem Kleiderladen kaufe ich mit der EC-Karte Jacke, Hose, Hemd in grau, ziehe die Sachen gleich an. Buche ein Hotelzimmer für eine Nacht. Kann nicht schlafen.
Am nächsten Tag: Vinco ist wach. Sein Schwanz klopft aufgeregt auf das Pölster, auf dem er liegt. Ich bleibe einige Stunden bei ihm. Dann reiße ich mich los und suche ein

Taxi, das EC-Kartenzahlung akzeptiert und lasse mich bis zur Schranke im Siefenbachtal fahren.
Schuss von schräg oben.
Das **kann** nur vom Hochsitz aus gewesen sein.
Am Bauwagen lege ich nur einen kurzen Zwischenstopp ein, um meinen Rucksack und einen Knüppel zu holen. Was genau ich mit dem Knüppel will, ist mir nicht klar, aber ich habe das Bedürfnis, einen dabei zu haben und eventuell zu benutzen. Schnurstracks steige ich dem Siefenbach nach, die gleiche Strecke wie gestern früh. Ich finde die Stelle wieder, an der ich Vinco verletzt gefunden habe. Von dort aus gehe ich gebückt und suche nach Vincos Blutspur. Aber die Schleifspur von seinen Hinterbeinen ist mehr als deutlich, sodass ich die Suche nach Blut aufgebe. Dann stehe ich an der Stelle, wo die Schleifspur beginnt. Hier wurde er angeschossen. Und dort, nur etwa zwanzig Meter entfernt, ragt der Hochsitz empor.
Soll ich nach einem Projektil suchen?
Ja, das soll ich, denn ich kann die Richtung der Ziellinie ziemlich zuverlässig und genau nachvollziehen. Mit einem Taschenmesser hacke ich den Boden auf und zerkrümle die freigelegte Erde zwischen den Fingern. Ja, verdammt, Scheißarbeit, aber ich mache es nicht für mich.
Und doch auch wieder für mich, weil ich den Schützen erwischen will, und stünde er zur Se-

kunde hier, würde ich ihn mit dem Knüppel erschlagen. Ich grabe dort, wo ich meine, dass es rötlich schimmert, als hätte man mit einer Spraydose hingesprüht. Vincos Blut? Das wird doch die Stelle sein, oder?
Als ich schon nicht mehr daran glauben will, halte ich es plötzlich in der hohlen Hand. Das Projektil.
Ich triumphiere. Doch ist es kein Gefühl aus Freude, sondern aus Zorn und dem Wunsch, Vergeltung zu üben.
Fast schon in fiebriger Hast und blindem Eifer springe ich unter den Bäumen hervor und auf den Weg hinaus. Nehme den Hochsitz ins Visier. Etwas sickert in meinen Kopf, nistet sich ein, breitet sich aus. Ich weiß, dass es Gift ist und ich fühle sofort, dass es mir nicht gut tun wird, doch lasse ich es zu.
In Höhe des Hochsitzes entdecke ich eine Spur in der weichen Erde. Das Profil eines Autoreifens, so plastisch schön wie in Knetmasse gedrückt. Hat hier das Auto des Schützen gestanden? Mein Verlangen nach Beweisen ist noch nicht gestillt, und diese Spur kann ein Beweis sein. Ich werde wiederkommen. Mit Gips. Ich werde diese Reifenspur mit Gips ausgießen. Heute nicht mehr. Aber morgen. Ich decke den prägnantesten Teil der Spur mit einer aufgetrennten Papiereinkaufstasche zu, von denen ich immer einige im Rucksack dabei habe, beschwere sie an den Ecken, damit der Wind sie

nicht verweht. Morgen also. Denn heute muss ich wieder zu Vinco.

Es geht bereits auf den Abend zu. Bauer Kilian fährt bis Klahr am Rhein mit. Es kommt ihm gerade zupass, denn so kann er Einkäufe erledigen, die seine Frau ihm aufgetragen hat. Der Supermarkt, sagt er, hat bis zwanzig Uhr geöffnet. Er sagt, dass er später gleichfalls in der Tierklinik vorbeischauen will.
Schon als ich am Empfangstresen vorbei und in den Praxisbereich eilen möchte, kann ich die Bedrückung mit Händen greifen. Am liebsten, scheint mir, würden sich die drei Damen hinter dem Tresen unsichtbar machen, doch die junge Frau, die mir gestern den Waschraum angeboten hat, gibt sich einen Ruck und winkt mich zu sich. Ihre Augen schimmern feucht.
Nein, denke ich. Nein.
Vinco ist tot.
Gestorben, als ich nicht bei ihm war. Gestorben, während ich es für nötiger gehalten hatte, Beweise zu sammeln und meine Wut zu kultivieren, anstatt bei ihm zu sein.
Die junge Frau begleitet mich zu ihm. Er liegt, mit einem Tuch zugedeckt, auf einem blanken Tisch aus Edelstahl. Die Frau bleibt diskret neben der Tür stehen, während ich zu dem leblosen Körper gehe und das Tuch abnehme. Vinco. Mein Vinco.

Über die nächsten zwei Stunden weiß ich fast nichts mehr. Bauer Kilian hat mir hinterher gesagt, dass er mich vor der Tierklinik auf einer Sitzbank aufgefunden hat, Vinco, eingewickelt in ein Tuch, auf dem Schoß.
Er hat mich in sein Auto geladen und bis zur Schranke im Siefenbachtal gefahren. Von dort aus habe ich Vinco auf den Schultern zu meinem Bauwagen getragen. Am folgenden Tag bestatte ich ihn in der Nähe des Bauwagens. Danach falle ich in schwarze Nacht.
Ob und wie ich die Rechnung für Vincos Operation bezahlt habe, ließ ich mir Tage später, vom öffentlichen Apparat in der Floßwiedener Poststelle aus, telefonisch bestätigen. „Alles in Ordnung", hieß es.
Aber nichts war mehr in Ordnung.

August 2015, *Magerbüchel*

Wo blieb nur die Zeit? Schon wieder ging es auf Abend zu. Wir legten *Zachs* Tagebuch zur Seite. Elke streckte die Arme über den Kopf und stöhnte.

„Boaah, mir flimmert´s vor den Augen. *Zachs* Schrift ist nicht einfach zu lesen. Ich brauche ein bisschen Bewegung. Mal sehen, was Chiara unter *Trödeln* versteht."

Sie stand auf, ging zur Tür, öffnete sie. Von unten, die Treppe herauf, tönten grässliche Klänge, als würde jemand eine Katze quälen, wobei ich keine Ahnung hatte, wie eine gequälte Katze klingt, denn ich hatte nie Katzen gequält. **Plamm, plamm, ploing, ploooiiing, zäng, zäng plang, ploingggg ...**

„Matis, komm´ bitte mal runter", rief Elke mit gepresster Stimme. Sie wartete am Fuß der Treppe. „Das musst du dir ansehen."

Wir schlichen zu Chiaras Wohnecke. **Pling, Plang, Ploing**. Chiara hockte auf ihrem Bett, eine Gitarre auf den Schenkeln. Ich erkannte das Instrument wieder. Es war Vaters alte Gitarre, die er in seiner Jugendzeit gespielt hatte, noch bevor ich geboren wurde. Ich hatte ihn nie spielen gehört, aber nachdem er gestorben war, war sie mir zu schade zum Wegwerfen. Ich hatte sie in den kleinen Raum neben dem Bücherlager verbannt, in dem früher die Milchkannen aufbewahrt wurden, wo der Motor für die Melkmaschine an der Wand hing und die Zentrifuge für die Rahmherstellung untergebracht war. Ich hatte die Gitarre völlig aus dem Gedächtnis verloren. Soweit ich mich erinnerte, war sie mit Stahlsaiten bespannt, und eine oder zwei Saiten waren gerissen. **Plamm, plamm, zoing, zoooiiinnnggg ...**

Chiara bemerkte uns. „Das ist ja supergeil", jubelte sie. **Pling. Ploing, plamm**. „Eine echte Gitarre. Wem gehört die denn? Etwa dir, Matis? Kann ich sie haben?"

Beim Abendessen stand Chiaras Mund nicht still. „Ich werde Gitarre spielen lernen. Im Internet gibt es Kurse zum Downloaden. Oder ich gehe nach der Schule zum

Gitarrenunterricht in *Durlangen*. Vielleicht gründe ich eine Band, wir spielen eigene Songs, werden berühmt und all das. Auf *YouTube* machen das viele. Oder ich werde Solistin, Singer-Songwriterin, dann heimse ich den ganzen Erfolg für mich alleine ein, gehe auf Tournee, Deutschland, um die Welt. Ich sehe es schon vor mir, die Plakate mit meinem Namen. Chiara Weishaupt im Olympiastadion, als Vorgruppe die *Rolling Stones* oder *U2*, hahaha, meine Schulfreundinnen werden vor Neid platzen, ich nehme ein erstes Album auf, das wird der Renner, mega, sag´ ich euch, was ich anziehe wird der neue Trend, alle wollen meine Klamotten, meine Frisur, mein Make-up, Mama, und von meiner ersten Million kaufe ich dir eine Villa mit Pool, pardon, dir und Matis natürlich, und einen *Rolls* mit Chauffeur, Matis, du brauchst dir nicht mehr die Tage auf den Märkten um die Ohren schlagen. Ja, genau. Habt ihr nicht gedacht, dass eure Tochter ein Star ist, ach was, Star, ein Weltstar, und wenn *Prinz Harry* einmal heiraten wird, wen auch immer, singe ich in der Kirche seinen Lieblingssong, der natürlich aus meiner Feder stammt. Oder ich singe Folk- und Protestsongs wie *Joan Baez*, bei einer Neuauflage des Woodstockfestivals stehe ich vor hunderttausend Menschen allein mit meiner Gitarre auf der Bühne, huch, ich bekomme jetzt schon eine Gänsehaut, wenn ich nur daran denke, und alle alle hängen an meinen Lippen ..."

Nun, es war nicht so, dass Chiara ein naives junges Mädchen war. Nur plapperte sie halt gern, und wenn sie einmal so im Fluss war, blühte ihre Fantasie auf und ging mit ihr durch.

„Und die Hunderttausend stellen fest, dass du überhaupt keine Gitarre hast?", wirft Elke fragend ein.

„Wie, keine Gitarre habe?" Chiara guckt perplex aus der Wäsche.

„Nun, ich habe nicht gehört, dass Matis dir die Gitarre geliehen oder gar geschenkt hat."

Chiaras Gesicht verwandelte sich von euphorisch gehobener Stimmung in abgrundtiefe Fassungslosigkeit, und ich konnte mein mühsam unterdrücktes Lachen nicht mehr zurückhalten.

„Haa, haa, haa", wehrte sich Chiara, „ich habe gefragt, ob ich die Gitarre haben kann, und weil du nichts gesagt hast, Matis, habe ich es für Zustimmung gehalten."

„Ich mach´ dir einen Vorschlag: Nächsten Samstag ist Flohmarkt in *Durlangen*. Du fährst mit, und bei der Gelegenheit zeigst du die Gitarre *Musik-Heller*. Er soll die Gitarre mal ansehen, ob sie überhaupt was taugt. Es fehlen doch sowieso Saiten."

Sie zog eine Schnute. „Erst am Samstag?"

„Tja, oder du fährst morgen mit dem Bus", sagte ich, dabei fiel mir ein: „Ach nee, in den Ferien fahren keine Busse."

„Siehste!"

„Dann machen wir es so. Du fährst morgen mit nach *Glastobel* zum Haus Gutekunst, hilfst beim Einpacken, zu Hause wieder beim Auspacken, und anschließend fahren wir nach *Durlangen* zu *Musik-Heller*. Einverstanden?"

„Puuuh", machte Chiara und tat so, als würde sie mit dem Arm Schweiß von der Stirne wischen. „Das war knapp. Sonst würde es mit eurer Villa nämlich nichts werden."

Herr Gutekunst besaß die Gabe, uns im Weg zu stehen. Ständig musste man sagen: *Pardon, darf ich mal hier durch?*, oder *Entschuldigung, ich müsste kurz dahin*. Vielleicht vermutete er, dass wir beim Ausräumen der Regale verborgene Schätze entdecken könnten und sie unterschlagen würden.
„Gib ihm endlich das Geld", flüsterte mir Elke zu, „dann verduftet er hoffentlich."
Womit sie den Nagel auf den Kopf getroffen hatte. Denn kaum hatte er die zweitausend Euro penibel nachgezählt, empfahl er sich mit den Worten: „Wenn Sie fertig sind, ziehen Sie die Haustür hinter sich zu und werfen den Schlüssel in den Briefkasten."
Wir trugen fünfundzwanzig Kartons mit ungefähr vierzig Büchern pro Karton aus dem kleinen Haus in *Glastobel*, und die gleiche Anzahl in *Magerbüchel* ins Bücherlager. Dank Chiaras Unterstützung waren wir früher fertig als veranschlagt. Es machte Spaß, mit ihr zu arbeiten, denn sie nörgelte nicht herum und war stets gut gelaunt. Ich glaube, dass sie mit ihrer neuen Familie recht glücklich war.
Nach der Anstrengung tranken Elke und ich einen Kaffee und rauchten auf dem Balkon. Chiara zappelte herum. Als sie das Ritual des Kaffeeschlürfens nicht mehr aushalten wollte, baute sie sich vor mir auf.
„Was ist nun, Matis. *Durlangen*, you remember? *Musik-Heller*, you know?"

„Chiara, sag´ mal. Was ist das für eine Art? Matis ist doch nicht dein Kuli", rügte Elke.

„Aber mein Papa. Zumindest so gut wie."

Elke blieb die Luft weg. Ich schnaufte durch: „Okay. Versprochen ist versprochen. Hol´ die Klampfe, dann fahren wir. Kommst du mit, Elke?"

Sie winkte ab. „Macht das mal alleine, Vater und Tochter. Ich muss mich ausruhen."

„Nicht *Vater und Tochter*", monierte Chiara. „Wenn schon, dann Papa und Tochter. Das ist ein Unterschied. Vater sein kann jeder. Aber Papa gibt es nur einen."

Musik-Heller lag in der *Friedrich-Ebert-Straße*. Als wir den Laden betraten, war niemand zu sehen. Ich öffnete ein zweites Mal die Eingangstür, damit die Glocke ertönte. Aus einem der hinteren Räume erschien, einen Arm am Krückstock, ein älterer Herr mit gelockten grauen Haaren.

„Guten Tag, kann ich Ihnen helfen?"

„Ja", sagte ich, „meine Tochter hier hat eine alte Gitarre aufgestöbert. Können Sie sich das Instrument bitte mal ansehen? Ob es spielbar ist?"

Der Mann lehnte den Krückstock an eine Wand und nahm die Gitarre in die Hände. Ich fragte nebenbei, ob er der Geschäftsinhaber sei. „Ja, Philipp Heller", sagte er. Heller drehte und wendete die Gitarre, guckte in das Schallloch, drehte an den Wirbeln, klopfte auf den Korpus, besah den Steg, den Sattel und die Bünde.

„Sie ist leicht", murmelte er. „Gitarren verlieren mit den Jahren an Gewicht. Auch wenn beim Gitarrenbau trockene Hölzer verwendet werden, so steckt immer noch eine Restfeuchtigkeit drin, die mit den Jahren verflüchtigt. Je älter eine Gitarre ist, desto leichter." Er legte eine kurze Pause ein. „Es ist eine spanische Gitarre. Spanisch heißt nicht gleich Flamenco. Es besagt lediglich, dass sie in Spanien gebaut wurde, und zwar von der Firma Rodriguez in Madrid, 1957, wie man im Schallloch ablesen kann. Eine ziemlich renommierte Firma. Die Gitarre wurde wenig gespielt. Die Bünde sind alle noch in Ordnung. Die Wirbel würde ich etwas gefügiger machen. Tropfen Öl überall hin und ein paarmal durchdrehen. Und ich empfehle Nylonsaiten anstatt der Stahlsaiten. Durchaus ein schönes Instrument. Gute Qualität. Perfekte Verarbeitung. Reinigen Sie den Korpus und ölen Sie ihn mit speziellem Öl ein bisschen ein. Auch das Griffbrett. Mit einem weichen Tuch einölen. Wünschen Sie, dass ich das für Sie mache?"

„Auf gar keinen Fall", beeilte sich Chiara zu sagen. „Schließlich ist es mein Baby. Wir kaufen einen Satz Nylonsaiten und das Öl, und noch einen Gitarrenkurs für Anfänger. Gell, Papa?"

Philipp Heller zeigte ihr freundlicherweise und mit einem Lächeln in den Augen, wie die Saiten am Steg befestigt werden, empfahl ihr die seiner Meinung nach beste Lektüre, um Gitarre spielen zu lernen, und stellte ein Fläschchen Öl auf den Tisch. „Der Papa bezahlt?", fragte er listig.

Ich bezahlte, doch ohne Zähneknirschen, wie Philipp Heller vielleicht vermutet hatte.

„Matis, ich ...danke."

Sie brauchte nicht zu erklären, welche Worte in der kurzen Pause zwischen *ich* und *...danke* ungesagt blieben. Aber gerade das Unausgesprochene machte mich sehr glücklich. Dann kam jedoch noch etwas hinterher:

„Matis, das mit dem Papa - ach, du weißt schon, oder?"

„Ich weiß", sagte ich. „Es ist mir eine Ehre, und ich nehme die Wahl an."

Da ich wegen meiner häufigen Abwesenheit keine Zeitung abonniert hatte, informierte ich mich nur gelegentlich in den gedruckten Medien. Auf dem Weg von *Musik-Heller* zum Auto kamen wir an einem Kiosk vorbei. Die fette Schlagzeile der *Badischen Presse* sprang mir direkt ins Auge. **Mann in seinem Auto verbrannt. Polizei schließt Anschlag nicht aus.** Darunter ein Bild von einem ausgebrannten Personenwagen. Es muss einmal ein *BMW SUV* gewesen sein, aber sicher war ich mir nicht.

Ich zog die Zeitung aus dem Verkaufsständer und legte zwei Euro auf den Teller beim Tresen.

Mit zitternden Fingern las ich den Artikel auf der Titelseite und blätterte zur ausführlichen Berichterstattung zum Regionalteil. Ich täuschte mich nicht. Es war von *Kirchenrottach* die Rede. Am Sonntagmorgen gab es in der *Platanenstraße* eine explosionsartige Detonation. Das Auto eines ortsansässigen Steuerberaters brannte beim Eintreffen der Feuerwehr lichterloh. Trotz Löschversuchen der Feuerwehr konnte nicht verhindert werden, dass der Wagen völlig zerstört wurde. Im Fahrzeuginneren wurde der Körper eines Mannes entdeckt, der bis zur Unkenntlichkeit verbrannt war. Ob es sich um den Fahrzeughalter und Besitzer des Anwesens handelte, auf dem der Brand stattgefunden hatte, muss abschließend noch geklärt werden. Was den Fahrzeugbrand verursacht hatte, wird durch Spezialisten der Feuerwehr und der Polizei ermittelt. Zeugenbefragungen werden durchgeführt.

Das, dachte ich, *ist eine andere Dimension.*

Man verwies darauf, dass es vor Jahren schon einmal einen Fahrzeugbrand auf dem betroffenen Anwesen gegeben hatte und spekulierte natürlich auf einen eventuellen Zusammenhang.

„Ist was passiert?", fragte Chiara.

„Ja", antwortete ich. „Komm´, wir besprechen das mit Mama."

Elke war fassungslos. „Nicht, dass ich sowas geahnt hätte. Himmel nochmal, auch wenn Viktor ein Kotzbrocken war – das hat er nicht verdient. Aber dass die Geschichte nicht gut ausgehen konnte, war mit den Händen zu greifen. Auf was hat sich Viviane da bloß eingelassen? Und wir wissen nicht, wo sie sich jetzt aufhält."

„Du traust die Tat *Zach* also zu?", fragte ich, obwohl ich ihre Antwort im Voraus kannte.

„Du doch auch, oder etwa nicht? War sein Auftritt, als er das Tagebuch hiergelassen hat, nicht schon gespenstisch genug?"

Ich konnte ihr nur zustimmen.

„Dann ist Céline mit ihrer komischen Oma jetzt allein", stellte Chiara fest.

Elke nickte. „Wenn man davon ausgeht, dass es sich bei dem Toten um Viktor handelt, und wer sollte daran zweifeln, schon. Ja."

„Darüber, dass Viviane vermisst oder nach ihr gesucht wird, steht nichts in dem Artikel", sagte ich.

Elke kratzte sich am Kopf. „Matis, was sollen wir tun?"

„Ich weiß, was du meinst. Ich werde nachher gleich die Polizei anrufen."

„Im Ernst?"

„Ja. Wenn es Mord war, werden sie sowieso nach Viviane fahnden, und dazu werden sie auch Freunde befragen. Man wird früher oder später auf dich zurückkommen. Und auf mich. *Zachs* Tagebuch wird für die Ermittler von enormem Interesse sein."

„Aber wir haben es doch noch gar nicht ganz gelesen", reklamierte Elke.

„Deswegen fertigen wir für uns Kopien von den Seiten an, die wir noch nicht gelesen haben."

„Kann ich das machen?", zappelte Chiara.

Elke suchte ihr die Blätter ab Oktober/November 1998 heraus. „Du weißt ja, wie der Kopierer funktioniert, oder?"

„Also Mama!"

Ich nahm ein Blatt Papier und stellte eine Liste der Daten zusammen, die im Zusammenhang mit *Zachs* erstem Auftreten standen.

18. Juli   *Flohmarkt in* Durlangen. *Ich glaube* Zach *erkannt zu haben.*

19. Juli	*Elkes erster Besuch bei mir in* Magerbüchel.
	Viviane findet im Briefkasten ihres Hauses ein Halstuch, das sie Zach *einst geschenkt hatte.*
20. – 24. Juli	*Hochrheintour Jahrmärkte*
25. Juli	*Elke mit Viviane bei mir in* Magerbüchel.
26. Juli	*Buchhaltung Hochrheintour. Erstes Mal in Elkes Wohnung in* Kirchenrottach. *Lerne Chiara kennen.*
	Viviane kommt zu Besuch.
27. Juli	*Wanderung zu* Zachs *Lichtung im* Siefenbachtal. *Fotos. Vivianes Brief deponiert.*
	Möbel kaufen mit Elke und Chiara.
29. – 31. Juli	*Jahrmärkte* Langensteinbach, Gernsbach, Untergrombach.
01. August	*Ferienbeginn mit Elke und Chiara.*
	Gutekunst Anruf Glastobel.
	Mit Elke zu Zachs *Lichtung gewandert, Vivianes Brief weg.*
	Viktor sucht Viviane in Magerbüchel. *Vermisstenanzeige.*
02. August	*Viviane und Zach mit Unimog in* Magerbüchel. *Tagebuch erhalten.*
	Abreise der beiden, aber wohin?
	Region Belfort in Frankreich?
	Viktor durch Brandanschlag? ums Leben gekommen.

03. August   Gutekunsts Bücher abgeholt.
08. August   Flohmarkt in Durlangen.

So in etwa, dachte ich, *kommt es hin.*

Chiara war nach ungefähr einer Stunde mit dem Kopieren der ungelesenen Tagebuchseiten fertig.

Dafür, dass ich vor der ungefähren Stunde noch forsch angekündigt hatte, die Polizei verständigen zu wollen, überfielen mich nun wieder erhebliche Zweifel an dieser Absicht. Mein Gewissen pendelte zwischen Loyalität und Verrat hin und her, und alleine bekam ich es nicht in den Griff.

„Elke?"

„Ohje. An deinem Tonfall erkenne ich schon, dass du in Nöten steckst."

„Ja, ich schwanke zwischen meiner Sympathie für die unglücklich Verliebten und dem überaus lästigen Akt von Pflichterfüllung. Ich komme da nicht raus."

„Komm´, wir rauchen auf dem Balkon eine Zigarette und trinken einen Kognak. Ich glaube, dass wir uns den genehmigen dürfen."

Wir gingen hinaus, setzten uns auf die Sessel, und bald steckten wir die Nasen in die bauchigen Gläser.

„Dein Bauch sagt, dass wir der Natur ihren Lauf lassen sollen. Dein Verstand sagt, dass keine Liebe der Welt einen Mord entschuldigt."

„Wenn es Mord war, wovon ich eigentlich ausgehe. Ja, in dem Zwiespalt hänge ich fest."

„Gibt es in deiner schwarzen Seele nicht auch einen Ort, an dem du die Lizenz für Mord hinterlegt hast?"

Ich sank etwas tiefer in den Sessel, weil ich die Frage nicht absolut reinen Gewissens beantworten konnte. Vielleicht schlummerte in irgendeinem finsteren Abgrund tatsächlich eine Bestie in mir, die bei gewissen unvorstellbaren Szenarien erwachen und zuschlagen würde. Eine dunkle Ader besitzt wahrscheinlich jeder. Was ich mir jedoch nicht vorstellen konnte, war, dass ich mit Vorsatz einen Mord begehen könnte.

Ein Auto so zu präparieren, dass es beim Aktivieren der Zündung explodiert, das kann man nicht unter Affekthandlung ablegen. So etwas ist geplant, verlangt Vorbereitung, und das ist Vorsatz. Aber ob *Zach* zu solch einer Tat fähig wäre? Der Tierfreund? Der Naturschützer?

„Nenne mir die klügsten Sprüche der Welt, und sie werden mich keinen Schritt weiterbringen. Gib mir die schlauesten Antworten, und sie werden mich von einer eigenen Entscheidung nicht entbinden. Im Grunde weiß ich, was Recht ist, und was richtig ist. Ich denke weniger an *Zach*, als an Viviane. Sie ist vermutlich diejenige, die geschützt werden muss. Wenn ich mir ihr jahrelanges Martyrium unter Viktors Herrschaft vorstelle, dann kann ich nur hoffen, dass es beendet ist."

„Und wenn es nicht beendet ist?", fragte Elke mit beinahe lauerndem Unterton, der mich aufhorchen ließ.

„Ja, weiter, Elke. Was meinst du damit?"

„Sie wirkte zuletzt nicht gerade so, als würde ihr eine fröhliche und unbeschwerte Zukunft winken."

„Naja, aber *Zach*, ihre große Liebe ist doch wieder da."

„Woher wissen wir, ob er es ist? Ob er **der** *Zach* ist, den sie einst geliebt hat?"

Wir einigten uns, dass wir mit dem Anruf bei der Polizei noch warten würden. Auf eigene Verantwortung.

*

Um Gutekunsts zirka tausendbändigen Büchernachlass in mein Lagerverzeichnis aufzunehmen und bei ungefähr zwei Dritteln des Bestandes einen antiquarischen Wert zu ermitteln, brauchten wir vier geschlagene Tage. Ohne Elke und Chiara, schätzte ich, wäre der halbe Monat August dafür draufgegangen. Es gab freilich Hilfsmittel, wie zum Beispiel das *Zentrales Verzeichnis Antiquarischer Bücher*, oder *booklooker*, und manchmal half eigene langjährige Erfahrung, dennoch war es eine Fleißarbeit, jedes einzelne Exemplar zu prüfen.

Freitagnachmittag waren wir endlich fertig. Ich rief umgehend Herr Gutekunst an und teilte ihm mit, dass er nach Durchsicht und Schätzung seiner Bücher mit einer Nachzahlung von vierhundert Euro rechnen dürfe. Da er wohl nicht damit gerechnet hatte, freute er sich doppelt. Klar.

Dann richteten wir den Bücheranhänger für den monatlichen Flohmarkt in *Durlangen* her. Chiara war nicht zu überreden, mitzukommen. Sie hatte ein Rendezvous mit ihrer Gitarre.

„Wenn ihr morgen Abend wiederkommt, spiele ich euch den ersten Song vor."

Elke würde mich begleiten. Gemeinsam bereiteten wir die Kühltasche mit Getränken und belegten Broten vor. Dazu, was wir annähernd eine Woche lang vernachlässigt und außer Acht gelassen hatten: *Zachs* Tagebuch.

Oktober/November 1998

Vinco ist tot.
Ich kann nichts anderes denken. Vinco ist tot.
Ich liege auf dem Bett im Bauwagen. Es ist kalt. Ich heize nicht. Ich friere nicht.
Es ist dunkel, es ist grau. Ich zünde kein Licht an. Ich sehe nicht.
Das Brot ist schimmlig. Es ist mir egal. Ich habe keinen Hunger.
Einmal klopft es an die Tür. Zwei Augen, die durch ein Fenster schauen. Bauer Kilian. Er ruft. Ich antworte nicht.
Noch ist die Trauer stärker als der Wille, aufzustehen und weiterzumachen. Noch ist das Leid mächtiger als der Hass. Die Trostlosigkeit ist allumfassend. Sie raubt die Energie und die Lust und die Vernunft. Ich denke daran, aufzugeben.
Als ich vom Plumpsklo zurückkomme, sehe ich die Flasche neben der Tür stehen. Ein Liter Schnaps. Selbstgebrannt. Eine Dose Wurst. Ein Laib Brot. Von Bauer Kilian.

Ich trinke keinen Alkohol, aber diese Flasche kommt mir vor wie ein Rettungsring auf tiefem Meer. Sie wird mir helfen, die Hölle zu durchqueren.
Ich betrinke mich, ich erbreche mich. Ich betrinke und erbreche mich. Zwei lange Tage. Dann ist die Flasche leer, und mir ist so speiübel, dass ich mich nach Besserung sehne. Das ist der Anfang vom Auferstehen.

Ich habe die voranstehenden Zeilen später geschrieben, zu einer Zeit, in der ich die Zukunft wieder ins Auge fasse.
Der erste Gang führt mich zu Bauer Kilian, wo ich einkaufe und den Schnaps, das Brot und die Wurst bezahle. Ich frage, ob er weiß, wem das Gelände hinter meinem Wald gehört und wer das Jagdrecht dort hat. Er ist nicht sicher, meint aber, dass das Gebiet zur Gemeinde Sanderhofen zählt. Den Jagdpächter kennt er nicht. Ich bitte ihn um sein Auto, denn mein Fahrrad steht noch bei Dr. Fiechtner in Floßwieden. Zudem gibt es dort einen kleinen Baustoffhandel, wo ich mir ein Säckchen Gips besorgen möchte.

Seit Vincos Tod ist über eine Woche vergangen und es ist November geworden.
Ich bin im Zweifel, ob es während meiner Trauerphase geregnet hat oder nicht, doch als ich zur Reifenspur beim Hochsitz komme, ist sie

besser erhalten als befürchtet. Ich mische Gips mit Wasser, klatsche den Teig in die Spur, verfestige ihn durch Andrücken mit der Hand - und warte ab, bis er trocken ist. Um die Wartezeit zu verkürzen, klettere ich über die grobe Leiter den Hochsitz hinauf. Die Sicht von hier oben mag für einen Jäger natürlich ideal sein, aber schon der weitere Gedanke an die Hinterhältigkeit dieser Art des Jagens treibt mir die Wut in die Augen. Vielleicht, bilde ich mir hinterher ein, hat es diese Wut in den Augen gebraucht, damit ich die Patronenhülse finden konnte, die in einer Ecke des Hochsitzes lag. Mit einem Holzstöckchen stochere ich sie auf ein Taschentuch und wickle sie ein.
Nach ungefähr einer halben Stunde halte ich den Gips für ausreichend ausgehärtet, um ihn vorsichtig aufnehmen zu können. Hängengebliebene Steinchen und Erdkrümel pople ich mit dem Fingernagel ab, und vor dem Bauwagen säubere ich den Abdruck gründlich mit dem Besen. Ob er mir wirklich nützt, wird sich erweisen.

Die Überlegungen, die ich anstelle, verlangen, dass ich mein gewohntes Einsiedlerleben teilweise verändere. Ich werde mich über die Grenzen meines Waldes bewegen müssen, und darum brauche ich zuallererst ein Auto. Bauer Kilian mit seinem Wagen möchte ich nicht

über Gebühr strapazieren, und mit dem Fahrrad komme ich nicht weit.
Wieder muss mein Treuhänder dran glauben. Ich erkläre ihm meinen Wunsch, und er sieht darin keine Probleme. Er besorgt einen gebrauchten Wagen und meldet ihn als Firmenwagen an. Anschaffungskosten, Steuern und Versicherung zieht er praktischerweise von meinem Vermögen ab. Ich brauche den Wagen nur noch bei ihm abholen. Das Ganze dauert keine drei Tage.
Die erste Fahrt mit dem quasi eigenen Auto bringt mich nach Sanderhofen, wo ich in Erfahrung bringe, dass das Gebiet östlich meines Waldes zur Gemarkung der Gemeinde gehört, wie Bauer Kilian vermutet hatte. Auf meine Frage, wer darauf das Jagdrecht ausübt, antwortet man mir zunächst mit der Gegenfrage, aus welchen Gründen mich das interessiert. Ich sage, dass es mich aus gutem Grund interessiert, denn ich beklage, dass die Reviergrenze nicht eingehalten wird, dass man angeschossenes Wild, das sich in meinen Wald flüchtet, bis nach dorthin verfolgt, beziehungsweise auf Wild, das sich in meinem Wald befindet, schießt, und zwar auch grenzüberschreitend.
Das Jagdrecht, erfahre ich, obliegt der Gemeinde. Im hiesigen Fall übt die Gemeinde das Jagdrecht allerdings nicht selber aus, sondern hat die Jagd an einen Pächter vergeben. Ich

bekomme Name, Adresse und Telefonnummer des Pächters, eines Herrn Probst in Karlsruhe.
„Probst? **Der** Probst? Probst, Hoch- und Tiefbau?", frage ich, obwohl ich weiß, dass ich keine Antwort erhalten werde.
Ich erhalte auch keine.
Womit ich beim nächsten Punkt bin, der meinen Status verletzt und meine Grundsätze ad absurdum führt: Ich brauche ein Telefon. Ich schwöre mir, dass es nur vorübergehend sein wird und dass ich es umgehend entsorge, sobald diese Sache geklärt ist.
In Durlangen bei Media-Wölker erstehe ich ein ganz normales Handy, groß wie ein Schuh und schwer wie ein Barren Blei. Verboten teuer. Ich will nicht wissen, welche arme Sau dieses Ding montieren musste. So ausgerüstet, fahre ich über Floßwieden ins Siefenbachtal zurück und stelle das Auto unterhalb der Schranke in einer Ausbuchtung ab.
Den Plan, die Pfosten des Hochsitzes anzusägen, habe ich bis auf Weiteres auf Eis gelegt. Ein Einsturz könnte immerhin Unbeteiligte treffen.

Beim ersten Versuch der Kontaktaufnahme mit Probst Hoch + Tief lande ich in der Zentrale. Der Chef, höre ich, sei nicht da, sei unterwegs auf einer Baustelle, wann er wieder im Hause sei, wisse man nicht, ich solle es zu einem späteren Zeitpunkt noch einmal probieren.

Ich warte eine Viertelstunde, wähle die gleiche Nummer, erhalte die gleiche Auskunft. Die Handynummer des Chefs will man mir nicht geben, aber man versucht mich zu ihm durchzustellen – der Teilnehmer ist vorübergehend nicht erreichbar.

So kann das ewig weitergehen, denke ich, man kommt an die Großkotze nicht heran.

Nächster Tag frühmorgens. Ich fahre nach Karlsruhe. Adresse: Probst Hoch + Tief. Das Firmengebäude ist ein Kubus aus Stahl und Glas. Am Empfang erfahre ich, dass der Chef nicht im Hause ist, dass er unterwegs auf einer Baustelle ...

Welche Baustelle, frage ich, und erkläre, dass es wichtig ist, dass ich ihn sprechen muss, privat, sehr wichtig und in seinem absoluten Interesse. Das zieht, und mir wird die Adresse einer Baustelle in Rastatt genannt. In Rastatt, also wieder in die Richtung, aus der ich gerade gekommen bin.

Ich kenne Herrn Probst nicht, weder persönlich noch vom Sehen, aber als ich nach einer schieren Odyssee mit etlichen Nachfragen die Baustelle endlich erreiche und eine Gruppe weißbehelmter Anzugsträger gerade knapp vor ihrer Abfahrt erwische, weiß ich sofort, welcher davon Probst ist. Der mit dem Wohlstandsleib, dem roten Haar, den Schweinsäuglein und den großen Schweißflecken unter den Achseln.

Er ist dabei, in einen dicken Mercedes SUV einzusteigen.

„Herr Probst", rufe ich, „auf ein Wort."

Ich sehe, wie er mich mustert und mich automatisch als nicht zu seiner Gehalts- und Gewichtsklasse gehörend einordnet. Folgerichtig duzt er mich. „Was willst du? Ich hab´ keine Zeit."

„Die Jagd", sage ich.

Er stutzt. „Was für eine Jagd?" Was kann solch ein abgerissener Typ wegen einer Jagd wollen?

„Ihre Jagd. Gemeinde Sanderhofen. Wie ich hörte, sind Sie der Jagdpächter dort."

„Ja und? Sag´ was du willst. Ich hab´ heute noch mehr zu tun."

„Sie jagen in meinem Revier", antworte ich provozierend.

Ein Bein bereits im Auto, nimmt er es wieder heraus. „So ein Schmarren. Wer sind Sie überhaupt? Welches Revier kann Ihnen schon gehören, hä?"

„Mir gehört der Wald westlich des Hochsitzes, und sie jagen über die Grenze hinweg in meinem Wald."

„Wann soll denn das gewesen sein, hä? Passen Sie auf, was Sie behaupten, sonst verklage ich Sie wegen übler Nachrede."

„Es war vor ungefähr zwei Wochen. Ende Oktober. Ich habe Beweise."

Er glotzt mich misstrauisch an. „Vor zwei Wochen war ich in Urlaub. Mir gehört zwar die

Jagd, aber ich habe auch einige Gastjäger. Was sollen denn das für Beweise sein?"
Ich nenne ihm das Projektil, die Patronenhülse, und ein totes Tier. Probst schwitzt. Er wirft ein Lutschbonbon ein, das seine Kiefer zermahlen.
„Wer von Ihren Gastjägern war vor zwei Wochen auf dem Hochsitz? Ich brauche nur einen Namen. Dann haben Sie Ruhe vor mir."
Probst steigt in den Mercedes, startet den Motor, zieht die Tür zu. Die Seitenfensterscheibe surrt elektrisch nach unten. Erster Gang. Der Wagen rollt schon, als er mir den Namen vor den Latz knallt.

Es ist Abend. Ich sitze im Bauwagen, wälze Gedanken. Jetzt, da ich den Namen kenne, sehe ich mich gezwungen, meine bisherige allgemeine Wut, die ich mit einem sogenannten Völkerball vergleichen möchte, in einen Pfeil umzuwandeln. Mit einer Spitze für ein konkretes Ziel. Wie will ich vorgehen?
Wie gesagt, kenne ich den Namen. Ich weiß, wer das ist. Ich weiß, wo er arbeitet und wo er wohnt. Ich möchte Schaden zufügen. Ihm. Ich will ihm das wegnehmen, an dem er am meisten hängt. Ausgenommen Kinder.
Letzte Zweifel melden sich an.
Ist es sinnvoller, all die Wut in einem kurzen heftigen Rausch hinter mich zu bringen, dabei vielleicht unorganisiert zu Werke zu gehen,

aber rasch zu einem absehbaren Ende zu gelangen? Oder ist es besser, den Zorn auf kleiner Flamme über längere Zeit zu köcheln und peu à peu Nadelstiche zu setzen, jedoch Gefahr laufend, auf Dauer selbst vom ewigen Hass aufgefressen und zermürbt zu werden?

Früher war es einfach, einen Hasenstall zu öffnen. Auch die Befreiung von Stopfgänsen war ein Leichtes. Es gab einen Plan und eine Aktion. Ende.

Ich gebe zu, dass ich Bedenken hege, wie ein Racheengel aufzutreten und verbrannte Erde hinter mir zurückzulassen.

Wie ich so sitze und sich in meinem Kopf Einfälle und Ideen und Pläne überstürzen, befällt mich plötzlich, wie aus dem Nichts daher geflogen, eine unheimliche Ruhe. Ich lehne mich zurück und stelle fest, dass mir nichts davonlaufen kann. Dass ich Zeit habe. Viel Zeit. Ich nehme mir vor, mir diese Zeit zu nehmen. Geduld zu haben.

Über diesem Entschluss schlafe ich ein.

Februar 1999

Der Winter mit seinen Gepflogenheiten kam mir sehr entgegen. War der Dezember permanent zu warm, mit Frühlingstemperaturen um Weihnachten, setzte ab Mitte Januar beständi-

ger Frost ein. Das Bisschen Schnee, das im Januar gefallen war, blieb lange liegen.
An meinem kleinen Wasserfall am hinteren Siefenbach hingen armdicke Eiszapfen, und meine Badewanne weiter unten am Bach war zugefroren, sodass ich zuerst ein Loch ins Eis schlagen musste, wenn ich Wasser holen wollte. Den Bauwagen verließ ich nur zu kurzen Verrichtungen. Ich ließ den Wald in der Winterruhe, und diese Ruhe übertrug sich auf mich.

Ende Februar befindet sich meine seelische Verfassung auf dem Niveau eines träge dahinfließenden Stromes. Ich bin erfüllt von einer fast heiteren Gelassenheit. Durch das Fenster des Bauwagens beobachte ich die Tiere, die meine Behausung nicht mehr als Fremdkörper in ihrem Reich betrachten. Morgens erblicke ich Rehe auf der Lichtung. Eine Rotte Wildschweine pflügt eine beträchtliche Fläche in der Nähe des Plumpsklos um. Unzählige Vögel stellen sich dort ein, wo ich Streufutter hingeworfen habe.

Am Marktplatz in Kirchenrottach herrscht mittags um ein Uhr tote Hose. Die Geschäfte sind geschlossen. Ich stehe unter dem Vordach der Metzgerei und überschaue den Platz. Schüler, die sich nach der Schule für gewöhnlich am Kiosk mit Süßigkeiten eindecken, sind keine mehr zu sehen.

Sein Büro liegt aus meiner Sicht verdeckt hinter dem Kiosk. Die Parkplätze davor sind alle belegt. Ein einziger SUV, ein Landrover, befindet sich darunter. Ich habe den Gipsabdruck dabei.

Ich wechsle die Straßenseite, das Büro jetzt im Blick. Ob er in seinem Büro ist, eventuell am Fenster sitzt, vermag ich nicht zu erkennen. Die Fenster sind geschlossen. Oder verbringt er die Mittagspause zu Hause? Er wohnt nicht weit vom Marktplatz entfernt. Ein modernes Einfamilienhaus in einer ruhigen Seitenstraße. Platanenstraße, wie ich weiß. Wenn ja, ginge er dann zu Fuß dorthin?

Ich gehe an der Reihe geparkter Autos entlang. Hinter dem Landrover angekommen, bücke ich mich, hole den Gipsabdruck aus der Leinentasche und halte ihn vergleichend neben den Reifen. Irgendwie komme ich mir ob der Methode total bescheuert vor, aber mein Abdruck ist eindeutig von einem dieser Reifen, wobei es sicher hunderte, wenn nicht tausende solcher Reifen gibt. Aber die Landrover in Kirchenrottach dürften gezählt sein.

Verstohlen schaue ich mich um. Hat mich jemand gesehen? Ich kann es nicht lassen, und keine Vernunft hält mich zurück: Mit meinem Taschenmesser steche ich einmal tief in den Reifen. **Für Vinco**.

Den Gipsabdruck wieder in meiner Tasche, schlendere ich unauffällig davon.

Die Platanenstraße, in der er wohnt, ist die Straße derer, die es geschafft haben. Schmucke, neue Häuschen, jedes nach individuellem Geschmack und Geldbeutel erbaut. Gepflegte Gärten, breite Einfahrten für große Autos. Die Straße ist eine Allee. Alter Baumbestand. Platanen mit mächtigen Stämmen. An einen dieser Stämme lehne ich mich. Ich komme wohl gerade zur rechten Zeit, denn soeben verlässt **er** das Haus, gefolgt von einer schlanken Frau mit sehr langen glatten braunen Haaren, ein kleines Kind auf dem Arm. Er scheint über etwas erregt zu sein, denn er redet im Gehen und unterstreicht das Gesagte durch heftige Armbewegungen. Dann dreht er sich zu ihr um. Sie bleibt vor ihm stehen, den Kopf gesenkt, empfängt sie seine Belehrungen. Ja, so sieht es von meinem Beobachtungsplatz aus, er steht vor der Frau, jede Silbe seiner Tirade mit der Hand bekräftigend, wie ein Dirigent mit Taktstock vor dem Orchester. Sie nickt dazu, wie früher das Opferstocknegerlein in der Kirche. Was er sagt, kann ich nicht verstehen, aber es sieht sehr nach Maßregelung aus. Schließlich wendet er sich ab, brüllt: „Kapier das endlich, du dumme Nuss", wirft nochmal fluchend und entrüstet den Arm in die Höhe, und stürmt keine drei Meter mit wütendem Gesicht an mir vorbei. **Der** sieht nix, denke ich.
Wer die Frau ist, weiß ich nicht. Ich kenne sie nicht. Habe sie hier oder in der Gegend noch

nie gesehen. Sie bleibt mit dem Kind auf dem Arm im Hof des Hauses stehen. Sichtlich beeindruckt. Unversehens habe ich das Bild einer Madonna mit dem Kind vor Augen, und ich denke, dass es einem Sakrileg gleichkommt, sie zu beschimpfen. Und ich finde, dass sie beeindruckend schön ist.

*Ich folge **ihm** in sicherem Abstand. Beobachte, wie er auf dem Marktplatz auf das Büro zustrebt, an dem Landrover vorbei, nein, nicht vorbei, etwas irritiert ihn. Jetzt bemerkt er es. Der platte Reifen. Argwöhnisch guckt er sich um, tritt mit dem Fuß dagegen, er bückt sich, erhebt sich wieder, flucht wahrscheinlich, schließt die Tür zum Büro auf, geht hinein. Ich sehe ihn durchs Fenster. Telefonhörer am Ohr, Armbanduhr vor den Augen. Probleme wegen eines nicht mehr zu schaffenden Termins? Ich rate nur, doch das genügt mir.*
Fürs Erste.

August 2015, *Magerbüchel*

Elke war ein Kundenmagnet. Noch nie hatte ich in *Durlangen* eine solche Menge an Kunden, die durch den Bücheranhänger streiften, und das wohlgemerkt in den Sommerferien. Zugegeben, die überwiegende Zahl waren Männer im Alter 50+, eine Klientel, die normalerweise einen Bogen um meinen Stand machte. Außnahme: *Langensteinbach*.

Ich machte Elke auf meine Beobachtung aufmerksam, doch wollte sie das nicht an ihrer Präsenz festmachen, sondern am Wetter. Aber ich hatte da meine Erfahrungen.

Das Wetter war nicht schlecht, im Gegenteil. Es war ein wunderbarer Tag. Über den blauen Himmel zogen dicke weiße Wolkenberge, wie eine Armada von Kreuzfahrtschiffen, sodass es immer wieder schattige Unterbrechungen in der Sonnenglut gab.

„Die *Old Boys* schielen am liebsten nach einem Rock", sagte ich. „Ich werde eine lebensgroße Attrappe von dir anfertigen lassen und vor den Anhänger stellen. Das zieht."

„Und wenn sie bemerken, dass ich nicht wirklich da bin?"

„Dann sage ich, dass du nur kurz weggegangen bist und gleich wiederkommst."

„Ja, den Betrug machst du aber nur eine Saison lang, mein Lieber. Dann ist der Drops gelutscht."

„I wo. Das Jahr drauf nehme ich natürlich das Bild einer anderen Frau, verstehst du?"

„Wenn du das machst, bist du ein Schuft."

„Ach, und ich dachte, ich sei clever."

Selten verbrachte ich einen so quirligen und doch lockeren Markttag. Die *Old Boys* verwickelten Elke in Gespräche, dass ich manchmal das Gefühl hatte, anstatt einen Bücherwagen zu haben, Anlaufstelle für soziale

Beratungen zu sein. Elke war für alle und alles zuständig. Ob es die Freude über Enkel war, oder gesundheitliche Probleme, Sorgen um die Ehefrau, Angst vor Altersarmut – vor ihr öffneten sich die Herzen, und keiner wurde enttäuscht.

Auf der Heimfahrt sagte ich ihr, dass ich so etwas noch nie erlebt hatte. „Was bist du von Beruf? Kindergärtnerin? Du hättest Sorgentelefon werden sollen."

Sie lächelte still und zufrieden. „Der Unterschied zwischen Kindern und Erwachsenen ist gar nicht so gravierend. Natürlich sind es andere Anliegen. Aber die Aufmerksamkeit, die es braucht, ist die gleiche. Gerade an einem Ort wie dem Flohmarkt, wo die einen ihre Waren anbieten, geben die anderen ihre Gefühle preis. Suchen Kontakt. Empathie. Es war herrlich. Viel besser, als *Zachs* Tagebuch zu lesen."

Zachs Tagebuch: Man konnte es wirklich nicht am Stück lesen. Einige Passagen waren erschreckend eintönig. Vor allem dann, wenn er von seinem täglichen Allerlei erzählte. Also wann er aufgestanden ist; was er gefrühstückt hat; dass er Holz geschlagen, Beeren gesammelt und sie getrocknet hat; sein Abendessen; dass er eine Markise am Bauwagen angebracht hat; und so weiter. So sinnreich und imponierend jeder Schritt und jeder Handgriff für sein Dasein auch sein mochte, so wenig interessant und fesselnd war es für jemanden, der seine Beweggründe nicht gleichschreitend nachvollziehen konnte.

Damit wir verstehen, hatte er gesagt.

Das wollten wir aufrichtig versuchen. Deshalb fassten wir, was bis zum September des Jahres 2000 geschah, auszugsweise in eigener übereinstimmender Verantwortung zusammen. Natürlich war uns bewusst, dass der Charakter eines Menschen sich insbesondere durch die Summe seiner Erfahrungen bildet oder verändert. Tage, Erfahrungen zu sammeln, hatte *Zach* nun wahrlich reichlich zur Verfügung. Inwieweit sie ihn im Einzelnen beeinflussten, konnten wir nicht sagen, da wir ihn vorher nicht kannten. Aber wenn man zum Beispiel genug Sandkörner auf einen Haufen wirft, entsteht am Ende auch eine Wüste.

*

Über längere Zeit überlegte *Zach*, ob er **ihn** mittels **seiner** beruflichen Tätigkeit als Steuerberater ans Messer liefern könnte. Immerhin verfügte *Zach* über ein Vermögen, das geeignet war, Begierden zu erwecken. Begierden nach Vermehrung. Wenn der Steuerberater das Arschloch war, wofür er ihn einschätzte, dann war er vielleicht auch der Kandidat für unlautere Steuervermeidungstricks. Ihn also dazu zu bringen, strafbare Strategien anzuwenden und ihn später, selbst unter Inkaufnahme eigener Verluste, anzuzeigen und auffliegen zu lassen – es wäre eine elegante Lösung. Doch das Vermögen war für *Zach* eine zu wichtige Grundlage, als es einem Windhund von Steuerberater anzuvertrauen. Zu guter Letzt war nicht auszuschließen, dass Viktor Lauenbacher, so hieß **er** nämlich, ein noch größeres

Schlitzohr war als angedacht, und sein Geld veruntreute. *Zach* verwarf dieses Modell.

Warum stellte er ihn nicht einfach zur Rede? Sagte ihm auf den Kopf zu, wessen er ihn verdächtigte?

Zach wusste, dass man mit solchen Typen nicht reden **konnte**. Weil sie stets alle Schuld abstritten. Sie hatten zwar die Eier, bei Nacht und Nebel auf einen Hund zu schießen, aber nicht die Haltung, es zuzugeben.

Zach verlegte sich weiter auf die Nadelstiche. Er zerkratzte die Karosserie des *Landrovers*, und wartete mittags, hinter den Platanen versteckt, dass Lauenbacher sein schickes Haus verließ, folgte ihm zum Marktplatz und beobachtete dessen Wutanfall.

Im Hochsommer 1999, an einem Freitagabend, lag *Zach* auf der Lauer. Er spechtete in den Garten der Lauenbachers. Viktor Lauenbacher sprengte den Rasen mit einem Gartenschlauch. *Zach* hoffte nebenbei, die schöne Madonna zu sehen zu bekommen, hatte diesbezüglich jedoch kein Glück. Dafür merkte er sich, wo der Gartenschlauch angeschlossen war, nämlich an der Außenwand des Gebäudes. Fürs Erste genug gesehen, zog er sich zurück und legte sich in seinem Auto zu einem Nickerchen hin.

In der Nacht schlich er in den Garten der Lauenbachers, suchte ein offenes oder gekipptes Kellerfenster, steckte den Schlauch hinein und drehte den Wasserhahn auf. Mehrere Kubikmeter Wasser fluteten den Keller. Mit Verlaub: Das war kein Lausbubenstreich.

Ungerührt und gefühlskalt verfolgte er am Morgen danach Lauenbachers Tobsuchtsanfall. Diesmal bekam er auch die Madonna mit dem Kind zu Gesicht. Sie weinte, und sie tat ihm leid.

Zachs letzter und markantester Nadelstich erfolgte im Januar 2000. In der Einfahrt vor Lauenbachers Haus fackelte er dessen *Landrover* ab.

*

„Hört zu", empfing uns Chiara zu Hause schon an der Haustür. „Ich singe jetzt für euch: *„As tears go by"* von den *Rolling Stones.*

„Moment", sagte ich, nahm mein Feuerzeug zur Hand, schnippte die Flamme an. „Jetzt." Ich forderte Elke auf, ihr Handy zu nehmen.

Chiara spielte die Gitarre und sang, und Elke schwenkte ihr Handy (Taschenlampen-App), ich mein Feuerzeug über dem Kopf hin und her.

Lied fertig. „Ihr Blödmänner", griente Chiara verlegen und tippte sich mit dem Finger an die Stirn.

März 2000

Kirchenrottach.
Dafür, dass ich früher mal hier gewohnt habe, kennen mich auffällig wenig Leute. Kaum, dass ich auf der Straße gegrüßt, geschweige denn angesprochen werde. Sie schauen durch mich hindurch, als wäre ich unsichtbar.

Absicht? Kennt man mich doch, geht mir aber vorsichtshalber aus dem Weg?
Nicht aus dem Weg geht mir an diesem Mittag Viktor Lauenbacher. Dabei habe ich heute gar keine Aktion geplant, und warum ich mich eigentlich in Kirchenrottach aufhalte, weiß ich, glaub´ ich, selber nicht so genau. Jedenfalls kommt er mir in der Hauptstraße entgegen, ich bin in Gedanken versunken, und bemerke erst, wer er ist, als ich gegen seinen ausgestreckten Arm laufe. Unverzüglich kommt er zur Sache.
„Hab´ ich dich endlich! Was willst du von mir? Du bist mir schon einige Male aufgefallen! Was willst du? Warum greifst du mich an?"
Ich stelle mich ahnungslos. „Warum sollte ich Sie angreifen?"
„Ja, eben. Sag´ du es mir."
„Dann haben Sie keine Ahnung? Hat Probst Ihnen nichts gesagt?"
„Probst?"
„Der Jäger Probst, ja. Hat er Ihnen nicht gesagt, dass ich mich bei ihm nach Ihnen erkundigt habe?"
Ich sehe, wie es in seinem Kopf arbeitet. Dann scheint der Groschen gefallen zu sein. „Du bist dieser Zach", spuckt er förmlich aus.
„Ich bin dieser Zach", bestätige ich und wechsle nun auch zum Du. „**Du** hast meinen Hund erschossen und hast ihn jämmerlich krepieren lassen."

„Es war ein Fuchs!", bellt er, ergo weiß er, von was ich rede.

„Es war **mein** Hund. Und es war in **meinem** Wald."

„Das gibt dir noch lange nicht das Recht, mein Auto anzuzünden und meinen Keller unter Wasser zu setzen."

„Doch, das gibt mir dieses moralische Recht. Weil du es nicht anders verstehst. Sonst würdest du dich von einem geschmierten Anwalt freikaufen lassen, und **das** wäre nicht richtig. Geld haben und somit Recht bekommen befreit dich nicht von deiner Schuld."

„Ich werde dich anzeigen."

„Ach nee, und wie willst du es beweisen?"

„Auch Zeugen kann man kaufen."

„Tu´ das. Gib Geld aus. Viel Geld. Das würde mich freuen. Ich hingegen habe Beweise, dass **du** meinen Hund erschossen hast."

„Was für Beweise wirst **du** schon haben, hä?"

„Denk´ einfach nach, Lauenbacher. Schönen Tag noch."

Dann mache ich einen Bogen um ihn, gehe meiner Wege.

*Mist, denke ich. Das war zur Unzeit. Ich war auf eine direkte Begegnung nicht vorbereitet. Nicht heute, und nicht zu seinen Bedingungen, wenn ich ein zufälliges Aufeinandertreffen als Bedingung bezeichne. Dabei habe ich tausendmal überlegt, was ich **ihm** sagen würde.*

Kluge Worte, eloquente Worte, ausgefeilte Sätze. Alles für die Katz.

Nun, da er den Absender der Nadelstiche kennt, werde ich mich vor weiteren Taten hüten.

(Nachtrag: Auf seine Anzeige warte ich heute noch.)

September 2000

Es ist eine gute Saison für Pilze. Ich finde viele Steinpilze, Maronen und Pfifferlinge. Aus den Hüten der Steinpilze bereite ich leckere Steaks, die Stiele schneide ich in dünne Scheiben und trockne sie im Backofen des Herdes.

Es ist ein feuchtheißer Tag Mitte September. Heute habe ich wieder Pilze gesammelt. Bald weiß ich nicht mehr, wohin damit, und jeden Tag Steinpilzsteak hängt mir allmählich zum Hals heraus.

Ich habe die Suche nachmittags abgebrochen. Der Himmel sieht verwaschen aus, was normalerweise kein gutes Zeichen ist. Ein Gewitter liegt in der Luft, und das sitze ich lieber in meinem Bauwagen aus als unter freiem Himmel im Wald.

Es kündigt sich mit einem Windstoß an, der die dicke Luft von der Lichtung bläst. Dann knal-

len erste Tropfen auf das Dach. Ich schaue aus dem Fenster. Ein Anblick, als würde ich in Zeitlupe frontal auf die Niagarafälle zu fliegen. Silbrige Gischt brandet über die Wipfel der umstehenden Bäume. Das wird heftig, denke ich, aber das Schauspiel ist faszinierend. Da möchte ich nicht draußen sein müssen.
Da. Ein Geräusch, das nicht zum Sturzbach passt. Als würde man einen großen Stein in einen See werfen. Oder im Schwimmbad ins Wasser springen. Arschbombe, oder so ähnlich.
Ich öffne die Tür und schaue hinaus. Ich sehe, wie sich gerade jemand nach einem Sturz fluchend aufrappelt. Ich helfe ihm auf die Beine und ziehe ihn in den Wagen herein.
Jetzt ist es dunkel im Innern. Ich schalte das Licht ein. Vor mir steht eine schmächtige Person. Eine Frau. Das Gesicht kommt mir bekannt vor. Wo habe ich es schon einmal gesehen?
„Tja, das mit dem Licht muss noch besser werden", sage ich, um etwas in Gang zu bringen. „Was, um Himmels Willen, machen Sie bei diesem Wetter da draußen, und wie kommen Sie hierher?"
„Pilze", sagt sie und zeigt mir ihren leeren Korb. „Aber ich hab´ so gut wie keine gefunden, und die wenigen, die ich gefunden habe, gingen mir bei einem Sturz verloren. Ich glaub´, ich hab´ mich ein bisschen verlaufen."
Sie trägt eine Baseballkappe. Als sie die Kappe absetzt, löst sie einen Knoten im hochgesteck-

ten Haar und schüttelt den Kopf, sodass die langen Haare bis zur Hüfte wallen. Erst jetzt erkenne ich sie. Es ist die Madonna aus Viktor Lauenbachers Haus.
„Ein bisschen verlaufen ist gut", sage ich. „Ich wette, Sie haben nicht die Spur einer Ahnung, wo Sie sich befinden. Was möchten Sie trinken? Saft oder Wasser?"
Sie sieht mich direkt an. „Wasser, wenn´s recht ist."
Ich hole ihr ein Glas Wasser aus meinem Frischwasserbehälter. „Das ist reines Bachwasser", erkläre ich und stellte das volle Glas auf den Tisch.
Ich spüre, dass sie mich beobachtet. Etwas scheint sie zu amüsieren.
„Was finden Sie so lustig, wenn man fragen darf?"
Verlegen hält sie eine Hand vor den Mund. „Ihre Haare. Toller Schnitt."
„Firlefanz", antworte ich und fahre mit einer Hand über den Pelz, dass es knistert. Ich schneide meine Haare mit einer normalen Schere, so gut es geht, selber. Aber auch ich muss grinsen.
„Ich heiße Viviane", sagt sie.
„Oh, Entschuldigung. Ich bin Zacharias. Aber alle nennen mich Zach."
„Danke, Zacharias, dass ..."
„Zach!"
„Wie bitte?"

„Nenn´ mich Zach."
„Danke, Zach, dass du mir Obdach gegeben hast. Wohnst du eigentlich hier?"
„Nach was sieht´s denn aus?"
„Hm."
„Ich habe hier alles, was ich brauche. Was du hier nicht siehst, das brauche ich auch nicht. Warum mich also damit belasten?"
„Du hast keinen Fernseher, kein Radio."
„Brauch´ ich nicht."
„Waschmaschine?"
„Wie ich schon sagte, Viviane. Was du hier nicht siehst ..."
„Eine Frau?"
Ich stehe auf, gucke aus einem der fünf Fenster. Na, die traut sich vielleicht was, denke ich. Ist so eine Frage eigentlich nicht unverschämt für jemanden, dem man Hilfe anbietet? Oder bin ich selber schuld daran? Was du hier nicht siehst ...? Ist das einfach nur weibliches Gespür? Oder bloß der Versuch, eine lockere Stimmung aufzubauen? Vor ihrem Mann sah sie zumindest wie ein verhuschtes Vögelchen aus. Ach, hol´s der Teufel. Um Frauengeschichten habe ich mich nie gekümmert. Hatte keine Zeit und keinen Sinn für sowas.
„In zehn Minuten können wir los. Es hört auf zu regnen", stelle ich ausweichend fest.
„Wir?"
„Ja, wir. Du findest den Weg alleine nicht. Ich werde dich begleiten. Wo steht dein Auto?"
Viviane vollführt eine unbestimmte Armbewegung. „Äääääh ..."

Ich ziehe aus einem der Regale eine Landkarte hervor. „Sag´ mir, wie du gefahren bist."
Sie erklärt mir die Strecke, ins Sandertal hinein, Rotsander, Sanderhofen, Seitental, letzte Bauernhöfe, irgendwo da oben.
„Meine Güte, Mädel, da hast du dich aber gewaltig verrannt. Ich bringe dich zu deinem Auto. Allerdings müssen wir noch ungefähr drei Kilometer zu Fuß gehen. Mein Auto steht weiter unten im Tal. Und hier ..." Ich nehme den Leinenbeutel mit den heute gefundenen Pilzen, schütte ihn in ihren Spankorb. „Damit du daheim etwas vorzuweisen hast. Ganz frisch von heute."
Viviane ist sprachlos. Wir verlassen den Bauwagen. Ich deute in die Richtung, aus der sie gekommen ist. „Da lang."
Viviane macht den ersten Schritt, den zweiten, rutscht aus, taumelt. „Huch!"
Ich bin zur Stelle, fange sie auf und halte sie mit beiden Armen fest. Sie dreht mir ihr Gesicht zu. Ich schaue von oben durch ihre Augen direkt in ihre Seele.
„Mein Mann hätte mich fallen gelassen und gesagt: **Pass doch auf, du dumme Nuss.**"
„Ich weiß", antworte ich. „Ich habe euch beobachtet und gehört, wie er mit dir redet."
Wir gehen weiter. Der Boden ist aufgeweicht. Im Nu sind unsere Schuhe nass. Sie streckt ihren Arm in meine Armbeuge. „Es ist besser, wenn du mich stützt."

Unterwegs quetscht sie mich ein bisschen aus.
„Bist du etwa der, der Viktors Auto zerkratzt, den Reifen zerstochen und das Auto angezündet hat?"
„Ja. Ich habe auch euern Keller unter Wasser gesetzt."
Sie kichert und sagt: „Dann bist du mein Freund."

Es ist Abend, als ich zum Bauwagen zurückkomme. Als ich die Tür hinter mir schließe, fällt mein Blick auf ihre Baseballkappe. Ich nehme sie in die Hand. Ich werde dich wiedersehen, Viviane, denke ich.

Schon am nächsten Tag warte ich mittags verdeckt unter der Platane in Kirchenrottach und warte, bis Viktor das Haus verlässt. Nachdem er an mir vorbeigegangen ist, schaue ich ihm nach, bis er nicht mehr zu sehen ist. Dann stapfe ich über die Straße, betrete die Einfahrt und klingle an der Haustür. In meinen Ohren rauscht es wie eine Brandung am Meer.
Sie öffnet die Tür. Ihr verschlossenes Gesicht entfaltet sich zu einem lieblichen Strahlen.
„Die hast du vergessen", sage ich und versuche leger zu bleiben.
Sie schaut zu mir auf, als wäre ich der Marshmallow-Mann.
„Du hast die Mütze bei mir vergessen, Viviane", wiederhole ich.

Ihre Augen kehren wieder zurück. „Da bin ich mir nicht so sicher", sagt sie.
„Wieso?"
„Vielleicht hab´ ich sie absichtlich bei dir liegen lassen. Ich habe gewartet, dass du sie mir bringst. Und da bist du, Zach."
„Kann es sein, dass du es hinter den Ohren hast? Und zwar faustdick?"
Da kichert sie fröhlich, stellt sich auf die Zehenspitzen, und gibt mir einen Kuss.

August 2015, *Magerbüchel*

„Zachs Beschreibung der ersten Begegnung mit Viviane ist fast identisch mit dem, was du mir neulich darüber erzählt hast, Elke."

„Stimmt. Es muss für beide sehr prägend gewesen sein, und Viviane hat es mir wortwörtlich so geschildert. Ob wir uns auch mal so erinnern können?"

„Du meinst an unsere erste Begegnung?"

„Ja, die aus der Neuzeit. Weißt du´s noch?"

„Ich weiß sogar noch, welches Kleid du getragen hast", antwortete ich versonnen.

Es war der zweite Sonntag im August. Chiara muss sich in der Nacht heimlich in unser Bett geschmuggelt haben. Ich bemerkte sie erst, als ich morgens von der Toilette zurückkam und sie neben Elke schlafen sah. Es dürfte gegen neun Uhr gewesen sein, als sie sich wieder aus dem Bett stahl und sich nach unten in ihre Bude zurückzog. Ich hatte die Augen geschlossen, war aber wach.

„Wir hatten heute Nacht wieder ein Alien im Bett", erwähnte ich.

„Ich weiß", sagte Elke und lächelte entschuldigend. „Es kann sein, dass wir das noch öfter erleben werden. Aber sie macht das nur während der Ferien oder bei Gewitter. Ehrlich gesagt, Matis, mag ich diese ihre Art von Vertrauen."

„Mich stört es nicht", antwortete ich. „Wenn mein Schnarchen sie nicht stört?"

„Du schnarchst nicht. Du schnorchelst leise. Das hat eine beruhigende Wirkung."

„Naja, aber mal eine ganz andere Frage: Wie steht es eigentlich um eure Ferien? Macht ihr zusammen Urlaub? Reisen? Wandern?"

Elkes Lächeln fror etwas ein. „Ha, schön war´s. Was denkst du, wie viel ich als Kindergärtnerin verdiene? Alleinerziehende Mutter, eine Tochter, die Wohnung, das Auto – ich kann es mir einfach nicht leisten, in Urlaub zu fahren."

„Oh, ich wollte dich nicht – ich habe zu kurz gedacht, Elke. "

„Nein, das ist okay, Matis. Woher solltest du es auch wissen? Wir, wir machen dieses Jahr Urlaub bei dir. Frag´ doch Chiara, ob sie weg will. Ich glaube, sie fühlt sich hier sehr wohl. Und wenn sie mit dir und mir zusammen sein kann ..."

„Was ist, wenn ich mit euch zusammen sein kann?" Chiara war unbemerkt hereingekommen und hatte Elkes letzte Worte mitgehört. Sie hechtete neben ihre Mama aufs Bett und kuschelte sich an sie.

„Matis hat nach unseren Ferien gefragt. Ob wir verreisen oder so."

„Ach nein, hier ist es doch gemütlich, Mama. Lass´ uns doch hierbleiben. Nicht fortfahren, bitte."

„Da hörst du´s, Matis. Die Bequemlichkeit in Person hat gesprochen."

Chiara kicherte. „Jaaa, es ist sooo schööön, bei euch bequem zu sein."

Nach dem Frühstück vereinnahmte ich Chiara kurzerhand. „Komm´ mal mit, bitte", sagte ich, „du kennst dich inzwischen hier ja ein bisschen aus."

Wir stiegen nach unten in das Kabuff, wo sie die alte Gitarre ausfindig gemacht hatte. „Hier muss irgendwo noch mein altes Zelt liegen. Hilf´ mir bitte mal suchen. Es muss so ein dunkelgrüner Sack sein."

„Ein Zelt?", fragte sie verständnislos. „Was willst du denn mit einem Zelt?"

„Na, das, was man mit einem Zelt im Allgemeinen so macht. Zelten."

„Deine Ideen möcht´ ich haben, Matis. Willst du eventuell mit uns wegfahren und irgendwo in freier Natur übernachten?" Begeisterung hatte ich irgendwie anders in Erinnerung. „Ich will aber nicht wegfahren", protestierte sie.

„Von Wegfahren hat auch keiner gesprochen. Jetzt schau´ halt mal, ob du den grünen Sack findest."

Nach einigen Minuten hatten wir ihn, den grünen Sack. Chiara guckte skeptisch aus der Wäsche. „Da drin soll ein ganzes Zelt sein? Also ich weiß nicht."

Wir schleppten ihn vors Haus.

Ich ging über den Hof zum Wohnhaus des Bauern und bat um eine Sense. „Brauchst du Grünfutter für deine Kühe?", fragte er belustigt, aber nicht bös. „Nimm´ sie dir. Du weißt doch, wo sie hängt."

„Für den blöden Witz leihst du mir zur Strafe noch deinen Holzkohlengrill inklusive Holzkohle", konterte ich.

Unten am Bach, im Schatten zweier Erlen, mähte ich ein Viereck aus dem hochstehenden Gras. Chiara stand daneben und fragte: „Hä?"

Als ich den Zeltsack herbeischleppte und fröhlich pfeifend mit dem Aufbau des Gestänges anfing, kapierte sie endlich. „Du willst ...du willst ...ach so, jetzt ist mir alles klar. Hey, das ist cool, Matis. Wir machen Urlaub daheim. Juchuuuu, Mama, Maaaamaaaa ...Maaaaaaamaaaaaaa!"

Elke guckte wegen des Geschreis vom Balkon herunter.

„Mama, wir machen Urlaub. Hier, das Zelt. Schau nur."

Das Zelt war picobello. Im Dach war zwar ein winziges Loch, doch es würde in absehbarer Zeit nicht regnen; und es roch ein wenig muffig, aber es konnte den ganzen Tag lang auslüften. Es war ein kleines Steilwandzelt mit Satteldach, wasserdichtem Innenboden, ideal für drei bis vier Leute. Heringe und Spannleinen, alles noch da. Fast war ich ein bisschen stolz drauf.

Wir schafften Decken und Kopfkissen zum Zeltplatz, Getränke in den Bach, die Kühlbox mit Würsten in den Schatten, und des Nachbarn Holzkohlegrill herbei. Chiara holte ihre Gitarre, setzte sich ans Ufer und klimperte improvisierend, aber mit Gefühl und Talent, vor sich hin. Hin und wieder, wenn sie zum Beispiel einen Fingerlauf wiederholte, summte sie verträumt mit.

Elke lag rücklings, die Hände hinter dem Kopf verschränkt, neben mir auf der Decke. Ich sagte: „Heute ist es verboten, in *Zachs* Tagebuch zu lesen."

Elke antwortete nicht. Sie lächelte mit geschlossenen Augen, wirkte sehr entspannt, aber aus den Augenwinkeln rannen Tränen in ihr Haar.

„Elke?" Ich beugte mich über sie.

„Es ist nichts, Matis", flüsterte sie. „Ich bin nur sehr glücklich."

Wir blieben den ganzen Sonntag auf der Wiese am Bach. Wir dösten zu dritt im Schatten der Bäume, gingen gemeinsam im Bach auf Kieselsteinsuche, entzündeten nachmittags die Holzkohle, grillten die Würste und aßen dazu Weißbrot und Tomatensalat. Gegen Abend genehmigten wir uns wassergekühlte Weinschorle (ich einen Kognak), Elke und ich rauchten dazu. Als die Nacht anbrach, beobachteten wir die Sterne und wetteten, wer die erste Sternschnuppe zu sehen bekam. Es war nach Mitternacht, als wir ins Zelt krochen und den Nachthimmel per Reißverschluss aussperrten.

Ich lag noch einige Zeit wach, Elke im Arm, und spürte, wie die Welt sich unter uns drehte.

Es war Chiaras Idee. Beim Frühstück am Montagmorgen platzte sie heraus: „Warum wohnen wir nicht immer hier, Mama? Hier ist es doch besser als bei uns daheim, und wir würden auch die Miete sparen. Und ob ich von *Kirchenrottach* ins Gymnasium nach *Durlangen* fahre oder von *Magerbüchel* aus, ist doch wurscht. Und du und Matis, ihr seid doch sowieso ein Paar, das sieht doch jedes Kind. Also."

Kinder, dachte ich, *auch wenn sie schon ziemlich erwachsen sind, haben eine wunderbare Gabe. Sie sprechen aus, was andere bloß denken. Denken, und aus nicht immer ganz nachvollziehbaren Gründen für sich behalten. Vielleicht aus Respekt vor einer ultimativen Entscheidung. Oder um einen bestehenden Status quo nicht voreilig zu gefährden. Warum etwas ändern, das gut ist, wie es ist? Wer weiß, was eine Veränderung mit sich bringen würde? Gründe, Dinge manchmal nicht anzusprechen, gibt es reichlich. In unserem Falle, wenn ich von meiner Position ausging, traute ich mich nicht, Elke den Vorschlag zu unterbreiten. Nicht, weil ich sie nicht liebte, sondern weil ich sie nicht unter Druck setzen wollte, Stellung beziehen zu müssen. Denn ich dachte, dass sie es vielleicht ganz gut fände, mit ihrer eigenen Wohnung einen Rückzugsort zur Verfügung zu haben. Für Zeiten, in denen ich zum Beispiel auf den Märkten unterwegs wäre, oder auch nur, um zwischendurch mal etwas Abstand zu pflegen. Ruhe zu haben. Dinge allein tun zu können. Zudem hatte sie ihren Job in* Kirchenrottach, *was für sie mindestens eine halbe Stunde pro Weg kosten würde, von* Magerbüchel *nach dort zu pendeln, wenn sie denn hier bei mir wohnen würde.*

Elkes Standpunkt konnte ich natürlich nicht erläutern, da ich ihn nicht kannte, aber ich vermutete, dass ihre Gründe, einen einzigen gemeinsamen Wohnsitz nicht anzusprechen, ähnlicher Natur waren.

„Also?", fragte Elke und rührte mit einem Plastiklöffel genüsslich in einem wachsweichen Ei.

Ich bemerkte nicht, dass sie und Chiara mich mit den Augen fixierten. Erst als mir nach einigen Sekunden auffiel, dass es merkwürdig ruhig am Tisch war, stellte ich über Elkes *Also?* die wahrscheinlich richtige Verbindung her. Sprich, es war eine Aufforderung an *mich*, etwas zu sagen.

„Was ist? Warum guckt ihr mich so an?"

Chiara kicherte. Elke sagte: „Bei mir ist es *so*: Irgendwie habe ich mich nicht getraut, das Thema anzusprechen. Ich dachte, du würdest die jetzigen Verhältnisse vielleicht lieber beibehalten wollen, damit du von uns auch mal abschalten kannst, deine Ruhe hast, deinen eigenen Dingen nachgehen kannst, weißt du?"

Genau wie ich gedacht hatte. Erwachsene neigen dazu, aus lauter Rücksichtnahme am wahren Leben vorbeizuschrammen. Und noch etwas: Die beiden Frauen am Tisch zeigten, bildlich gesprochen, mit beiden Zeigefingern auf mich. Sie wollten eine Entscheidung von *mir*. Eine Einladung, sozusagen. Ich setzte mein breitestes Grinsen auf.

„Das würde euch so passen, was?", sagte ich und legte eine Kunstpause ein, um ihre Gesichter ansehen zu können. Chiara schluckte, Elke blinzelte. Dann fuhr ich fort: „Mir die Entscheidung aufzuhalsen. Die Frage ist doch *die*: Wollt ihr überhaupt? Chiara, du hast deine Absicht ja schon bekundet. Aber du, Elke?"

Den Tritt, den Chiara ihrer Mama unter dem Tisch verabreichte, sah ich durch die Tischplatte aus dickem Holz. Elke ergriff Chiaras Hand. „Ja, wir wollen!", sagte sie dann. „Nicht wahr, mein Schatz? Wir wollen."

Chiara sprang vom Stuhl auf, raste auf den Balkon, und schrie lauthals über das Geländer ins Tal: „Haaallooo, Leute von *Magerbüchel*, wir kooommeeen!"

Elke und ich lagen auf einer Decke am Bach. Das Zelt hatten wir stehen lassen, weil wir es sicher noch benutzen würden. Die Sonne stand hoch am Himmel. Sie schien mir klein wie ein Tischtennisball in China, von hier aus gesehen.

„Kannst du es begreifen, Matis? Was mit uns geschieht?"

„Oh ja, das kann ich."

„Ich meine die Geschwindigkeit. Das Tempo, das wir vorlegen."

„Ja, das kann ich auch."

„Schwindelst du gerade?"

„Nein, was mich betrifft, sind dreißig Jahre nicht gerade schnell."

„Sei nicht albern. Du weißt, wie ich´s meine."

„Für mich passt es, Elke. Vor einem Monat noch hätte ich es nicht für möglich gehalten. Aber jetzt? Je eher desto besser. Und für dich? Ehrliche Antwort, bitte."

„Stimmt. Vor einem Monat – Himmel, welch kurze Zeit – war noch alles anders. Jetzt fühle ich mich wie vor einem Neustart."

„Das ist es ja auch. Für uns alle drei."

„Obwohl wir dich schon kennen."

„Und ich euch kenne. Das ist gut. Sehr gut."

Elke zupfte einen Grashalm ab und zwirbelte ihn zwischen den Fingern. „Da ist noch was, Matis."

Oh, das klang nach schwerer Kost. *Da ist noch was, Matis.* Hatte sie noch eine Leiche im Keller? Oder unerwähnte Kinder? Oder eine Million Euro Schulden?

„Erzähl'."

„Es geht um Chiara. Ich weiß gar nicht, wie ich es angehen soll. Also gut: Chiara hat gefragt, also sie hat mich gefragt, ob sie ...ob sie wieder einen Papa haben kann ...oh Gott, jetzt ist es raus." Abrupt drehte sie sich auf die andere Seite und barg das Gesicht in der Armbeuge.

Wumm! Das war eine echte Überraschung. Damit hatte ich jetzt nicht gerechnet. Was wollte das siebzehnjährige Kind damit sagen? Mir fehlten die Worte, und zu viel stürzte auf mich ein, weshalb ich anfing zu stottern.

„Äääh, wie ...wie ...Elke ...wie ...wie ...meint ...sie ...das? Pa ...Papa?" Ich setzte mich auf. „Meint sie damit mich? Mich als Papa?"

Elkes Kopf nickte heftig.

„Aber ich *bin* doch so gut wie ihr Papa", sagte ich.

Elke drehte sich wieder zu mir um. „Du bist der Freund ihrer Mutter. Aber Chiara will einen richtigen Papa."

Ich sank neben Elke zurück auf die Decke. „Chiara will mich zum Papa."

„Ja."

„Papa."

„Ja, Matis. Dich."

Wir schwiegen bestimmt eine ganze Minute lang. Selbst die Vögel und die Grillen und der Bach - sie schwiegen.

„Du weißt, was das bedeutet, Elke?"

Sie nickte.

„Adoption."

Elke nickte.

„Und wir beide?"

Elke nickte.

Wie lange wir uns in den Armen lagen, konnten wir hinterher nicht sagen. Erst als ein Schatten über uns fiel und ein wohlbekannte Stimme uns aufschreckte, lösten wir uns voneinander, dunkle Schweißflecken auf Brust und Bauch.

„Ich will ja nicht stören, aber was macht ihr denn da? Es sieht beinahe so aus wie Sex in Klamotten."

„Frechdachs", reagierte Elke am schnellsten. „Wir machen, wie du bemerkt haben dürftest, nur Trockenübungen. Das ist wichtig, wenn man eine Familie gründen will."

„Familie?"

„Jawohl, Familie. Das sind in der Regel Vater, Mutter und mindestens ein Kind. Neuerdings auch Vater, Vater und mindestens ein Kind, oder Mutter, Mutter und ..."

„... mindestens ein Kind. Schon gut, Mama. Ich hab´s kapiert."

„Wirklich? Hast du´s wirklich kapiert?"

Chiara stand bedröppelt da.

Ich versuchte ihr zu helfen. „Mach´ mal einen Schritt zur Seite, Chiara."

„Wieso?", fragte sie leicht genervt.

„Du stehst auf der Leitung", sagte Elke.

Chiara glotzte uns an, als wären wir zwei Eisbären in der Sahara. Dann ging ihr langsam ein Licht auf. Zuerst verschoben sich ihre Mundwinkel in Richtung Ohren, dann wuchsen ihre Augen fast bis zum Haaransatz, dann öffnete sich ihr Mund zu Tunneleinfahrtsdurchmesser.

„Ihr meint mich!", rief sie aus und war mit einem akrobatischen Satz zwischen uns. „Ihr meint wirklich mich. Du wirst mein Papa und Mama wird deine Frau, stimmt´s? Stimmt´s?"

Tja, was sollte man dazu schon sagen? Einfach Glück gehabt. Saumäßiges Glück.

Wir veranstalteten zur Feier des Tages ein kleines Fest. Sagen wir so: Wir feierten unsere Verlobung. Chiara war wie aufgedreht. Sie nötigte ihre Mama, mit ihr zum Supermarkt zu fahren und einzukaufen. „Champagner", sagte sie. „Wir brauchen unbedingt Champagner. Ich glaube, heute beschwips ich mich."

Sie kamen mit Grillspießen, Schaschlik-Sauce, Salat, Kartoffelchips und Sekt zurück.

„Champagner war zu teuer, Papa", rümpfte Chiara die Nase, „aber Gurgelwasser tut's doch auch."

Sie nannte mich fortan sowieso nicht mehr *Matis*, sondern Papa. Berührungsängste hatte sie zwar vorher schon keine gehabt, doch nun erwuchs aus ihrem Benehmen eine natürliche Herzlichkeit. Elke raunte mir zu: „Ich hab's dir ja gesagt: Sie wird dich vergöttern. Und nach den Ferien wird sie in der Schule mit dir ganz schön hausieren gehen."

Wir warfen des Nachbars Grill wieder an, öffneten die Sektflasche und *gurgelten* jeder ein Glas, wie Chiara sagte. Der Sekt zeigte bei Chiara rasch Wirkung. Noch ehe das Fleisch auf dem Grill genießbar war, legte sie ihren Kopf in Elkes Schoß, murmelte: „Danke, Mama", und dämmerte ein.

Am Abend nahmen wir uns *Zachs* gesammelte Seiten wieder vor. Bald stellten wir fest, dass neben *Zachs* Handschrift eine zweite auftauchte. Es konnte sich eigentlich nur um Vivianes Handschrift handeln, und so war es auch. Außerdem bemerkten wir, dass die Einträge nicht mehr überwiegend im Präsens, sondern in der Vergangenheitsform gehalten waren.

September 2000

Bei dem einen Kuss blieb es nicht.
Eine halbe Woche später, es ging schon auf Ende September zu und ich lag in meinem Bauwagen auf dem Bett, klopfte es an die Tür. Das Geräusch war so ungewohnt, dass ich es nicht einzuordnen wusste. Bisher hatte erst einmal jemand an meine Tür geklopft, das war Bauer Kilian gewesen, und jenes Klopfen hatte eher nach Axthieben geklungen. Als sich das Klopfen wiederholte, stand ich auf und öffnete die Tür. Viviane stand draußen.
Ich trat verwundert zur Seite und ließ sie herein, aber sobald die Tür hinter ihr ins Schloss gefallen war, lagen wir uns in den Armen und küssten uns, und küssten uns, und ehe wir uns versahen, lagen unsere Kleider auf dem Boden und wir daneben.

Und wir liebten uns. Ziemlich heftig, muss ich sagen. Nach dem ersten Mal trug er mich zu seinem schmalen Bett, das eher eine Pritsche denn ein Bett war, wo wir uns ein zweites Mal liebten. Diesmal mit Gefühl und Zärtlichkeit. Wunderschön.

Hinterher rannten wir, nackt wie wir waren, aus dem Wagen zum Bach, stürzten uns ins kalte Wasser unterhalb der Schwelle und verhielten uns wie Kinder beim Toben im Schwimmbad.

So hat es mit uns angefangen.

So oft es ging, kam sie mich besuchen, und jedes Mal liebten wir uns mit einer Intensität, einer Mischung aus Euphorie und Schmerz, als würde es ab dem nächsten Tag verboten sein.
*Überhaupt war das von Beginn an unser Handycap: **So oft es ging.***
Denn oft konnte Vivi nicht, wie sie wollte, und wenn wir endlich zusammen waren, hatten wir schon wieder die Trennung vor Augen, denn sie musste ja zurück. Zurück zu ihrem Kind, und zurück zu ihrem Mann.

Ja, das war leider so. Ich hatte ja Céline, meine Tochter, gerade zwei Jahre alt. Ich konnte sie nicht allein lassen und es war ohnehin schwierig genug, für sie einen Babysitter zu organisieren, wenn ich bei *Zach* sein wollte. Viktor, mein Mann, durfte natürlich von meiner Affäre mit *Zach* nichts erfahren. Stopp, *Affäre* ist das falsche Wort. Er durfte nichts von meiner Liebe zu *Zach* erfahren. Denn das war es: Liebe, wie ich sie noch nie empfunden, und wie sie mir noch kein anderer Mann vorher entgegengebracht hatte.
Viktor behandelte mich wie den letzten Dreck. Ich war nichts weiter als seine Dienstmagd, die er zudem noch vögeln konnte. Er demütigte mich, wo er nur konnte, und wenn ich nicht gleich so funktionierte, wie er meinte, dass es sein müsste, rutschte ihm schnell mal die Hand aus. Und immer gab er mir die Schuld.

Februar 2001

Für Vivi wird es immer schwieriger, sich von zu Hause loszueisen. Über den Winter haben wir uns gerade dreimal in unserem Bauwagen treffen können. Herzlich wenig für ein Liebespaar.
Einmal hatte sie ihre Tochter mit dabei. Ein süßes Mädchen, ohne Frage, aber an Sex war an jenem Tag nicht zu denken. Es funktionierte einfach nicht.
Ein anderes Mal blieb es beim Versuch. Es lag zu viel Schnee und die Siefenbachtalstraße war nicht geräumt. Zu hoch das Risiko für Vivi, mit ihrem kleinen Auto stecken zu bleiben und nicht wieder nach Hause zu kommen. Ich lernte das Wort Zuhause hassen. Denn war unser Zuhause nicht unser Bauwagen?
Zweimal buchten wir in einem Hotel in Durlangen. Jeweils nur für ein paar Stunden, denn Vivi musste ja wieder nach Hause. Die Atmosphäre im Hotel war unangenehm. Wir fühlten uns wie in einem Stundenhotel, und wenn man es richtig besah, war es nichts anderes.
Die schönsten Tage verbrachten wir an einem Wochenende nach Dreikönig im Januar in Vivis Haus in Kirchenrottach. Vivis Mann hatte sich zu einer Fortbildung in Nürnberg angemeldet. So hatten wir einen Freitagnachmittag, den ganzen Samstag und den Sonntagmorgen für uns. Dumm nur, dass Vivis Schwiegermutter

am Samstagnachmittag zu Besuch auftauchte um Kaffee zu trinken und mit Céline zu spielen, sodass ich mich für über zwei Stunden im ehelichen Schlafzimmer verstecken musste. Am Ende fanden wir es aber dennoch zum Lachen.
Ich machte Vivi den Vorschlag, sich von ihrem Mann zu trennen und mit mir irgendwo anders ein neues Leben zu beginnen. Ich sagte, dass ich genug Geld besitzen würde, um uns ein sorgenfreies Leben leisten zu können. Selbstverständlich würde auch Céline dazugehören.
Vivi weinte sehr. Sie würde ja gerne, aber ihr Mann würde Céline niemals freiwillig herausgeben. Eher würde er dem Mädchen und Vivi und sich selbst etwas antun. Und ihrerseits auf die Tochter zu verzichten, kam für Vivi absolut nicht in Betracht. Verständlich.

März 2001

Ich kann es nicht. Nein, ich kann es nicht.
Zach ist der liebste Mensch, der mir je begegnet ist, aber ich kann meine Tochter nicht verlassen. *Zach* sagt zwar, dass er Verständnis für mich hätte und dass seine Liebe zu mir deswegen nicht geringer sei, aber vielleicht ist er auch enttäuscht.
Als ich sah, wie verschieden die beiden Männer waren, Viktor und *Zach*, fiel mir das Leben in Viktors Haus immer schwerer. Meine Sehnsucht nach *Zach* wurde immer

größer und unerträglicher, je länger ich nicht seine Arme um mich spürte.
Viktor ist empfindlich geworden. Oder wie sagt man? Hellhörig? Misstrauisch? Als ich letztes Mal von *Zach* nach Hause kam, fragte er mich direkt, ob es einen bestimmten Grund für meine gute Laune gäbe.
Selbstverständlich gibt es einen Grund, hatte ich gedacht. Er heißt *Zach* und ist das Gegenteil von dir, Viktor. Er behandelt mich als Frau, gleichberechtigt, zuvorkommend, aufmerksam, liebevoll, zärtlich, begehrend. Er überschüttet mich mit Liebe, er achtet mich, er schützt mich, er fordert mich und er hat Vertrauen in mich. Und was noch wichtiger ist: Er bringt mich zum Lachen. Ich wusste schon gar nicht mehr, wie das ist, wenn man von Herzen lachen kann.
Gleichzeitig dachte ich: Vorsicht. Viktor hört die Flöhe husten und das Gras wachsen. Wenn er in etwas gut ist, dann sind es Hartnäckigkeit und Gemeinheiten. Er ist der geborene Zweifler und Kontrolleur. Er hat seine Augen und Ohren überall. Vorsicht. Ich muss meine Rolle spielen. Muss mich ducken, beugen, muss kriechen und schlucken. Und auf keinen Fall lachen.
Heute konnte ich *Zach* eine gute Nachricht überbringen. Ich habe in *Kirchenrottach* eine Freundin gefunden. Sie heißt Elke. Ich kenne sie zwar schon etwas länger, aber ihre Tochter ist genauso alt wie meine Céline, und darüber kamen wir ins Gespräch. Ich habe es gewagt, sie in unsere besondere Situation einzuweihen, und sie bot mir an, ihre Wohnung als Treffpunkt nutzen zu dürfen. Natürlich nur, wenn niemand daheim, also der Mann außer Haus ist. Das sei werktags immer der Fall. Elke selbst

arbeitet als Kindergärtnerin und sie nimmt ihre Tochter Chiara praktischerweise in den Kindergarten mit. Sie sagte, obwohl die Kleine gerade erst zweieinhalb Jahre alt sei, würde sie sich im Kindergarten sehr gut entwickeln. Nächste Woche, versprach Elke, könnte sie mir einen Schlüssel für die Wohnung geben.
Zach war begeistert.

Mai 2001

Natürlich war es für Vivi besser, dass wir uns in Elkes Wohnung trafen. Technisch gesehen. Doch mit unserem Bauwagen war es nicht zu vergleichen. Wir hatten lediglich eine Stunde länger Zeit für uns. Zeit, die Vivi sonst im Auto auf der Fahrt ins und vom Siefenbachtal verbrächte.
Elke stellte uns großzügigerweise eine Decke zur Verfügung, die wir in ihrem Wohnzimmer auf dem Boden ausbreiteten und auf der wir uns liebten. Selbstredend sorgte sie dafür, dass die Decke immer sauber war.
Wirklich befriedigend war die Lösung mit Elkes Wohnung trotzdem nicht. Es war und blieb eine fremde Umgebung, und das Versteckspiel erwies sich auf Dauer als sehr frustrierend und ermüdend. Im Prinzip, und wir wussten es in unserem tiefsten Innern, würde uns nur eine konsequente Entscheidung helfen. Mit der Zeit wurde aus dieser Wahrheit eine Wolke, die

*beständig über uns schwebte und allmählich eine stetig dunkler werdende Farbe annahm.
Hingegen unserer Liebe schien sie nicht zu schaden. Sie wurde inniger und tiefer. Unser Sex jedoch endete jeweils in einem Ausbruch äußerster Verzweiflung, heftig und in einem Meer bitterer Tränen.
Zu meinem vierunddreißigsten Geburtstag schenkte sie mir ein graues Halstuch, das ich ab jetzt praktisch immer trage.
Als Ausdruck unserer Hilflosigkeit mietete ich zum ersten Juli eine eigene Ein-Zimmer-Wohnung in Kirchenrottach an. Was bedeutete, dass ich nun fast täglich in Kirchenrottach war und Vivi und ich uns fast genauso oft trafen. Nach Hause musste sie jedoch noch immer, und auch die Nächte verbrachte sie an der Seite eines Mannes, den sie nicht liebte.*

Juli 2001

Ein wunderbares Geschenk.
Viktor war wieder für ein Wochenende auf einem Seminar. Elke hatte sich angeboten, Céline übers Wochenende bei sich und Chiara aufzunehmen. Ich war zu *Zach* ins *Siefenbachtal* gefahren.
Es lag etwas in der Luft. *Zach* tat ziemlich geheimnisvoll. Ob es etwas mit meinem Geburtstag zu tun hatte? Er sagte, ich müsse warten, bis es Abend sei.

Gegen achtzehn Uhr hielt ich es nicht mehr aus. Endlich ließ er sich erweichen und sagte: Also gut. Komm´ mit.
Er nahm eine Umhängetasche, mich bei der Hand, und führte mich in den Wald hinein. Nach etwa einer Viertelstunde blieb er stehen. Hier sind wir.
Wir standen unter einer mächtigen Buche. Vor meinen Augen hing eine Konstruktion, die starke Ähnlichkeit mit einer Schaukel hatte. Hoppla, dachte ich, will er mich hier schaukeln? Oder verschaukeln?
Er sagte, dass ich hier warten soll. Dann kletterte er wie ein Affe den Stamm der Buche hinauf. Wie ich ihm nachschaute, entdeckte ich in der Baumkrone eine Konstruktion. Eine Plattform, um genau zu sein. *Zach* hangelte sich durch eine Öffnung in der Plattform. Dann rief er von oben: Setz´ dich auf die Schaukel. Als ich saß, schwebte ich plötzlich wie von Geisterhand nach oben. Halt´ dich fest, rief er von oben, und dann zog er mich durch die Öffnung auf die Plattform.
Es war eine Konstruktion aus nicht zu dicken Baumstämmen, ähnlich wie ein Floß, ungefähr fünf Quadratmeter in der Fläche. An einem höheren Ast hing eine Seilrolle, ein Flaschenzug, mit dessen Hilfe er mich nach oben gehievt hatte.
Zach hatte eine gepolsterte Decke ausgebreitet, und eine zweite Decke lag daneben. In einer Kiste waren Getränke und Knabbereien zu sehen. Aus der Umhängetasche brachte er belegte Brötchen zutage.
Meine Güte, wie hoch ist das hier?
Sechzehn Meter, sagte er. Heute Nacht und zu deinem Geburtstag schenke ich dir den Sternenhimmel.

Tatsächlich war von der Plattform aus der weite Himmel zu sehen.
Wir zogen die Kleider aus und legten uns auf die Decke. Der leichte Abendwind kribbelte auf der Haut. *Zach*, der sonst nie Alkohol trank, öffnete zwei kleine Sektflaschen. Hier oben wäre es fatal, wenn wir uns betrinken würden. Auf deinen Geburtstag, sagte er. Wie alt wirst du eigentlich?
Ich wurde achtundzwanzig Jahre alt.
Wir liebten uns, als die Sonne unterging, und ein weiteres Mal, als der Sternenhimmel in voller Pracht über uns stand. So schön war es noch nie gewesen. Während die Sterne über uns wanderten, verloren wir uns in einer sehr langen Vereinigung.
Als ich pinkelten musste, gab er mir eine große Glasflasche mit breiter Öffnung, die er extra zu diesem Zweck dabei hatte. Genier dich nicht, sagte *Zach*. Und ich genierte mich nicht.
Mit der zweiten Decke über uns legten wir uns, als es kühler wurde, schlafen. In *Zachs* Armen fühlte ich mich so sicher.

Das Ende war schrecklich. Als Viktor am Sonntagabend nach Hause kam, fragte er ohne Umschweife, wo ich gewesen sei. Er hätte x-mal angerufen. Freitagabend. Freitagnacht. Samstags tagsüber, abends, nachts. Er hatte seine Mutter vorbeigeschickt. Ich war nicht da. Wo?
Ich war bei Elke, sagte ich. Mit Céline. Wir haben bei ihr übernachtet. Ich hatte das Handy vergessen. Sagte ich.
Er glaubte mir kein Wort. Rief Elke an. Elke war großartig. Bestätigte im Grunde meine Lügen.

Trotzdem verprügelte er mich. Er drosch mich windelweich.
Als ich es *Zach* erzählte, sagte er: Ich bringe ihn um.

August 2001

Um Gottes Willen, hatte Vivi gefleht. Zach, hatte sie gesagt, sowas darfst du nicht einmal denken. Mit solch einer Schuld könnten wir nicht glücklich werden. Versprich´ mir, dass du dich nicht an ihm vergreifst. Er würde dich ins Gefängnis bringen. Er hat Verbindungen zu Staatsanwälten und Richtern, die sind alle seine Kunden, und die Chefs von der Polizei ebenso. Und dann hätten wir nichts mehr. Zach, versprich es mir. Zach!

Viktor nahm Vivi das Auto weg. Somit war sie der Möglichkeit beraubt, mich im Bauwagen zu besuchen. Ich erbot mich, ihr über die Firma meines Treuhänders ein Auto zu besorgen, aber Vivi lehnte ab. Zu groß war ihre Angst, von Viktor erwischt oder ertappt zu werden.

Wir sahen uns nur noch minutenweise in der kleinen Ein-Zimmer-Wohnung, und auch dort nur, um schnellen Sex im Stehen zu praktizieren (wenigstens damit kann ich es ihm heimzahlen, wie Vivi es sarkastisch ausdrückte) und uns verzweifelt zu umarmen und uns gegenseitig der unendlichen Liebe zu versichern und uns falsche Hoffnungen zu machen.

Denn Viktor zog eine fast lückenlose Überwachung auf. Vivi traute ihren Nachbarn nicht mehr, hielt sie für Spione in Viktors Auftrag. Sie traute weder dem Bäcker noch dem Metzger noch den anderen Geschäftsleuten Kirchenrottachs, weil sie den Verdacht hegte, man würde ihr Erscheinen (oder das Nichterscheinen) umgehend an Viktor weiterleiten.

Juni 2002

Ein Zeitsprung.
Nichts hatte sich in unserer Beziehung verändert, nichts war besser geworden. Im Gegenteil.
Ab Herbst 2001 war Viktors Mutter in sein Haus eingezogen. Vivi stand ab jenem Zeitpunkt unter noch strengerer Überwachung. Bei einem unserer letzten sporadischen Treffen sagte sie, dass sie kein Handy mehr besäße. Viktor hatte es ihr weggenommen.
Kurz danach fand ich im Briefkasten der Ein-Zimmer-Wohnung in Kirchenrottach einen Briefumschlag. Er enthielt eine hastig verfasste Nachricht: Vivi konnte mich nicht mehr treffen. Viktor hatte einen Schlüssel an Vivis Schlüsselbund entdeckt, der nicht zu seinem Haus gehörte.
Auf Vivis letzte verzweifelte Ausrede hin, es sei ein Schlüssel zu Elkes Wohnung, hatte er

prompt reagiert, den Schlüssel genommen und eigenhändig versucht, während Elkes Abwesenheit damit die Wohnungstür zu öffnen. Fehlanzeige.
Auf ewig deine Vivi.
Dann hörte und sah ich von Vivi nichts mehr.
Auf ewig dein.

Es war ein Regentag im Sommer, als ich an Vivis Haustürglocke klingelte. Ich wollte mit Vivi sprechen. Eine Aussprache, oder eine Erklärung, oder irgendwas.
Eine ältere Frau öffnete die Tür. Ihrem Blick war anzusehen, dass sie wusste, wer ich war.
Ich sagte, dass ich Vivi sprechen wollte.
Sie musterte mich von oben bis unten, und sagte, dass Vivi nicht daheim sei. Sie sei verreist. Mit ihrem Mann. Endlich Versöhnungsurlaub. Zweiter Frühling. Ganz Honeymoon, die beiden.
Dann lächelte sie hoheitsvoll und schloss gravitätisch die Tür.
In meinem Kopf schrie es: Versöhnungsurlaub. Versöhnungsurlaub.

Ich rannte zum Marktplatz, zum Steuerberatungsbüro von Viktor Lauenbacher. Auf einem Schild an der Tür stand: Wegen Urlaub vom siebzehnten Juni bis neunundzwanzigsten Juni geschlossen.

Ich kündigte die Ein-Zimmer-Wohnung. Weil ich einen Schlüssel nicht vorweisen konnte, musste ich die komplette Hausschließanlage auswechseln lassen.

An dieser Stelle gab es in *Zachs* Aufzeichnungen eine sichtbare und zeitliche Zäsur. Die sichtbare lag in der Aufmachung der Seiten begründet. Waren es bisher rein weiße, unlinierte Blätter, folgten nun karierte, seitlich gelochte Blätter minderer Qualität. Die zeitliche Zäsur indes war weitaus bemerkenswerter. *Zachs* Tagebuch wurde nämlich erst wieder Jahre später fortgesetzt. Um genau zu sein am Donnerstag, zweiter Juli 2015. Fast dreizehn Jahre nach seinem letzten Eintrag.

Teil III

Viviane

Juli 2015

Zweiter Juli. Donnerstag.
Ich bin französischer Staatsbürger.
Ich war dreizehn Jahre lang bei der französischen Fremdenlegion in Französisch Guayana in Südamerika stationiert. Infanterie-Fremdenregiment. (3.REI) Spezialisiert auf Dschungelkampf.

Über die Zeit bei der Fremdenlegion spreche ich nicht. Ich hatte die Möglichkeit, im Rahmen der Dienstverpflichtung und nach Ablauf einer entsprechenden Frist, die französische Staatsbürgerschaft anzunehmen. Das lediglich zur Kenntnisnahme.

August 2015

Das war also des Rätsels Lösung, weshalb *Zach* als verschollen galt oder gar für tot gehalten wurde. Fremdenlegion.
    Elke ließ die Blätter sinken und nahm die Lesebrille von der Nase. „Er war Soldat", sagte sie ernüchtert. „Er war beim Militär."
    „Nicht nur beim Militär, sondern bei der härtesten Elite-Truppe der Welt, wie man behauptet."

Ungläubig schüttelte sie den Kopf. „Er, der stets darauf bedacht war, sein eigenes Ding durchzuziehen? Ausgerechnet er geht zum Militär, um sich unterzuordnen, Befehle zu befolgen? Also Matis, das ist schon sehr befremdlich. Findest du nicht auch?"

„Ja schon, allerdings wundert mich bei *Zach* bald nichts mehr, wenn ich ehrlich sein soll. Aber bitte lies´ weiter."

Seit gestern bin ich wieder in Deutschland.
Vorrübergehend bin ich bei meinem Treuhänder in Rastatt untergekommen, der über all die Jahre meiner Abwesenheit mein Vermögen und den Waldbesitz verwaltet hat.
Ich hatte ihn von meiner Entlassung aus der Legion in Kenntnis gesetzt und ihn angewiesen, für meinen Wald im Siefenbachtal einen Käufer zu suchen.
Die ersten Wochen nach meiner Entlassung in Frankreich nutzte ich, indem ich in der Nähe von Belfort in Frankreich ein Grundstück erworben habe. Ein Grundstück mit einem eigenen kleinen See. Ein bisschen Wald. Bäume. Als ehemaliger Fremdenlegionär genießt man in Frankreich doch einige Privilegien, ja, auch Ansehen. Ich habe das Grundstück von meinem gesparten Sold bezahlt.

Sobald ich in Deutschland mit meinen Angelegenheiten fertig bin, werde ich auf jenes Grundstück ziehen.
Zu einer dieser Angelegenheiten zählt auch das ferne Ereignis aus dem Jahr 2002, und ich gebe zu, dass mein Deutschlandaufenthalt hauptsächlich zur Klärung dieser Schmach dient.

*

Verständlicherweise war ich damals sehr niedergeschlagen. Aus der wunderbaren Liebe mit Viviane war eine herbe Enttäuschung, eine Niederlage geworden. Ich hatte unsere Liebe für stark genug gehalten, allen Widrigkeiten trotzen zu können. Doch weil uns der Mut fehlte, unseren Weg konsequent weiterzugehen, haben wir letztlich alles verloren. Den Menschen, die Liebe, den Traum, das Glück.
Ich war tagelang wie betäubt und vergrub mich in meinem Bauwagen. Ich glaubte nicht an das, was Vivis Schwiegermutter mir gesagt hatte. Ich konnte mir keinen Honeymoon mit Vivi und ihrem Mann vorstellen. Zu niederträchtig hatte er sie behandelt, und viel zu wahr war Vivianes Liebe zu mir gewesen. Nein, das konnte nicht sein.
Ich gab Vivi keine Schuld. Tue es auch heute nicht. Ich war derjenige, der vor der Verantwortung gekniffen hatte. Ich war zu feige

gewesen, für unsere Liebe zu kämpfen. Ich hätte alles wagen müssen.
Aber was tat ich stattdessen? Ich fuhr zu Bauer Kilian und deckte mich mit einer Batterie Selbstgebranntem ein. Schnaps. Und damit betrank ich mich bis zur Bewusstlosigkeit und beweinte mich selbst, beweinte den Verlust Vivis und unserer Liebe. Aus heutiger Sicht möchte ich mich für mein damaliges Versagen ankotzen.

Es kam der achtundzwanzigste Juni. Ein Freitag.
Ich rechnete, dass es der vorletzte Tag von Viktors Urlaub sein müsste, dass der sogenannte Versöhnungsurlaub zu Ende ginge. Und ich hoffte völlig irrational, dass es Vivi irgendwie gelingen könnte, zu mir zu kommen. Dass sie plötzlich in der Tür des Bauwagens stehen und alles so werden würde wie vorher.
Obwohl ich auf Vivi hoffte, lag ich mit einem schweren Kater auf der Pritsche. Wenn sie käme, dachte ich, dann sollte sie sehen, wie sehr ich litt. So verquer dachte ich in meinem Wahn. Ich verhielt mich wie ein Feigling.
Die Tür flog auf, knallte gegen die Wand. Mir war trotz meiner Umnachtung sofort klar, dass das nicht Vivi sein konnte. Wie recht ich hatte.
Viktor stand im Wagen, sah mich in der Ecke liegen. Ehe ich mich überhaupt aufrichten

konnte, war er schon über mir und knallte mir den Lauf seines Revolvers gegen den Schädel.
Als ich wieder erwachte, saß ich auf einem Stuhl am Tisch. Die Füße an den Knöcheln gebunden, den Körper an der Stuhllehne fixiert. Vor mir lag Schreibpapier, ein Kugelschreiber, und ein frankiertes Kuvert mit Vivis Adresse. Gegenüber saß Viktor, den Lauf des Revolvers auf mich gerichtet.
„Schreib´", sagte er.
Ich glotzte ihn bloß an.
„Schreib´!", herrschte er mich an und schoss eine Kugel an meinem Kopf vorbei durchs Fenster. Scherben klirrten.
Ich nahm den Kugelschreiber zur Hand. Er diktierte mir die Worte. Einen Abschiedsbrief. Dass ich ohne Viviane nicht weiterleben kann. Dass ich ihr viel Glück für die Zukunft mit ihrer Familie wünsche. Dass sie mich vergessen soll. Dass sie mir verzeihen soll. Unterschrift: Zacharias.

„Vielleicht wird sie wieder normal, wenn sie weiß, dass du tot bist", zischte Viktor und schlug wieder zu. Während ich benommen auf dem Stuhl hing, nur gehalten von dem Seil um die Brust, fesselte er meine Hände hinter der Stuhllehne. Dann trat er den Stuhl brutal um. Ich stürzte zur Seite. Er schleifte mich zum Kochherd. Aus der Perspektive einer Maus sah ich, wie er mit einem weiteren Seil hantierte und eine Schlinge knotete.

„Was hast du vor?", ächzte ich.

Die Schlinge streifte er über meinen Kopf, legte sie um meinen Hals. Das graue Halstuch, Vivianes Geschenk, schien ihn zu stören, weswegen er es mit einem Ruck abriss und achtlos zur Seite warf.

„Du bist doch ein Freund des Feuers. Mein schöner Landrover weiß ein Lied davon zu singen. Verstehst du?"

Das freie Ende der Schlinge befestigte er am Standfuß des Herdes. Dann stand er auf, verschwand für eine Atemzuglänge nach draußen, kam zurück, einen kleinen Kanister in der Hand. Ich wusste sofort, was das zu bedeuten hatte.

„Das kannst du nicht machen!", schrie ich in Panik. „Du kannst mich doch hier nicht verbrennen!"

„Ich wüsste nicht, wer mich daran hindern könnte", sagte er seelenruhig.

„Hör´ zu", ich zerrte an meinen Fesseln. „Ich bin reich, ich hab´ eine Menge Geld. Ich kann dir geben, so viel du willst. Hörst du?", bettelte ich. „Ich gebe dir alles, du bekommst auch den Wald hier. Gehört alles dir."

Er schraubte den Deckel vom Kanister, warf ihn weg, und begann den Inhalt des Kanisters im Bauwagen zu verspritzen. Im Nu roch es nach Benzin. Meine Augen schmerzten, wollten aus

den Höhlen springen. **„Eine Million!"**, schrie ich. Mein Mund trocken wie ein Zwieback. Er zündete ein Streichholz an. **„Zwei Millionen!!!"** Ich war von Sinnen.
„Ich will gnädig sein", sagte er. Hoffnung. Es gab Hoffnung für mich. „Du wirst nichts spüren."
„Halt! Halt!", brüllte ich. „Das Halstuch. Das Halstuch. Gib es mir. Einen letzten Gefallen. Bitte. Bitte."
Er hob es vom Boden auf und stopfte es mir in den Mund.
Dann hieb er mir den Revolver auf den Kopf. Einmal. Zweimal.

Es ist der Schmerz, der mich erwachen lässt. Der mich leben lässt. Irre Schmerzen am Hals. Es stinkt bestialisch. Überall züngeln Flammen. Ich will schreien, aber der Qualm raubt mir den Atem.
Etwas brennt an meinem Hals. Ich werfe den Kopf hin und her. Der Schmerz hört nicht auf, wird sogar stärker. Jetzt schreie ich trotzdem, aber das Halstuch im Mund erstickt den Schrei. Dann Schmerzen an den Handgelenken. Feuer. Ich liege in einem Kreis aus Feuer. Meine Beine zucken vor und zurück. Die Beine. Gefesselt. Aber nicht an die Stuhlbeine.
Wild strampelnd versuche ich auf die Knie zu kommen. Aber wild geht gar nichts. Also mit Überlegung? Dann überlege mal, wenn dir der

Hals und die Handgelenke brennen. Ich krümme mich zusammen, strecke das linke Bein weit nach hinten, ziehe das rechte eng an den Körper, und dann mit Gewalt und abrupt die entgegengesetzte Bewegung. Ich komme auf die Knie. Dann auf die Füße, auf die Beine. Noch habe ich den Stuhl auf meinem Rücken, auf dem Hintern. Die Lehne beugt mich nach vorne. Ein leichter Widerstand am Hals - dann nicht mehr. Aber mein Hals verbrennt. Ich wimmere vor Schmerz.
Verzweifelt werfe ich mich mit dem Stuhl gegen den Herd. Nichts. Ich werfe mich, rücklings, Stuhl voraus, zu Boden. Der Stuhl kracht. Noch einmal. Aufrappeln, hinwerfen. Der Stuhl zerbricht.
Gleichzeitig spüre ich, wie die Fessel an meinen Händen sich dehnt. Eine exzessive Gewaltanstrengung, die Hände sind frei. Gierig greifen sie an den Hals, bekommen weiche Masse zu fassen, geschmolzener Kunststoff zwischen den Fingern. Jetzt verbrenne ich mir die Finger, aber egal.
Die Leinen, die Leinen, mit denen ich gefesselt bin, sie sind aus geflochtenen Kunststoffen. Kunststoff brennt, schmort, schmilzt auf der Haut, in die Haut.
Die Handgelenke, auch, brennendes Plastik.
Dort. In der Ecke. Mein Wasserbehälter. Aber Flammen überall. Schlagen hoch.

Doch die alten Teppiche brennen nicht so toll. Die Dämmplatten gegen die Bodenkälte, sie brennen nicht so gut. Sie qualmen stark, stinken enorm, aber brennen nicht so gut. Sie kokeln und schlagen Blasen wie Bitumen oder Teer. Aber lange dauert es nicht mehr, bis dennoch alles brennen wird. Bei einem Kanister Benzin **muss** es brennen, klar.

Raus hier. Nichts wie raus hier. Ersticke sonst. Raus zur Tür? Nein, nicht zur Tür raus. Viktor beobachtet den Brand vielleicht. Viktor. Gefährlicher Viktor.

Oh, mein Halstuch. Vivianes Halstuch. Wusste Viktor nicht, hahaha. In meinem Mund. Endlich raus damit. Ich stecke es in den Hosenbund.

Aber jetzt raus hier, ich huste schon, ringe nach Luft, und Luft ist keine mehr da, die Augen glühen.

Halt, mein Tagebuch. Tagebuch mit Vivi und mir. Muss es haben, muss es retten. Im Regal. Schnell.

Und das Telefon. Was ich nie wollte. Jetzt brauch´ ich es. Jetzt. Ich wirble herum. Umhängetasche. Umhängetasche umhängen.

Das Fenster. Zerschossen. Scharfe Splitter noch im Rahmen. Egal. Raus. Jetzt. Spring, Zach, spring. Brich´ dir nicht den Hals. Hals brennt. Jetzt!!!

Draußen musste ich wieder das Bewusstsein verloren haben. Denn als ich hinter dem Bauwagen im Gebüsch wieder zu mir kam, brannte der Wagenaufbau lichterloh. Die Hitzeentwicklung zwang mich zu mehr Abstand. Ich kroch tiefer in das Unterholz hinein. Von dort spähte ich auf die Lichtung hinaus. Ich blieb sehr lange liegen, aber von Viktor keine Spur.
Ich lebte. Ich lebte. Aber Erleichterung empfand ich nicht. Vielmehr dachte ich an mein klägliches Verhalten. Dass ich mich hatte freikaufen wollen. Jämmerlich. Dass ich diesen Brief geschrieben hatte. Ich schämte mich so sehr, dass es mir ein drittes Mal schwarz vor Augen wurde.

Mein Treuhänder holte mich ab. Ein treuer, loyaler Mann. Er stellte keine Fragen, wofür ich ihm sehr dankbar war. Fürs Abholen und für die Diskretion.
Er fuhr mich direkt zu einer Klinik in Rastatt. Dort behandelte man die Brandwunden an Hals und Handgelenken. Man versprach mir bleibende Narben. Zudem hatte ich eine mittelschwere Rauchvergiftung.
Meinem Treuhänder erteilte ich alle erforderlichen Vollmachten zum Verwalten meiner Vermögenswerte bis auf Widerruf.

Eine Woche später reiste ich nach Paris, dann weiter nach Fontenay-sous-Bois, wo ich mich für *die Fremdenlegion rekrutieren ließ. Für zunächst fünf Jahre. Mit Option zu verlängern. Weit weg. Französisch Guayana.*

Juli 2015

Nun also wieder hier. Deutschland.
Aber nicht für lange.
Muss nichts überstürzen, aber dennoch auf mein Ziel zuarbeiten.
Viktor.

„Viktor? Lese ich richtig? Viktor? Nicht Viviane? Ist er nicht wegen Viviane zurückgekommen? Da, schau, hier steht eindeutig Viktor. Er hat sich doch wohl nicht verschrieben, oder Matis?"

Ich nahm das Blatt Papier in die Hand. *Viktor*, las auch ich. Plötzlich spürte ich einen schalen Geschmack auf der Zunge. Die Suppe, die ich die ganze Zeit gelöffelt hatte, war mit einer anderen Substanz gewürzt, als auf dem Rezept versprochen wurde. Nicht Viviane hieß die Essenz, sondern Viktor. Waren wir blind gewesen?

„Sag´ es mir, Elke. Sag´ mir, was du denkst."

Sie horchte in sich hinein. „Der erste Gedanke? Eine lebendige Liebe hätte er niemals so lange warten lassen. Eine tiefe, gegenseitige Liebe, verstehst du, Matis?

Dafür hätte er die Welt aus den Angeln gehoben. Eine solche Liebe verlangt nach Erfüllung.

Aber ein Hass wird erst dadurch süß, wenn man ihn lange genug gären lässt. Dreizehn Jahre Hass, Matis, sind eine lange Zeit. Das war seine Triebfeder. Rache war seine Absicht. Er hat dreizehn Jahre nicht für die Liebe, sondern für seinen Hass gelebt. Dreizehn Jahre nicht für Viviane, sondern für Viktor. Das erklärt mir die lange Dauer, und jetzt verstehe ich ihn. Jetzt bist du dran."

„Besser hätte ich es auch nicht beschreiben können. Was du sagst, hat Hand und Fuß. Wie hatte er noch gesagt, als er hier war? *Damit ihr versteht.* Ja. Seine Liebe zu Viviane ist im Ozean seines Hasses ertrunken."

„Mist. Viviane ahnte nichts davon", sagte Elke. „Und *Zach* hat seinen Plan bereits in die Tat umgesetzt. Fast hat es den Anschein, als hätte er auch uns hinters Licht geführt."

„Allerdings. Er hat seine wahren Absichten schließlich erst dann offengelegt, als schon längst nichts mehr zu retten war. Viviane kann einem leidtun."

„Lesen wir weiter. Viele Seiten sind es nicht mehr."

Seit ich aus der Legion entlassen bin, lasse ich mir den Bart stehen. Ich trage noch immer Vivianes Halstuch. Tausend Mal gewaschen, ist es nur noch ein dünner Lappen.

Ich fahre nun einen Unimog, den ich im Elsass entdeckt, gekauft und zugelassen habe. Ideales Vehikel für meine Pläne.
Ich treffe mich mit dem Käufer meines Waldes. Er versucht den Preis zu drücken, weil der Wald verwildert ist. Gut, soll er drücken, ist mir egal. An dem Wald liegt mir nichts mehr. Der künftige Besitzer verlangt, dass ich den Schrott von der Lichtung entferne. Kein Problem. Werde ich machen.

Mein Treuhänder hat das Internet durchforstet und in Bühl (Baden) einen Bauwagen ausfindig gemacht, der zum Verkauf steht. Gleiche Maße wie mein alter Bauwagen. Kauf und Zulassung zwar in Deutschland, aber das juckt mich nicht. Habe nicht vor, besonders weit damit zu fahren.
Ich beginne den Wagen einzurichten. Bett, Tisch, Stühle, Regale, usw.
Was mir fehlt, ist ein Kochherd.
In Durlangen ist Flohmarkt. Weiß ich noch von früher. Es waren immer Händler mit Eisenwaren dort.
Ich fahre mit dem Unimog hin. Samstag. Achtzehnter Juli. Einer der Händler verspricht mir einen Herd, doch hat er ihn nicht dabei, lagert ihn zu Hause. Okay.
Wir verabreden Abholung und Einbau in einer Woche.

Es ist heiß. Ein Gewitter zieht auf. Es erwischt mich, als ich auf dem Weg zum Auto bin.
Ein Typ zieht mich in seinen SUV, meint, mich behüten zu müssen, bietet mir Kaffee aus der Thermoskanne an. Er glotzt mich an. Kenne ich ihn? Kennt er mich?

Dann wird es Zeit, dass ich ein erstes Zeichen setze. Am Samstagabend, achtzehnter Juli, stecke ich mein graues Hals-tuch in Vivianes Briefkasten. Nun heißt es warten. Viviane wird reagieren. Davon bin ich überzeugt.
Am fünfundzwanzigsten baue ich mit dem Flohmarkthändler den Kochherd in den Bauwagen ein. Ich darf den Wagen auf seinem Gelände stehen lassen, bis ich ihn abholen komme.

Am achtundzwanzigsten Juli beginne ich zusammen mit Bauer Kilian den Schrott von der Lichtung zu schaffen. Kilian ist hocherfreut, mich nach so langer Zeit lebendig wiederzusehen. Das Altmetall, sagt er, würde er gerne behalten.
Der Zweig mit den Blättern an der Spitze fällt mir sofort ins Auge. Er steckt neben dem alten Kochherd im Gestrüpp. Und ich finde auch den Brief sogleich, ohne umständlich danach suchen zu müssen. Vivianes Brief.
Ein Zettel mit einer fremden Adresse klebt drauf. Wer ist Mathias Morgenstern?

Aber zunächst mähen Kilian und ich die Lichtung, schüren ein großes Feuer, werfen alles hinein, was brennbar ist. Dann laden wir das Eisen auf seinen Anhänger. Mach´s gut, Kilian. Danke für alles.

Viviane schreibt.
26. 07. 2015
Mein über alles geliebter *Zach*.
Ich habe deine Botschaft gestern Nachmittag aus dem Briefkasten gezogen. Nach tausendfach vergeblichem Warten auf eine Nachricht von dir war gestern der erlösende Tag. Seither glüht mein Herz vor Verlangen nach dir. Ich muss aufpassen, dass man mir die Erregung nicht ansieht.
Ich habe nie daran geglaubt, dass du tot sein sollst. Matis, der Freund Elkes, hat eine Zeichnung von dir angefertigt, weil er meinte, dich vor einer Woche gesehen zu haben. Ich habe dich anhand der Zeichnung wiedererkannt und weiß seither, dass du lebst. Matis meinte auch, dass dir der Abschiedsbrief diktiert worden sein könnte.
All die Jahre, mein geliebter *Zach*, habe ich auf dich gewartet. Viktor hatte zwar versucht, mich zu zerbrechen, aber ich bin noch da. Für dich. Ich habe nie aufgehört, dich zu lieben. Jetzt wird alles gut, und ich weine vor Glück. Ich werde mit dir gehen, wohin du auch willst.
Am ersten August wird Viktor vormittags nicht da sein. Ich werde mit gepackter Tasche auf dich warten. Bitte, hole mich ab und befreie mich aus meinem Gefängnis.
Deine dich liebende Vivi.
Ein Lippenstift-Kuss.

Seltsamerweise berührt mich Vivis Brief kaum.
Ich lese die Worte, und fühle doch nichts.
Elke gibt es also noch. Ihr Freund muss dieser Typ vom Flohmarkt in Durlangen sein. Der mit dem Kaffee.

*

In der folgenden Woche schließe ich die Arbeiten in meinem neuen Bauwagen ab. Geschirr, Bestecke, Töpfe, all diese Sachen. Ich treffe mich mit meinem Treuhänder und bespreche mit ihm, wohin er in Zukunft das Geld überweisen soll.

Dann wird es Samstag, erster August.
Mit dem Unimog fahre ich die Platanenstraße in Kirchenrottach entlang, halte unter einem der Bäume gegenüber des allzu bekannten Anwesens. Ich drücke auf die Hupe. Dreimal kurz.
Tatsächlich öffnet sich die Haustür, und Viviane kommt heraus, eine Tasche in der Hand.
Äußerlich hat sie sich nicht verändert, trägt das glatte Haar noch immer lang. Dünn ist sie geworden. Aber als sie näher kommt, blicke ich in ein bleiches, verhärmtes Gesicht.
Ich steige aus, umrunde das Auto, öffne die Beifahrertür. Sie lässt die Tasche fallen, schaut mir ins Gesicht. „Du bist gekommen, Zach", sagt sie. Dann umarmt sie mich flüchtig und

steigt in den Wagen. Ich reiche ihr die Tasche entgegen.
Ich fahre sofort los. Über den Marktplatz.
„Dort steht Viktors Auto", deutet sie auf einen weißen BMW SUV. Dann sind wir vorbei.
Ich fahre, bis wir außerhalb des Ortes sind. Dann erst halte ich an. Wir umarmen und küssen uns.
Alles ist anders.

Wir fahren auf das Gelände, wo der Bauwagen steht. Abfahrbereit.
„Er ist beinahe genauso wie der alte", sagt Vivi. „Ich bin nie wieder dort gewesen. Nie wieder auf unserer Lichtung."
Sie schaut auf das Bett. „Willst du?" Ein misslungener Versuch eines verführerischen Lächelns. Sie öffnet meine Gürtelschnalle, zieht den Reißverschluss herunter. Wir entkleiden uns. Wir schlafen miteinander. Dann liegen wir nebeneinander.
„Was hast du, Zach? Du bist so schweigsam. Freust du dich nicht?"
„Wird schon wieder", brumme ich.
„Hm. Wann fahren wir?"
„Morgen früh", sage ich. „Ich muss noch mal weg. Etwas erledigen."
Ich setze mich an den Tisch und schreibe diese Zeilen. Und während ich schreibe, wird mir klar, dass es die letzten Zeilen sein werden.

Hier endete *Zachs* Tagebuch.

September 2015

Die Ferien waren um, und Chiara ging wieder zur Schule. Sie fuhr mit ihrem Fahrrad vom Haus das Tal hinunter nach *Magerbüchel* hinein. An der Kirche konnte sie das Fahrrad in der Nähe der Bushaltestelle abstellen.

Auch Elke arbeitete wieder. Kindergarten *Kirchenrottach*. Das Pendeln ist Gewöhnungssache, sagte sie, und lästerte doch jeden Tag über den massenhaften Verkehr.

Sie wohnten nun dauerhaft bei mir, die beiden Mädels. Der Umzug jedoch war noch nicht komplett vollzogen. Elkes Wohnung musste erst Ende Oktober vollständig geräumt sein. Sie hatte per Zeitungsanzeige einen Nachmieter gefunden, der einige ihrer Möbel übernehmen wollte. Was danach noch übrig sein würde und in unserer Scheunenwohnung in *Magerbüchel* keinen Platz fände, durfte die AWO (Arbeiterwohlfahrt) abholen.

Nur auf Verdacht hatte Elke im Kindergarten in *Magerbüchel* angefragt, ob nicht zufällig eine Kindergärtnerin gebraucht würde. Wie das Leben so spielt, *suchten* sie dort händeringend nach Verstärkung, und Elke bekam umgehend einen Arbeitsvertrag ab ersten November.

Auf Freitag, dreiundzwanzigster Oktober, war unsere Hochzeit angesetzt. Und wir hatten den Vorgang zur Adoption Chiaras in Gang gebracht. Der leibliche Vater hatte sein Einverständnis bereits bekundet, sodass ich in absehbarer Zeit, nach notarieller Beurkundung und Entscheidung des Familiengerichts, Chiaras offizieller Papa sein durfte. Unsere Kleine war vor Glück kaum zu halten.

*

Am zwölften September begann die Saison für meinen Bücheranhänger wieder. Flohmarkt *Durlangen*, der vorletzte dieses Jahres, direkt gefolgt von der fünftägigen Mammut-Tour an der *Romantischen Straße*, vom vierzehnten bis achtzehnten September.
Nur in *Durlangen* hatte Elke mit dabei sein können. Die harte Woche danach hatte ich alleine bewerkstelligen müssen.

In der Zeitung war zu lesen gewesen, dass die Polizei bisher vergeblich nach Viviane Lauenbacher suchte. Viktors Mutter hatte ihre Schwiegertochter beschuldigt, direkt oder indirekt am Tod ihres Sohnes beteiligt gewesen zu sein. Gesucht wurde in diesem Zusammenhang auch ein gewisser Zacharias Pasching, polizeibekannt als mehrfach aktenkundig gewordener Natur- und Tierschützer. Allerdings war dieser zuletzt im Jahre 2002 gesehen worden und seither untergetaucht. Interpol wurde eingeschaltet, unter anderem auch, weil an Viktors explodiertem *BMW SUV* Spuren von Plastiksprengstoff entdeckt worden waren, das, wiederum unter anderem, vom französischen Militär verwendet wurde.

Im Rahmen dieser Ermittlungen war die Polizei Mitte August auch bei uns in *Magerbüchel* erschienen. Elke war als Freundin Vivianes nach deren möglichem Verbleib befragt worden. Wir hatten lediglich bestätigt, von einer Beziehung Vivianes mit Zacharias Pasching in den Jahren 2000 bis 2002 Kenntnis zu haben. Über die aktuelle Konstellation hatten wir uns ausgeschwiegen.

Was unser Gewissen wiederum in Aufruhr versetzte.

Die Diskussion um das Für und Wider begann von vorne. Durften wir uns das gestatten?

Ein Anruf genügte, um das Glück Vivianes ein zweites Mal zu zerstören. Waren wir dazu berechtigt?

Ein Anruf genügte aber auch, um einen Mörder dem Gericht zuzuführen. Waren wir dazu verpflichtet? War Viviane an der Seite dieses Mannes wirklich glücklich? Konnte *Zach* Gerechtigkeit widerfahren, wenn wir ihn deckten? Hatte nicht Viktor versucht, ihn zu töten? Was wog schwerer? Durften wir Justitia spielen? Spielen sowieso nicht, aber sein? Welche höchstmoralische Instanz konnte uns helfen? Gab es denn keine unabhängige Schiedsstelle für solche Dilemmas? Und wie sah es mit unserer Absolution aus?

Im Moment verhielten wir uns passiv, und uns war klar, dass auch das eine Entscheidung darstellte.

„Fahrt doch hin", sagte Chiara. „Euer Herumgeeiere ist ja kaum noch mit anzusehen."

„Und *wohin*, bittschön, sollen wir fahren? Hat die Dame vielleicht einen Vorschlag zur Güte? Und womit, meinst du, begründen wir unser Erscheinen, für den Fall, dass wir sie tatsächlich finden? *Ach, guten Tag zusammen, wir wollten nur mal vorbeischauen und gucken, wie es euch geht? Wir haben auch Kuchen mitgebracht.* Hä?" Elke hielt den Vorschlag für abwegig.

„Hat dieser *Zach* nicht was von *in der Nähe von Belfort* geschrieben? Das ist doch nicht so weit. Macht einen Ausflug. Sucht nach einem Bauwagen. Also echt."

Ein Blick auf die Landkarte zeigte, dass es im Dreieck zwischen den Städten *Altkirch, Belfort* und dem Grenzort zur Schweiz *Delle* von Teichen und kleinen Seen nur so wimmelte. Wie sollte man da jemanden finden, wenn man nicht einmal einen Anhaltspunkt hatte? Da Chiara sich bereit erklärt hatte, mitzufahren, betrachteten wir es auch mehr als Familienausflug anstatt eine Suche. Was wir tun würden, wenn wir wider Erwarten auf Viviane und *Zach* treffen würden, stand in den Sternen.

Wir fuhren auf der Autobahn nach Süden und bogen bei *Weil am Rhein* nach Frankreich ab. Über *Huningue* und *St. Louis* auf der D 419 Richtung *Altkirch*, dann *Dannemarie*, wo wir die D 419 verließen, und bald schimmerten uns, mal links, mal rechts, zwischen Bäumen hindurch oder über grüne Wiesen hinweg, himmelblaue Wasserflächen entgegen.

Es war Sonntag, der zwanzigste September, moderate spätsommerliche Temperaturen bei wolkenfreiem Himmel. Wir hatten Decken eingepackt und jede Menge Getränke und belegte Brötchen.

Ob die Geschichte stimmte, die ich einmal gehört hatte, wagte ich zu bezweifeln:

Man sagte, dass die Entstehung der Teiche und kleinen Seen auf eine Kriegshandlung aus dem Ersten Weltkrieg zurückzuführen sei. Damals hätte im Wiesental im südlichen Schwarzwald, Nähe *Basel*, eine Kanone gestanden, mit der man versucht hätte, die Festungsstadt *Belfort* zu treffen. Im Volksmund war die Kanone unter der Bezeichnung *Dicke Bertha* bekannt, die Granaten vom Kaliber 42 cm und im Gewicht von tausend und mehr Kilogramm verschoss. *Belfort* lag für die Reichweite der Kanone zu weit entfernt, denn die maximale Schussweite der *Dicken Bertha* lag unter fünfzehn Kilometer. Die Granaten sollen im Gebiet der heutigen Seenplatte niedergegangen sein und bei ihrer Landung die Löcher gerissen haben, die sich später mit Grundwasser füllten. Aber auch die Seen liegen jenseits der fünfzehn Kilometer Reichweite. Also eine Lügengeschichte?

Elke lotste den *Mitsubishi* über eine schmale Landstraße zwischen *Suarce* und *Faveroi*, mitten im Herz der Seenplatte. Chiara verlangte vom Rücksitz her *langsame Fahrt*, weil sie nach befahrbaren Feldwegen Ausschau hielt, die uns in die Nähe eines der Gewässer bringen konnten. „Fahr´ mal da vorne rechts ab, Papa."

Ich bog ab und hielt nach zwei-, dreihundert Metern im Schatten eines Eschenwaldes, an dessen Rand es sich prächtig picknicken ließ. Das Ufer eines der Teiche lag nur einen Katzensprung entfernt.

Wir packten Decken und Verpflegung aus und schlugen unser Lager auf. Chiara hatte ihre Jeans ausgezogen und stand bald bis zu den Oberschenkeln im Wasser. Elke und ich dösten, als uns Chiaras Stimme aufschreckte: „Da kommt jemand. Ui, der sieht aber nicht freundlich aus."

Wir richteten uns auf. Tatsächlich kam ein Mann daher gestampft, bekleidet mit einem dieser Tarnfarben-Overalls. Sein gerötetes Gesicht verhieß nichts Gutes. Noch weniger der große Hund an seiner Seite. Fleischerhund, sagte man früher bei uns zu der Sorte. Ich kannte mich mit Hunderassen nicht besonders gut aus.

Der Kerl fing schon an zu brüllen, als er noch meilenweit entfernt war, und ruderte mit einem Arm herum, als würde er Hühner scheuchen. Er brüllte auf Französisch, das wir, nur mit Schulfranzösisch gesegnet, nicht verstanden, weswegen wir uns auch irritiert anschauten. Dann schien er an unserem Auto zu erkennen, dass wir Deutsche waren, und wechselte in den elsässischen Dialekt:

„Was fallt eich i, ihr ditschi Bagaasch. Des isch privée do. Hoppla, zämerüüme, abr tutswit, ihr Dreckspack, odr i schass eich dr Hünd uff dr Ronze. Ja was isch? Vit, vit, tempo, tempo, allez, allez!"

So oder so ähnlich hörte sich die Schimpfkanonade des Alten an. Hätte er nicht so geschäumt, wären wir sicher vor Lachen im Boden versunken. Der Hund tat ein Übriges dazu, dass wir schleunigst unsere Siebensachen packten und fluchtartig das Land verließen. Ja, auch das Land, denn der Auftritt des Mannes hatte uns den Spaß an Frankreich verdorben.

Bei diesem Ausflug auf Viviane und *Zach* zu stoßen, war von vornherein einem Lotteriespiel gleichgekommen. Insgeheim hatten wir das auch nicht erwartet. Man müsste eine Suche systematisch angehen, und dafür fehlte uns einfach die Lust und die Zeit. Aber wir hatten zumindest einen Eindruck davon gewonnen, wie wir uns die Umgebung ihres neuen Zuhauses vorstellen mussten.

Wir verlagerten das abgebrochene französische Picknick an unseren Bach vor dem Haus, und Chiara übte mit wachsender Begeisterung die Aussprache elsässisch gefärbter Sätze.

*

Das Wetter änderte sich, wurde herbstlich. Ich hatte einen Jahrmarkt am Dienstag in *Klahr am Rhein* bei Dauerregen, und in der gleichen Woche donnerstags in *Breisach* am Kaiserstuhl. Danach bereitete ich die für dieses Jahr zweite, sogenannte Vernissage in meinem Bücherlager vor. Die Ausstellung mit den etwas wertvolleren Bildern und Gemälden sollte am letzten Oktoberwochenende, nach unserer Hochzeit stattfinden. Wie immer verschickte ich Einladungskarten an meine Stammkunden, und legte Flyer in der Buchhandlung *Durlangen* aus.

Es war Samstag, kurz vor Mittag, Chiara war mit besagten Flyern nach *Durlangen* unterwegs, Elke und ich waren gerade dabei, die Bücherregale mit Packpapierbahnen zu verkleiden (um später die Gemälde darüberzuhängen), als wir Motorengeräusch im Hof vernahmen. Elke ging zu einem der Fenster und schaute hinaus. Eigentlich erwarteten wir keinen Besuch. Plötzlich stieß sie einen kurzen spitzen Schrei aus und raste wie der Blitz zur Tür hinaus. Ich, nun doch neugierig geworden, schaute meinerseits aus dem Fenster. Zuerst sah ich den taubenblauen *Unimog*, dann die zwei Frauen, die sich in den Armen lagen. Viviane und Elke.

Ich legte Klebstreifen und Schere ab und trat unter die Eingangstür. Elke kam, ihre Freundin stützend, auf mich zu.

„Hallo, Viviane", sagte ich, hielt mich aber mit gewöhnlichen Plattitüden wie *schön, dich zu sehen* oder *das ist aber mal eine nette Überraschung* zurück. Sie schien mir nicht sehr glücklich zu sein. Dementsprechend antworte sie auch nur mit einem schüchternen Lächeln.

„Komm´ mit hoch, Matis", raunte mir Elke zu.

Also stapfte ich den beiden hinterher, die Treppe in den Wohnraum hoch. Elke geleitete Viviane zur Couch. Ich sorgte für ein Glas Wasser und stellte es vor Viviane auf den Tisch. Gierig trank sie es ohne abzusetzen aus.

„Kann ich vorübergehend bei euch bleiben?", fragte sie und machte einen völlig desolaten Eindruck. Orientierungslos. Durcheinander. Ihre Augen standen keine Sekunde still.

„Natürlich", sagte Elke und legte einen Arm um Vivianes Schulter. „Was ist passiert?"

Als hätte sie nur auf diese Frage gewartet, brachen bei Viviane alle Dämme. Sie sank in die Lehne zurück und weinte zum Herzerbarmen in beide Hände, die sie vors Gesicht geschlagen hatte. „Es – ist - so – schreck - lich", stammelte sie dann hervor und wurde wieder von einem Krampf erschüttert. „So – schreck – lich."

„Ist gut, Viviane, ist gut. Jetzt bleibst du erst mal hier", versuchte Elke zu trösten.

„Nein, nichts – ist – gut. Nie – mehr – gut. Er – wird – hier – her – kom – men, aber – ich – kann – nicht – mehr – mit – ihm – gehen."

„Er? *Zach* wird hierherkommen?"

„Be – stimmt. Ich – hab´ - doch – nie – man - den – außer – euch. Ich – hab´ - sein – Auto – ge – nom – men."

„Nun, dann dauert es einige Zeit, bis er hier sein wird."

Viviane beruhigte sich etwas. „Er wird ein Taxi nehmen. Oder einen seiner Soldatenfreunde bitten. Er wird kommen. Er hat eine Pistole."

„Scheiße", entfuhr es mir.

„Was ist passiert, Viviane." In Elkes Stimme lag nun ein angespanntes *Pistolen*-Timbre.

Ein neuerlicher Weinkrampf würgte Viviane Luft und Sprache ab. Elke gab mir ein Zeichen, sie mit ihr alleine zu lassen. Konnte ich etwas tun?

Ich ging zum *Unimog*, öffnete die Fahrertür. Der Zündschlüssel steckte. Ob die Idee gut war oder nicht, konnte ich nicht wissen, aber ich öffnete das Scheunentor, in dem für gewöhnlich mein *Mitsubishi* mit dem Bücheranhänger stand. Dann setzte ich mich ans Steuer

des *Unimog*, lenkte ihn hinter mein Gespann in die Scheune und verschloss das Tor wieder. Vielleicht waren dadurch ein paar Sekunden gewonnen, sollte *Zach* wirklich hier erscheinen.
 Mit einer Pistole?
 Jetzt **musste** eine Entscheidung her!

Leicht nervös hielt ich vom Balkon nach Chiara Ausschau. Ungefähr vor drei Stunden war sie nach *Durlangen* aufgebrochen. Traf sie sich noch mit Schulkollegen? Oder ging sie einfach bummeln? Ein Blick auf die Armbanduhr: Nach zwölf. Ich hatte keine Ahnung, in welchem Takt samstags die Busse fuhren, wenn überhaupt.
 Die Gedanken bei dem Mädel, gesellte ich mich wieder zu den Frauen im Wohnzimmer. Ich kam gerade recht, denn Viviane hatte begonnen zu erzählen:

Schon von der ersten Sekunde an schien er mir verändert zu sein. *Zach*.
Er holte mich am ersten August mit seinem *Unimog* von zu Hause ab. Es war nicht nur der Bart, der ihn fremd aussehen ließ. Auch seine Augen waren gänzlich anders. Es hatte zwar noch ein Feuer in den Augen, ja, aber ein kaltes Feuer. Starr und gleichgültig. Oder tot.
 Wir küssten uns, aber es war so pflichtmäßig, weil das Küssen irgendwie zum Programm eines

Wiedersehens gehört. Und wir liebten uns, aber es war so mechanisch und beiläufig wie Zähneputzen.

Er schrieb letzte Zeilen in sein Tagebuch. Er hatte gesagt, dass er wegen einer Erledigung noch mal weg müsste, aber er unternahm keine Anstalten dafür. Als ich ihn fragte, wann er denn wohin müsste, knurrte er mich an, sagte, dass es mich nichts anginge und er warten müsste, bis es dunkel genug sei.

Obwohl wir uns dreizehn Jahre lang nicht gesehen hatten, sprachen wir kaum ein Wort miteinander. Ich lag auf dem Bett im Bauwagen, und er schnarchend daneben.

Als es Nacht war, stand er abrupt auf, packte eine Tasche und verschwand. Nach über einer Stunde kam er wieder zurück. Ich fragte nicht, wo er war, und er sagte es mir nicht.

Am Sonntagmorgen fuhren wir dann los, den Bauwagen an den *Unimog* gehängt. Für den Besuch bei euch stellten wir den Bauwagen kurzfristig an der Bundesstraße ab und hängten ihn danach wieder an.

Da wir wegen des Anhängers nicht schneller fahren durften als fünfundzwanzig km/h, benötigten wir bis zu seinem Ziel, ein See in Frankreich, beinahe acht Stunden. Es war wirklich ein schönes Plätzchen, das er nun besaß, und auf dem wir fortan leben sollten. Idyllisch geradezu. Es gab Wald, Bäume, eine Wiese und das Wasser.

Aber die Stimmung war nicht entsprechend. Weder romantisch noch auf irgendeine Art harmonisch. Was *Zach* früher ausgezeichnet hatte, zum Beispiel seine Liebenswürdigkeit, die Höflichkeit, die Zuvorkommenheit, der manchmal knorrige aber herzliche Humor, dazu sein Wissen über die Natur und die darin vorkommenden Lebewesen, die Achtung dafür, sein Einsatz für alles, was seiner Hilfe bedurfte – das alles konnte ich bei ihm nicht mehr entdecken. Dagegen war er mürrisch, missgelaunt, herrisch und gemein. Hatten wir Sex, dann liebte er mich nicht so zärtlich wie früher, sondern er nahm mich regelrecht her, vögelte mich wie ein lebloses Stück Fleisch. Es war wie eine Verrichtung, so wie man pinkeln geht.

Und *Zach* trank. Er trank Schnaps und Unmengen Bier.

Eines Tages hörte ich es frühmorgens knallen. Als ich nachschaute, stand er mit einer Pistole am Ufer des Sees und schoss auf leere Bierdosen, die er am Waldrand aufgestellt hatte. Da bekam ich es mit der Angst zu tun.

Vor ungefähr einer Woche kam ein Fremder auf *Zachs* Land. Fremd für mich. *Zach* hingegen begrüßte ihn wie einen alten Bekannten. Es war ein Kamerad aus der Fremdenlegion.

Zusammen saßen sie vor dem Bauwagen, tranken Schnaps und Bier, schwärmten lang und breit von der Fremdenlegion in Südamerika. Dann ballerten sie auf Bierdosen, um danach weiterzutrinken. Es wurde Abend, *Zach* entzündete ein Lagerfeuer. Da sagte er zu mir, ich solle doch zu seinem Kameraden ein bisschen nett sein.

Ich fragte, ob er verrückt sei, und rannte zum See, und darüber lachten die beiden lauthals und hämisch. Später sagte er, dass er nur Spaß gemacht habe und ob ich keinen harmlosen Spaß verstehen würde.

Gestern nun waren es **zwei** seiner Ex-Kameraden, die zu Besuch kamen. Der eine von vergangener Woche, und ein neuer. Wieder zündete *Zach* ein Feuer an, und das Spiel mit Saufen und Schießen und Saufen und Schießen begann von Neuem. Und wieder sagte *Zach*, ich solle zu seinen Freunden nett sein. Falls nicht, sagte er, sind sie eventuell nett zu mir, und das sei dann nicht so schön für mich.

Er packte mich am Handgelenk und hielt mich fest. Seine Kumpel nötigten mich Schnaps zu trinken, bis ich kotzen musste. Sie lachten sich halbtot, und dann ..."

Viviane stockte. „... **und dann ...**"

Wieder versagte ihr die Stimme. Sie schlug beide Hände vor das Gesicht. Ein tiefer gequälter Laut drang aus ihrer Kehle. Ihr Körper bebte.

Elke nahm sie in beide Arme, sprach leise auf Viviane ein: „Du musst nicht darüber reden, Viviane."

„Doch, das muss ich, damit ich kapiere, dass es tatsächlich geschehen ist. Damit ich nicht daran ersticke. Sie fielen über mich her, zwangen mich zum Sex, und *Zach* ...*Zach* schau – te see – len - ru – hig zu."

Jede einzelne Silbe wurde von einem Schluchzer unterbrochen. Viviane wurde von einem weiteren Gefühlsausbruch geschüttelt. Elke streichelte ihr sanft über Kopf und Rücken, wartete, bis Viviane sich wieder gefasst hatte.

„Es war so widerlich, und ich konnte mich nicht wehren, und wenn ich es versuchte, wenn ich strampelte, zappelte und schrie, spornte es sie nur noch mehr an. Es dauerte schier endlos."

Vivianes Brust schien bei der Erinnerung bersten zu wollen. Sie legte eine Hand auf die Herzgegend.

„Ich glaube, mein Herz zerbricht."

„Leg´ dich hin, die Beine hoch", sagte Elke rasch.

Viviane lehnte ab, schüttelte den Kopf.

„Nachdem sie mit mir fertig waren, ließen sie mich achtlos neben dem Feuer liegen und soffen mit *Zach* weiter, als sei nichts geschehen.

Obwohl ich vom Alkohol total benebelt war, war es der Schock, der mich lähmte. Und die Schmerzen im Unterleib und an den Brüsten. Dagegen waren die Vergewaltigungen durch Viktor die reinsten Zärtlichkeiten. Ich glaube, ich war eine Zeit lang bewusstlos. Kann ich bitte noch ein Glas Wasser haben?"

Ich beeilte mich, dafür zu sorgen.

„Irgendwann im Laufe des Abends verschwanden seine Freunde. Ich lag immer noch auf dem Boden beim Feuer. Zach stieß mich mit dem Fuß an. „Du bist ja total betrunken. Steh´ auf und tu´ nicht so, als hätte ich dich nicht gewarnt", sagte er nur, und torkelte in den Bauwagen. Da beschloss ich, ihn zu verlassen.

Während *Zach* seinen Rausch ausschlief, hab´ ich heute Morgen den Autoschlüssel genommen und bin hierher zu euch gefahren."

Immer noch hielt Elke die Freundin in den Armen.

„Das war das einzig Richtige, was du machen konntest, Viviane. Mein Gott, welch ein Drama. Welch ein Abgrund."

„Es – tut – so – weh, El – ke. So – weh."

„Natürlich. Jetzt bleibst du erst mal hier. Wusstest du, dass an dem Tag, als *Zach* und du bei uns gewesen seid, Viktor durch eine Autobombe ums Leben kam?"

Es dauerte, bis Viviane die Nachricht verarbeitet und die Schlüsse daraus gezogen hatte.

„Nein", antwortete sie, und das Entsetzen stand ihr ins Gesicht geschrieben. „Das heißt ..."

Weiter kam sie nicht, denn vom Hof her drangen Motorgeräusche, Türenschlagen, und lautes Gebrüll.

„Matis, Elke!"

„Oh mein Gott, das ist er schon. *Zach*!", entfuhr es Viviane.

„Bleibt ihr beide hier", sagte ich. „Ich gehe auf den Balkon."

Ich trat ans Geländer. Richtung *Magerbüchel* entfernte sich ein Taxi vom Haus. Im Hof stand *Zach*. Er war nicht allein. Er hielt Chiara an einem Arm fest. Ihre Knie bluteten, das Blut floß ihr die Beine hinab, Trä-

nen rannen ihr über die Wangen. Mir blieb das Herz stehen und schlagartig wurde es schwarz in meinem Kopf. Als er mich entdeckte, brüllte er:
„Wo ist sie? Wo ist Viviane?"
Ich achtete gar nicht auf ihn, sondern kümmerte mich nur um Chiara. Sie sah sehr gequält und verängstigt aus, stand sichtlich unter Schock.
„Lass´ das Mädchen los!", schrie ich hinunter.
Mit der freien Hand griff er an seinen Rücken, zog eine Pistole aus dem Hosenbund und richtete sie auf Chiara.
„Die Kleine im Tausch gegen Viviane", rief er zurück. „Sie ist doch bei euch." Er sah fürchterlich aus. Tiefblaue Ringe unter den Augen. Sein Blick war wild und wirr zugleich.
So kamen wir nicht weiter. Ich verließ den Balkon. Musste handeln. Den Frauen im Wohnzimmer rief ich im Vorbeihasten zu, sie sollten sich nicht von der Stelle bewegen.
„Was hast du vor, Matis?", fragte Elke in Angst, aber es war keine Zeit für Erklärungen, und wenn ich ehrlich sein sollte, wusste ich es selber nicht. Ich wusste nur, dass ich etwas tun musste, womit er nicht rechnen würde. Überrumpeln. Aber wie sollte das gehen?
Ich schloss die Haustür auf, donnerte sie gegen die Wand, und sobald ich über die Schwelle getreten war, stürmte ich mit schnellen raumgreifenden Schritten frontal auf Chiara und *Zach* zu. Mein Blick krümmte die Welt rings umher wie ein *Schwarzes Loch* im Universum das Licht. *Zach* sah mich zwar kommen,

starrte mich unschlüssig an, konnte sich mein Verhalten aber nicht erklären.

„Stopp! Stopp!", schrie er auf einmal, als könnte er meine Taktik durchschauen, schwenkte die Pistole und zielte auf mich. Aber schon war ich bei ihm, schlug mit einer Hand seinen Pistolenarm zur Seite. Ein Schuss löste sich, hoch in die Luft, der niemanden gefährdete. Der Knall hallte wie Donnergrollen in meinen Ohren nach. Chiara stand wie gelähmt. Die Pistole entglitt *Zachs* Hand und schlitterte einige Meter über den Boden. Bevor er reagieren konnte, hatte ich Chiara aus seinem Griff befreit und ihn mit einem Fausthieb an den Hals aus dem Gleichgewicht gebracht. Er strauchelte, stürzte. „Lauf´ ins Haus!", befahl ich Chiara, aber sie war starr wie eine Salzsäule. Also riss ich sie nicht gerade zimperlich zu mir her. „Lauf!", herrschte ich sie an, und stieß sie Richtung Haustür. Endlich kam sie in Bewegung und rannte los. Ich so schnell wie möglich hinter ihr her. Während ich die Tür verriegelte, bückte sich *Zach* nach der Pistole. Als ich die Treppe hinaufstob, schoss er durch die Tür.

„Er hat mich einfach vom Fahrrad gestoßen", heulte Chiara und flüchtete in Elkes Arme, „und mich brutal ins Taxi gezerrt. Es ging alles so schnell, ich konnte mich gar nicht wehren."

Ich schaute vorsichtig über das Balkongeländer. *Zach* stand noch immer im Hof und brüllte nach Viviane.

„Viviane! Viviane! Komm´ heraus. Ich weiß, dass du da bist!"

Von *Magerbüchel* her flackerte Blaulicht auf. Polizeisirenen schnitten durch die Luft, kamen rasch näher. In weniger als einer halben Minute würden sie da sein. Wurde auch höchste Zeit.

„Gib´ auf", brüllte ich in den Hof. „Die Polizei ist schon unterwegs."

„Du bist ein dreckiger Verräter, Matis", schrie er mit sich überschlagender Stimme zurück und feuerte ungezielt einen Schuss auf mich ab, der eine Scheibe hinter mir durchschlug. Scherben regneten ins Wohnzimmer. Die Frauen schrien entsetzt auf.

Dann hörte auch er die Polizeisirenen. Langsam drehte er sich um, als wollte er die Polizisten empfangen. Und als das erste Einsatzfahrzeug auf den Hof raste, uniformierte Polizisten aus dem Auto sprangen und mit gezückten und angelegten Waffen hinter den Fahrzeugtüren in Deckung gingen, hob er im Zeitlupentempo die Pistole, setzte den Lauf an seinen Kopf –

Ich schrie: „Nein, *Zach*, nein!"

- und drückte ab.

Viviane kam aus dem Haus gestürzt. Ungeachtet der Polizisten und der nun auf sich gerichteten Waffen warf sie sich, in Tränen aufgelöst, über ihn und rief immer wieder seinen Namen: **„*Zach*, *Zach*, mein geliebter dummer *Zach*."** Elke trat hinzu, fasste Viviane an den Schultern, zog sie mit sanfter Gewalt hoch und führte sie wieder ins Haus.

*

Zach wurde am einundzwanzigsten Oktober 2015, zwei Tage vor unserer Eheschließung, in *Kirchenrottach* in einem anonymen Grab beerdigt. Außer Elke, Chiara, Viviane und mir war nur noch ein weiterer Herr anwesend, den wir nicht kannten. Er stellte sich als Sigmund Griesbaum vor, Vermögensverwalter des Toten. Er war es auch, der für die Formalitäten zu *Zachs* Bestattung gesorgt hatte. Da *Zach* keine eigenen Nachkommen hinterließ, ging, so der letzte verfügte Wille, sein gesamtes Vermögen in den Besitz Vivianes über.

*

Die Trauung fand auf dem Standesamt in *Magerbüchel* statt, die anschließende Feier im Restaurant *Adler* in *Magerbüchel*. Nennenswert mehr Personen als zu *Zachs* Beerdigung nahmen nicht daran teil. Elkes Eltern natürlich, die in *Rotsander* wohnten, beide übrigens rothaarig; zwei Kindergartenkolleginnen Elkes; meine Eltern aus *Obertalhalden*, die sich mit Elkes Eltern dankbarerweise blendend unterhielten. Dann Vivianes Tochter Céline, sowie Viviane selbst als Elkes Trauzeugin. Chiara hatte ein gleichaltriges Mädchen aus ihrer Klasse eingeladen, die sie als „beste" aller Freundinnen vorstellte.

Pünktlich zu Weihnachten entschied das Familiengericht *Durlangen*, dass die Adoption Chiaras positiv bewertet und gutgeheißen wurde. Ich hatte somit eine Tochter und durfte mich nun offiziell Papa nennen. Papa unserer Chiara Morgenstern.

Weitere Bücher von Peter Siefermann im Twentysix-Verlag.

„Zwölfeinhalb Bären, oder wie die Bären nach Waldulm kamen."
ISBN: 9783740711917

„Das große Spiel, oder mit Lachdatte, Mängehatte und Poklapier."
ISBN: 9783740727451

„Tierisch-menschliches in Lyrik und Prosa."
ISBN: 9783740714000

„Drei Männer, zwei Boote, ein Fluss und der Blues."
ISBN: 9783740712952

„Teddor."
ISBN: 9783740729400

„Aus der Sicht des Pumas"
ISBN: 9783740731625

„Die Sachenfinderin"
ISBN: 9783740733674

„Der Totensänger."
ISBN: 9783740744281

„Der Bassist."
ISBN: 9783740746940

Kriminalromane von Pit Ferman im Twentysix-Verlag.
aus der Edgar-Schaaf-Krimireihe.

„Schaafswinter."
ISBN: 9783740727550

„Schaafssturm."
ISBN: 9783740713454

„Schaafshammer."
ISBN: 9783740731533

„Schaafsgold und der ungelesene Autor"
ISBN: 9783740743277

Alle Bücher sind auch als E-Book erhältlich.

Peter Siefermann wurde 1953 in Kappelrodeck im Land Baden-Württemberg geboren. Er lebte über dreißig Jahre in Basel in der Schweiz und arbeitete für ein deutsches Transportunternehmen. Nach Versetzung in den Ruhestand zog er mit seiner Ehefrau nach Deutschland zurück.
Peter Siefermann ist Vater zweier Kinder, die beide in der Schweiz leben.